Kat Marcuse

# *Isabellas Unterwerfung*

Erotischer Roman



**Plaisir d'Amour Verlag**

FSC
www.fsc.org
MIX
Papier aus verantwortungsvollen Quellen
Paper from responsible sources
FSC® C105338

**Kat Marcuse**
**ISABELLAS UNTERWERFUNG**
**Erotischer Roman**


Plaisir d'Amour Verlag
Postfach 11 68
D-64684 Lautertal
www.plaisirdamourbooks.com
info@plaisirdamourbooks.com

ISBN: 978-3-938281-97-0

# 1

Als würde sie etwas Verbotenes tun, schlich Isabella durch die Gänge der Galerie. Seit drei Nächten tat sie das jetzt schon, getrieben von einer Sehnsucht, die sie nicht kannte, die sie gleichermaßen beunruhigte und erregte. Lichtspots, die die Fotos in Szene setzten, warfen Schatten in die Zwischenräume, gaben Isabella bei ihrem nächtlichen Streifzug noch mehr das Gefühl, etwas Verwerfliches zu tun. Die Taschenlampe vor sich auf den Boden gerichtet, huschte sie zwischen den Stellwänden hindurch.

Zielstrebig suchte sie den Weg zu einem bestimmten Bild, das sie wie magisch in seinen Bann zog, vorbei an Szenen mit Bondageseilen, Frauen in Ketten, Männern in schwarzen Lederhosen und Masken. Krampfhaft versuchte Isabella, die Bilder auf ihrem Weg zu ignorieren, zu groß waren die Verwirrung und das Unbehagen, das sie bei manchen der Anblicke überkam. Zögerlich sah sie in die vorletzte Nische, als würde sie erwarten, nicht ein Bild, sondern einen Menschen vorzufinden. Sie fühlte sich wie ein Eindringling in ihrer eigenen Galerie. Aber es war nicht verboten, sich die Bilder anzusehen. Das hieß ja nicht, dass Isabella so etwas auch tun würde. Immer wieder sagte sie sich, dass nichts Anstößiges dabei war, sich von erotischen Fotografien inspirieren zu lassen, doch es half nichts. Sie plagte ein schlechtes Gewissen, und sie schämte sich. Schämte sich ihres Herzklopfens und der Sehnsucht, die in ihrem Magen tobte. Schämte sich für die Gier, die in ihr hochstieg, wenn sie das Bild ansah, vor dem sie jetzt auf dem Boden hockte.

Seufzend zog sie die Knie an den Leib, schlang die Arme um sie und starrte auf den nackten Männerrücken, der die Hälfte des Bildes einnahm. Langes schwarzes Haar war im Nacken des Mannes mit einem Lederband zusammengebunden und ergoss sich zwischen seinen Schulterblättern in einem dicken Strang. Isabellas Fingerspitzen begannen zu kribbeln. Jedes Mal übermannte sie der Wunsch, das Band zu lösen, das Haar durch ihre Finger gleiten zu lassen und es über seinen nackten Rücken auszubreiten. Aber es war nicht nur der Mann, der eine morbide Faszination auf sie ausstrahlte. Auf dem Bild war außerdem ein Gewölbekeller zu sehen, schummrig und düster, erhellt nur durch die Kerzen eines schmiedeeisernen Leuchters. An der hinteren Wand des Kellers befand sich ein Andreaskreuz. Lederschlaufen hingen an allen vier Enden, als würden sie jemanden erwarten, und daneben, in eisernen Haltern, befanden sich Schlagwerkzeuge, Peitschen, Gerten und Lederpaddel. Das Foto zeigte nichts und alles, überließ es dem Betrachter, in seiner verruchten Fantasie die Szene zum Leben zu erwecken. Nie und nimmer hatte Isabella damit gerechnet, dass sie über eben diese verruchte Fantasie verfügte.

Als Paul ihr vor zwei Monaten die ersten Entwürfe seiner neuen Arbeit präsentiert hatte, war sie überrascht, pikiert und doch fasziniert gewesen. Subtile erotische Bilder waren groß im Trend und Isabella hatte sich sofort einen satten Gewinn errechnet. Dass sie selbst in den Bann der Bilder gezogen werden könnte, wäre ihr im Traum nicht eingefallen. Vor zwei Wochen waren die Fotos in einem Format von ein mal ein Meter geliefert worden und seitdem begann sich ihre Welt zu verändern. Anfangs war es nur ein Blick, der länger an einer Szene haften blieb, dann wurden Minuten daraus, und seit ein paar Tagen schlichen sich die Bilder in ihre Träume. Dann war sie im Schutz der Dunkelheit in die Galerie zurückgekehrt, hatte sich verzaubern lassen und den Fotos einen immer größer werdenden Raum in ihrem Inneren zugestanden. Und nun hockte sie schon wieder auf dem Boden, starrte diesen fremden Mann an und genoss die subtile Gefahr, die das Bild ausstrahlte.

Sie streckte die Beine aus und stützte sich hinter dem Rücken ab.

Wie würde es sich anfühlen, sich diesem Mann auszuliefern, sich ihm hinzugeben? Noch nie hatte sie derartige Gedanken verspürt. Sex an sich hatte sie in den letzten Jahren nicht interessiert. Seit fünf Jahren war sie Single, und auch vorher war Sex keine Erfüllung für sie gewesen. Dass sie einen derartigen Hunger empfinden konnte, war ihr völlig neu und dann auch noch S/M. Bevor sie Pauls Bilder gesehen hatte, war S/M für sie etwas Perverses, Schmutziges, das nur Abartige taten. Es war ihr auch jetzt noch unvorstellbar, sich einem Mann völlig auszuliefern. Doch Pauls Fotos zeigten auch Schönes. Obwohl man von dem Mann nichts als seinen nackten Rücken sah, besaß er eine kraftvolle, maskuline, elegante Ausstrahlung. Sicher, dieser Mann war Model und Paul ein hervorragender Fotograf, dem es wie immer gelungen war, etwas Künstlerisches aus dieser Szene zu machen, doch da war mehr, viel mehr. Dieses Bild, nein, alle Bilder beinhalteten Verheißung, Sehnsucht, Leidenschaft.

Morgen Abend war die Vernissage und Isabella dachte mit einer gewissen Unruhe daran. Die Presse benahm sich wie die Geier, seit durchgesickert war, dass die *Eisprinzessin* eine erotische Fotoausstellung organisierte. Bis morgen musste Isabella einen Weg finden, den Bildern gelassen gegenüberzutreten. Es galt, einen Ruf zu wahren: das Bild der emotionslosen Geschäftsfrau, das sie in den letzten Jahren perfektioniert hatte.

Seufzend stand sie auf, warf einen letzten Blick auf das Bild und ging noch einmal durch die Gänge. Die Idee mit dem Labyrinth gefiel ihr ausnehmend gut. Durch die Nischen und Winkel erhielt der Besucher beim Betrachten der Bilder eine Illusion von Privatsphäre. Isabella stand an der Eingangstür der Galerie und schmunzelte. *Sobald das alles vorbei ist, gönne ich mir eine Massage und einen Wellnesstag, und dann werde ich wieder ruhiger. Sind die Bilder erst verkauft, kann ich mich auch nicht mehr von ihnen angezogen fühlen.* Bei diesem Gedanken fiel ihr Blick auf das erste Foto der Ausstellung. Es zeigte eine dunkelrote, aufgeblühte Rose von einem Berg aus Ketten umschlungen. Es war eines ihrer Lieblingsbilder, und sie überlegte, ob sie es nicht selbst kaufen sollte.

In der Eingangshalle ihres Hauses kam Clarence, der liebenswürdige alte Concierge ihr mit ausgestreckten Händen entgegen. „Isabella, meine Liebe. Machen Sie sich nicht so viele Sorgen. Ich bin davon überzeugt, dass auch diese Ausstellung ein Erfolg wird." Er ergriff ihre Hände und lächelte zuversichtlich.

„Ich mache mir keine Sorgen, Clarence. Die Bilder sind fantastisch. Paul ist ein begnadeter Fotograf. Ich habe mir nur noch mal alles angeschaut."

„Sie wirken nervöser als sonst."

„Die Presse wird mich in der Luft zerreißen. Ich habe noch nie eine Erotikausstellung ausgerichtet."

„Die Presse hat keine Ahnung", sagte Clarence im Brustton der Überzeugung.

Ein Lächeln glitt über Isabellas angespannte Züge. „Da haben Sie recht. Bei der letzten Ausstellung haben sie sich auch das Maul zerrissen und ich hatte trotzdem innerhalb von drei Wochen alle Bilder verkauft. Von echter Kunst verstehen die nichts."

„Sehen Sie, Kunst ist Leidenschaft. Wenn sie dann noch Geld einbringt, ist das ein schöner Nebeneffekt."

„Dieser Nebeneffekt bildet meine Lebensgrundlage", lachte Isabella und ging in Richtung Aufzug.

„Ich wünsche Ihnen noch eine ruhige Nacht, Clarence. Wachen Sie gut über unsere Träume."

„Das werde ich, Ms. Isabella. Schlafen Sie gut."

Als sie am nächsten Vormittag die Galerie betrat, war Isabella noch angespannter, als in der Nacht zuvor. Geschlafen hatte sie fast gar nicht und dann war ihr doch noch der Schatten eines Mannes mit dunklen langen Haaren und nacktem Oberkörper erschienen und hatte sie mit schlagendem Herzen und Begehren aus dem unruhigen Schlaf gerissen.

Ihr Körper war völlig verspannt, ihre Sinne überreizt und hinter ihren Schläfen pochte ein leichter Kopfschmerz.

Jesses Stimme erklang aus einer der Nischen. „Ein Stück höher. Ja, so ist es gut. Bloß nicht fallen lassen. Ja. Jetzt ist es perfekt.“ Überrascht, dass er überhaupt schon da war, wandte Isabella sich in Richtung der Stimme. Jesse Wheeler war ihr Partner in der Galerie und ihr bester Freund und eigentlich nicht als Frühaufsteher bekannt. Als sie um die Ecke bog, gefror ihr allerdings das Blut in den Adern. John und Jesse standen auf zwei Leitern, sich gegenüber, und befestigten eines der Bilder, ihr Bild, ihren halbnackten Mann. „Was wird das hier, wenn es fertig ist?“, fragte Isabella mit eisiger Stimme.

Jesse sah zu ihr herüber, mit einem breiten Grinsen im Gesicht.

„Hi, Bell. Mir ist das nicht aus dem Kopf gegangen. Diese beiden Bilder gehören zusammen, und in die freie Nische habe ich das rote Foto gehängt. So stimmt der Zyklus und wir haben eine Einheit. Ich finde es so besser.“

„Ich nicht“, lautete ihre knappe und schroffe Antwort. Missgünstig starrte sie das zweite Foto an. Es zeigte einen großen, muskelbepackten Mann in schwarzer Lederkleidung und schwarzer Gesichtsmaske. Er stand über einer gebeugten Frau, deren langes blondes Haar sich vor ihr auf den Boden ergoss. Der Mann schwang eine dicke Peitsche mit vielen Riemen, und der Rücken der Frau war mit unzähligen roten Striemen übersät. Es war eines der Bilder, die Isabella abstoßend fand, wenn auch künstlerisch gut. Sie wollte nicht, dass es neben ihrem Fremden hing. Die Brutalität der Szene entweihte die Schönheit des anderen Bildes.

„Häng es wieder um. Und solltest du noch einmal auf so eine Idee kommen, dann besprich das vorher mit mir.“ Isabella drehte sich um und ging. Leider bog sie falsch ab und fand sich in der letzten Nische wieder. Hier hingen jetzt zwei Frauenporträts. Das Bild zu ihrer Rechten zeigte eine Frau, die auf einem Berg roter Seide kniete. Der Seidenmantel hing von ihren nackten Schultern, bedeckte ihren halben Rücken und floss auf den Boden wie blutrotes Wasser. Sie hatte schwarzes Haar, das kunstvoll aufgesteckt war, und an ihrem Hinterkopf sah man den Knoten eines schwarzen Tuches. Ihre Augen waren verbunden. Die Hände hatte man mit einer Kette im Rücken gefesselt. Ausgeliefert, hilflos, erwartend, das waren die Empfindungen, die Isabella beim Betrachten des Bildes überkamen.

Plötzlich stand Jesse hinter ihr. „Hey, was bist du denn so gereizt? Du musst zugeben, dass die beiden Frauen viel besser zusammenpassen. Ich finde das Masterbild zu hart, neben ihr.“ Jesse deutete auf das andere Bild. Das Masterbild, wie er es nannte, erschien ihr überall zu hart.

„Vielleicht hätten wir es nicht auswählen dürfen. Es ist einfach zu krass, zu brutal."

„Es hätte wunderbar zu den beiden Frauen gepasst." Jesses Stimme nahm einen Unterton an, den Isabella nicht zu deuten wusste. Das Bild, von dem er sprach, hatte sie abgelehnt. Es hatte zwei Frauen gezeigt, fotografiert in Schwarz-Weiß, genau wie der Mann mit der Ledermaske. Die Beine der einen Frau hatten gespreizt nach oben gezeigt, ihre Waden mit kunstvollen Bondageseilen gefesselt, der Hintern offen dargeboten. Man hatte deutlich sehen können, dass die zweite Frau über ihr kniete und die Finger in ihrem Geschlecht vergrub. Bei dem Gedanken an dieses Bild wurde Isabella heiß und kalt. Es hatte sie abgestoßen und fasziniert, und auch jetzt begann ihr Herz, wie wild zu rasen. In der Tat hätten die beiden Bilder perfekt zusammengepasst, denn sie waren nicht subtil wie die anderen.

„Es ist noch da", hörte sie Jesse sagen, und für einen Augenblick entglitten ihr die Gesichtszüge.

„Darüber lasse ich nicht mit mir reden. Außerdem kannst du nicht, ein paar Stunden bevor die Vernissage beginnt, alles umräumen. Wir haben seit einer Woche die Beleuchtung fertig."

„Das wäre kein Problem. Ich würde das Andreaskreuz nach vorn hängen und die beiden Frauen an seine Stelle. Die Ausleuchtung wäre fast gleich, nur ein paar kleine Änderungen." In Jesses Augen funkelte es.

„Und das Rosenbild?"

„Das willst du doch sowieso für dich."

Isabella schnappte nach Luft. „Wie kommst du darauf?"

„Glaubst du, ich sehe nicht, wie du es immer anstarrst?"

*Mein Gott, was hatte er denn noch alles gesehen?* Sie musste viel vorsichtiger sein. Keine verräterischen Blicke mehr. Isabella zwang sich, auf den Boden zu schauen.

„Hast du das die ganze Zeit geplant? Du hast so lange gewartet, bis ich keine Wahl mehr habe als dem zuzustimmen." Ihre Stimme wurde so hart wie ihre Gesichtszüge. „Ich hasse es, manipuliert zu werden."

„Es ist deine Entscheidung. Lassen wir es so, wie es ist, und du riskierst, dass dein Rosenbild verkauft wird. Hängen wir es um, ist das Andreaskreuz die Eröffnungsszene. Deine Entscheidung."

Eröffnungsszene! Das wäre der perfekte Platz. Es würde mehr Raum, mehr Ausstrahlung haben, aber die Intimität der Betrachtung ginge verloren, ginge für sie verloren. Isabella ohrfeigte sich innerlich. *Stell dich nicht so an. Heute Abend wird es verkauft. Dann hast du deine Ruhe und findest wieder zu dir. Soll er es doch hinhängen, wo er will. Es ist nur ein Foto. Ein Foto von einem fremden Model, das du nie kennenlernen wirst.*

„Die beiden Männer passen nicht zusammen“, wagte sie einen letzten unverbindlichen Einwand.

„Wie meinst du das?“ Jesses Grinsen ging ihr gehörig auf die Nerven.

„Stell dich nicht dümmer, als du bist. Du hast selbst Kunst studiert. Die beiden Bilder sind wie Feuer und Wasser. Das eine ist brutal und vulgär, das andere erotisch und subtil. Du wirst sie wieder auseinanderhängen“, bekräftigte sie ihre Aussage.

Jesse musste sich das Lachen verkneifen. „Oh, erotisch subtil! Welches von beiden?“

Am liebsten hätte sie ihm eine runtergehauen, und sie ärgerte sich über sich selbst. Wie hatte sie sich nur dazu hinreißen lassen, so viel preiszugeben? Jesses Blick ging ihr unter die Haut. Er durfte nicht erfahren, wie sehr die Bilder sie aus der Fassung brachten. Was würde er über sie denken, wenn er es wüsste? Jesse hatte in den letzten Wochen nicht einmal vor den Bilder gestanden und sie sich näher angeschaut, nicht so wie sie. Für ihn war es immer nur um die Beleuchtung gegangen. Isabella straffte ihren Rücken und sah Jesse streng an. Eigentlich war es nicht ihre Art, so schnell nachzugeben, doch sie hatten keine Zeit mehr, und es war ihr zu wichtig, die beiden Bilder zu trennen. „Ach, mach doch, was du willst. Es ist deine Aufgabe, die Bilder in Szene zu setzen. Ich bin dazu da, sie zu verkaufen, und das werde ich tun und zwar alle. Das erste habe ich schon verkauft. Sag John, er soll das Rosenbild in mein Penthouse bringen.“ Mit diesen Worten machte sie auf dem Absatz kehrt und verschwand in ihrem Büro.

„Gefällt es dir jetzt?“, fragte Jesse, nachdem er alle Bilder so umgehängt hatte, dass er zufrieden war.

„Findest du es nicht zu aggressiv, die Vernissage mit diesem Bild zu eröffnen?“

„Gib nicht mir die Schuld, dass man die Bilder nicht alle auf einen Blick sehen kann. Das Labyrinth war deine Idee, und im Nachhinein finde ich sie richtig gut. Es macht die Sache spannender und geheimnisvoll. Ginge es nach mir, würde ich sogar die Hauptbeleuchtung ausschalten, für die erste Präsentation.“

Isabella seufzte. Sie wusste am allerbesten, dass die Bilder erst in dieser schummrigen Beleuchtung ihre volle Mystik widerspiegelten.

Überrascht sah Jesse sie an. „Du bist doch nicht etwa nervös? Die Presse steckst du locker in die Tasche und die Käufer konnten dir noch nie was abschlagen.“

„Es sind nicht die Presse oder die Käufer, es sind die Bilder“, gab sie zu.

Er warf die Arme in die Luft und lachte. „Das ich das noch erleben darf.

Meine kleine Eisprinzessin wird beim Anblick erotischer Fotos nervös."

Isabella konnte nur mühsam das Zittern ihrer Hände verbergen. Wie hatte ihr das nur rausrutschen können? „Ich habe seit Tagen nicht richtig geschlafen. Reiz mich nicht. Ich bin froh, wenn ich den Mist in ein paar Wochen nicht mehr sehen muss."

Jesse hörte nicht nur die Schärfe ihrer Stimme, er nahm auch den Unterton wahr, der ihre Einsamkeit und Traurigkeit widerspiegelte, und zog Isabella in seine Arme. Augenblicklich versteifte sich ihr Körper. Er wusste, dass sie es nicht mochte, angefasst zu werden, doch auf irgendeine Weise wollte er ihr helfen, und er selbst war ein emotionaler Mensch. „Eines Tages wird dir der Richtige begegnen und …"

Genervt befreite sie sich. „Lass den Mist. Du weißt, dass ich nicht an die große Liebe glaube. Im Moment würde mir Sex ja schon reichen." Isabella konnte kaum fassen, dass sie das laut gesagt hatte, und schlug verlegen eine Hand vor den Mund. Was war nur mit ihr los, dass sie sich überhaupt nicht mehr im Griff hatte? Mit weit aufgerissenen Augen starrte sie Jesse an.

„Du siehst selten in den Spiegel, Bell. Wenn du wolltest, könntest du jede Nacht einen anderen haben. Du bist die schönste Frau, die ich kenne."

„Du bist nicht objektiv, Jesse. Du bist mein Freund und schwul. Was verstehst du von Frauen?" Isabella wandte sich ab. Ihre Stimme war bissig, das war ihr klar, aber im Moment wusste sie sich nicht anders zu verteidigen.

„Ich erkenne Schönheit, wenn ich sie sehe. Vielleicht gerade weil ich schwul bin." Jesses Worte klangen verletzt, aber seine Augen lachten sie an.

„In einer Stunde kommt das Catering. Ich gehe nach oben und richte mich her." Isabella musterte Jesse von oben bis unten. Er trug eine Jeans, die tief auf seinen Hüften saß, und ein enges T-Shirt, das seine Schlankheit betonte. „Ich hoffe doch, du hast einen Anzug dabei?"

„Natürlich habe ich das kleine Schwarze mit, meine Schöne. Um das Catering kümmere ich mich. Lass dir Zeit, entspann dich noch ein bisschen. Duttly wird dir heute bestimmt auf die Pelle rücken. Den Skandal lässt er sich nicht entgehen."

Isabella stieß einen abfälligen Laut aus. „Dieser Schmierlappen von einem Journalisten kann mir gestohlen bleiben. Kommt er mir zu nahe, schmeiße ich ihn raus. Ich habe die Nase voll von solchen Typen."

Sie warf noch einen Blick auf das Andreaskreuz, winkte Jesse kurz zu und verließ die Galerie.

Jesse sah ihr hinterher, als sie um die Ecke bog, und das Herz krampfte sich ihm zusammen. Isabella und er waren seit über fünfzehn Jahren befreundet. Er war ihre Gefühlskälte und Härte gewöhnt, doch in den letzten Wochen hatte ihre Fassade Risse bekommen, und es schien die unendliche Einsamkeit durch, die sie gefangen hielt. Zu gern hätte er ihr geholfen, doch Isabella blockte alles, was ihr Privatleben betraf, ab. Wann waren sie das letzte Mal zusammen Essen gewesen oder auf einen Cocktail in einer Bar, nur um sich mal wieder zu unterhalten? Es war Monate her, und Isabella zog sich immer weiter zurück. Umso überraschender war es für ihn gewesen, wie sie auf die Fotos reagiert hatte. Sie versuchte, es vor ihm zu verbergen, doch die Bilder ließen sie nicht kalt. Immer wieder hatte er beobachtet, wie sie das Bild von Lucian angestarrt hatte. Das war der eigentliche Grund, warum er es umgehängt hatte. Hier kam es viel besser zur Geltung. Fast hätte er laut gelacht, als sie mit gesenktem Kopf an dem Foto vorbeigelaufen war, nur um nicht hinzuschauen. Eine Geste, die Lucian mit Sicherheit gefallen hätte. Doch Jesse machte sich auch Sorgen um Isabella. Dass sie zugab, dass die Bilder sie verunsicherten, zeigte deutlich, wie verwirrt sie war. Er griff nach seinem Handy und wählte Damians Nummer.

„Hey, was gibt's?"

„Damian, ich bin nicht mehr sicher, ob es eine gute Idee war, Lucian heute Abend einzuladen. Isabella ist total durch den Wind."

„Sie ist eine arrogante Kuh. Natürlich ist sie durch den Wind. Darum geht es doch. Lucian wird sie ordentlich durchk…"

Jesse fiel ihm ins Wort. „Halt den Mund. Du kennst sie nicht."

„Das, was ich sehe, reicht mir. Sie ist frustriert und zickig. Wann geht der ganze Hokuspokus denn los? Wann muss ich da sein?"

*Gar nicht, wenn du diese Laune mitbringst. Mir reicht's allmählich.*

„Es wäre schön, wenn du etwas eher kommen könntest. Die Vernissage beginnt um neun."

„Ich komme mit Lucian. Wir sehen uns nachher."

Damian hatte aufgelegt, bevor Jesse noch was sagen konnte. Minutenlang stand er mitten in der Galerie und starrte sein Handy an. Wut brannte in seiner Brust und wich dann allmählich einer stoischen Frustration. Damians permanent schlechte Laune belastete ihre Beziehung zunehmend.

*Wenn die Ausstellung vorbei ist, müssen wir reden, mein Freund. Lange mache ich das nicht mehr mit.*

Jesse seufzte resigniert. Er wollte Damian nicht verlieren, aber er konnte sich nicht alles gefallen lassen.

Als sich die Fahrstuhltür zu ihrem Penthouse öffnete, griff die Leere der Wohnung wie ein bösartiges Tier nach Isabellas Kehle. Es war zum verrückt werden. Sie war 31 Jahre alt, erfolgreiche Galeristin, wohlhabend, gut aussehend, aber unendlich einsam.

*Ich erkenne Schönheit, wenn ich sie sehe. Dass ich nicht lache. Jesse übertreibt mal wieder.* Doch es war nicht das erste Mal, dass er ihr sagte, sie sei schön. Isabella ging ins Bad und ließ Wasser in die große, freistehende Wanne laufen. Sie zog Jeans und T-Shirt aus und sah sich kritisch im Spiegel an. Ihr langes schwarzes Haar breitete sich in dichten Wellen über ihren Rücken aus, ihre Brüste waren voll und dennoch fest, der Bauch flach, die Hüften schwungvoll. Sie betrachtete ihre langen Beine und ihren runden, knackigen Po.

Vielleicht hatte Jesse nicht unrecht. Hässlich war sie nicht. Aber was nützte ihr das, wenn sie niemanden an sich heranließ? Traurig blickte sie in ihre leeren Augen. In letzter Zeit kostete es sie immer mehr Kraft, die Fassade der coolen Geschäftsfrau aufrechtzuerhalten. Manchmal wollte sie sich einfach nur fallen lassen, die Verantwortung jemand anderem geben. Doch da war niemand, der sie auffangen würde, niemand, der sie davor bewahrte, in ein tiefes, schwarzes Loch zu stürzen.

Seufzend glitt sie ins Wasser, genoss, wie die Wärme in ihren Körper kroch, nahm die Rosenseife und ließ sie über ihre Haut gleiten. Eine Gänsehaut breitete sich über ihren nassen Leib aus, und als sie ihre Brüste einseifte, zogen sich die Brustwarzen zusammen. Genüsslich strich sie weiter über ihren vollen Busen, reizte die Nippel und zwirbelte sie sanft zwischen Daumen und Zeigefinger. Mit der rechten Hand glitt sie an ihrem Bauch entlang und weiter zwischen ihre Schenkel. Die Seife entglitt ihr und verschwand im Wasser.

Sie war so hungrig.

Ein tiefes, verzweifeltes Seufzen stieg aus ihrer Kehle empor. Sachte berührte sie ihre Schamlippen, rieb und zupfte an ihnen und drang dann mit dem Zeigefinger in ihre Spalte. Ein Bild entstand vor ihrem inneren Auge, das Bild eines muskulösen Mannes in Lederhosen und nacktem Oberkörper. Sie seufzte erneut, verlangender, und drängend rieb sie mit der Hand ihre Klitoris. Das Kribbeln in ihrem Unterleib wurde unerträglicher, schmerzhaft zogen sich ihre inneren Muskeln zusammen und verlangten nach Erlösung. Stöhnend bearbeitete Isabella ihre Brüste, stieß mit den Fingern unerbittlich in ihr geschwollenes Geschlecht, und doch kam sie nicht zum Höhepunkt.

„Du kannst dich nicht gehen lassen, das ist dein Problem“, hörte sie wieder die Worte ihres Ex-Freundes in ihrem Kopf. Andy hatte sie ständig als frigide bezeichnet. Da sie beim Sex nie zu einem Orgasmus gekommen war, hatte sie ihm irgendwann geglaubt, doch während dieser Beziehung hatte sie nie ein derartiges Verlangen gespürt wie jetzt.

Isabella verscheuchte die Gedanken und riss sich zusammen. Sie glitt tiefer in die Wanne, tauchte mit dem Kopf unter Wasser und entzog sich der Welt. Sie nahm nichts wahr, außer ihren eigenen drängenden Herzschlag. Schon wieder hatte sie Tränen in den Augen. In den letzten Wochen übermannte sie die Einsamkeit derartig, dass sie manchmal keine Luft bekam. *Wenn die Presse merkt, was in dir vorgeht, zerreißen sie dich in der Luft. Dein Ruf wäre ruiniert und deine Galerie wahrscheinlich auch.* Sie tauchte aus dem Wasser auf und holte zitternd Luft. „Reiß dich verdammt noch mal zusammen, Isabella Steen."

Noch unzufriedener als vorher, verließ sie die Wanne, cremte sich ein, schminkte sich für den Abend und ging in ihr Schlafzimmer. Das neue Kleid hing an der Schranktür und wartete auf sie. „Jesse wird bestimmt wieder sagen: Du hättest dich ja mal was trauen können." Sie äffte seine Stimme nach und schmunzelte.

Isabella hatte sich bewusst für einen schlichten Schnitt entschieden. Das Oberteil des Kleides war im Stil eines Etuikleides geschnitten. Der eckige Ausschnitt brachte ihren schlanken Hals zur Geltung. Der Rock war bodenlang und hatte auf beiden Seiten Schlitze, die bis zu den Schenkeln reichten. Jean-Luc, ihr Schneider und Freund, war aus dem Schwärmen gar nicht mehr herausgekommen. Diesmal hatte er sich selbst übertroffen. Die Wahl des Stoffes gab dem Kleid einen exklusiven Hauch. Im Licht der Deckenlampe schimmerte die rote Wildseide, als hätte sie ein Eigenleben und freute sich darauf, sich an Isabellas Körper zu schmiegen. Minutenlang betrachtete sie das Kleid und sah Jean-Luc vor sich, wie er um sie herumtanzte und immer wieder begeistert die Hände vor den Mund schlug. Isabella kannte Jean-Luc seit drei Jahren. Er war in eine ihrer Ausstellungen gekommen, und sie hatte ihn augenblicklich in ihr Herz geschlossen. Mit seiner überdrehten, flippigen Art war er äußerst erfrischend. Schnell waren sie Freunde geworden, und bei der nächsten Vernissage hatte er ihr das Angebot gemacht, ihr ein Kleid zu schneidern. Es hatte ihnen beiden genützt: Isabella sah immer perfekt aus und Jean-Luc Parton hatte sich zu einer begehrten Marke entwickelt.

Im Grunde waren er und Jesse ihre einzigen Freunde, und sie waren beide schwul. Was sagte das über sie aus? Hatte sie derartig Angst, erneut verletzt zu werden, dass sie sich nur mit Menschen umgab, die keine Gefahr darstellten?

Isabella wollte nicht darüber nachdenken. Sie nahm das Kleid vom Bügel, zog BH und Slip an, streifte das Kleid über und betrachtete sich im Spiegel. Es saß wie eine zweite Haut. Da sich der Slip unpassend unter dem seidigen Stoff abzeichnete, zog sie ihn kurzerhand wieder aus und kramte in ihrer Kommode nach einem passenden Tanga. Jean-Lucs

Stimme hallte in ihrem Inneren wieder: „Mein Mädchen, unter so einem Kleid trägt man nichts als Haut.“ So etwas würde sie nie tun. Kurzerhand nahm sie den dünnsten Seidenslip, den sie besaß, und zog ihn an. Als ihre Finger über ihre Beine strichen, bekam sie wieder Gänsehaut. Wenn diese verfluchte sexuelle Spannung doch endlich vergehen würde. Ihre Nippel richteten sich keck auf und waren natürlich unter dem dünnen Stoff zu sehen. So konnte sie unmöglich in die Galerie zurück, aber sexuelle Frustration war keine Ausrede nach ihrem Geschmack. Sie glitt in ihre schwarzen, hochhackigen Schuhe und warf einen Blick in den Spiegel. Sollte Jesse schimpfen, wie er wollte, sie gefiel sich.

In ihrem Wohnzimmer griff sie nach dem Bild auf dem Sofatisch. „Na, Granny, sehe ich gut aus? Wünsch mir Glück!“ Lächelnd sah sie auf das Porträt der älteren, eleganten Dame und streichelte versonnen über den schwarzen Ebenholzrahmen. „Ich vermisse dich so sehr. Manchmal habe ich das Gefühl, ich schaffe das nicht. Am liebsten würde ich mich in ein tiefes, dunkles Loch verkriechen.“

*Kopf hoch, Kleines*, hörte sie die Stimme ihrer Großmutter. *Es gibt so viele schöne Dinge im Leben. Du machst es dir viel zu schwer. Grüble nicht so viel, genieß lieber die Dinge, die dir das Leben beschert.*

„Wenn das doch nur so einfach wäre“, flüsterte Isabella.

*Es ist so einfach. Geh das Risiko ein, zu leben.*

Isabella lächelte. Ihre Großmutter hatte das Leben geliebt, in vollen Zügen. Wenn sie in der Presse verunglimpft wurde, hatte sie gelacht und gesagt: „Na, denen werde ich es zeigen.“

„Wenn ich doch nur ein bisschen so wäre wie du“, seufzte Isabella und holte tief Luft. „Auf in den Kampf.“ Sie stellte das Bild an seinen Platz und machte sich auf den Weg in die Galerie.

Schon auf dem Weg sahen ihr die Leute hinterher und Isabella fühlte sich unbehaglich.

Als sie die Galerie betrat, schlug ihr ein Gewirr aus Stimmen und Geschirrgeklapper entgegen. Das Bedienungspersonal des Caterers wuselte von links nach rechts. Wie ein Dirigent stand Jesse in der Mitte und gab Anweisungen, die Cocktails dahin, die Häppchen dorthin, bloß nicht den blauen Blumenschmuck in die rote Vase. „Das tut meinen Augen weh. Haben sie keinen Sinn für Ästhetik? Das geht so nicht.“ Isabella ging das Herz auf. Mit seiner Pedanterie trieb Jesse alle in den Wahnsinn, doch am Ende würde alles perfekt sein. Manchmal bedauerte sie, dass er schwul war.

Plötzlich verstummten alle und fixierten sie. Jesse wirbelte herum und starrte mit offenem Mund in ihre Richtung. Isabella warf einen Blick hinter sich, konnte aber nichts entdecken, das die geweiteten Augen der Leute erklärt hätte.

„Mein Gott, Bell. Du siehst fantastisch aus", brach es aus Jesse hervor. „Komm schon, lass dich ansehen." Er machte eine ungeduldige Handbewegung. „Komm, komm, und dreh dich mal. Das Kleid ist der Wahnsinn. Auch wenn es von Jean-Luc ist, es ist großartig."

Aus einem Grund, den Isabella nicht verstand, mochten sich die beiden Männer nicht.

Isabella konnte ein erleichtertes Lachen nicht unterdrücken. Eigentlich hatte Jesse immer etwas an ihrer Kleidung auszusetzen: zu langweilig, zu spießig oder nicht erotisch genug. Diesmal hatte sie wohl ins Schwarze oder besser gesagt ins Rote getroffen. Jesse ergriff ihre Hand und wirbelte Isabella um die eigene Achse, machte ein paar Tanzschritte zu einer imaginären Musik. Seine strahlenden Augen waren Balsam für ihre einsame Seele.

Unvermittelt wurde sein Blick ernst. „Nein, nein, so geht das nicht." Er wedelte hinter ihrem Rücken mit den Armen. „Ich habe gesagt, dass ich den Champagner auf der anderen Seite will. Hört mir kein Mensch zu?"

„Ach übrigens, Bell, Paul ist im Büro. Du solltest mal nach ihm sehen. Vor fünf Minuten wollte er noch alle Bilder von den Wänden reißen und verbrennen. Künstlerkrise!" Damit war Jesse hinter einer Theke verschwunden.

„Das hat mir noch gefehlt", maulte Isabella im Stillen vor sich hin. „In einer Stunde kommen die Gäste und die Presse, und der Künstler will alles verbrennen." Mit strammen Schritten ging Isabella zum Büro. Für solcherlei Dinge hatte Isabella kein Verständnis. *Mir geht es auch nicht gut, und doch funktioniere ich. Kann ich das nicht auch von anderen erwarten?* Vor der Bürotür holte sie tief Luft und trat ein.

Paul saß wie ein Häufchen Elend auf dem Boden und hob den Kopf, als er hörte, wie die Tür aufging. „Ich kann das nicht. Was, wenn keiner meine Bilder sehen will? Was, wenn keiner kommt?" Dicke Tränen rollten über seine Wangen.

*Oh mein Gott! Ich hasse das. Erst machst du S/M Bilder und jetzt sitzt du heulend in der Ecke, du Weichei.* Isabella versuchte, ihre Stimme sanft klingen zu lassen, aber es gelang ihr nicht. „Paul, deine Fotos sind toll. Ich mache keine Ausstellung, wenn ich nicht sicher bin, dass wir alle Bilder verkaufen. Wir verdienen heute Abend eine Menge Geld."

„Glaubst du das wirklich?" Pauls Stimme war weinerlich, und Isabella verabscheute ihn dafür. Sie reichte ihm die Hand und half ihm beim Aufstehen. Er zitterte am ganzen Körper.

Ihre Stimme war hart, aber es kostete sie viel Kraft, ihn nicht anzuschreien, er solle sich zusammenreißen. „Ich bin Geschäftsfrau, Paul.

Spätestens in einer Woche ist nicht ein Bild mehr übrig.“

Paul schniefte.

„Nun geh und wasch dein verheultes Gesicht. Es geht gleich los. So willst du doch nicht in die Fänge der Presse geraten, oder?“

Mit hängenden Schultern ging er ins Bad.

„Was für ein Tag.“ Isabella schüttelte angewidert den Kopf. *Als wäre das seine erste Ausstellung. Jedes Mal der gleiche Schwachsinn. Wenn ich mich so anstellen würde, hätten Jesse und ich den Laden bereits dicht machen können.* Theatralisch warf sie die Hände in die Luft. *Künstler! Ich möchte einmal einen Mann treffen, der weiß, was er will, und das auch gnadenlos durchzieht.*

# 2

Die Ausstellung lief noch besser, als Isabella es prophezeit hatte. Innerhalb von drei Stunden waren über die Hälfte der Fotografien verkauft. Paul aalte sich im Bad der Menge. Nichts ließ den verzagten Künstler von vor vier Stunden erkennen. Schmunzelnd beobachtete sie, wie Paul mit den Möchtegern-Damen der oberen Zehntausend flirtete und die Presseleute in angeregte Gespräche verwickelte. Isabella hatte ihn nie direkt auf die Entstehung der Bilder angesprochen. Vielleicht, weil sie Angst vor der Antwort gehabt hatte. Paul lachte gekünstelt und lächelte die beiden aufgetakelten Frauen an, die nicht von seiner Seite wichen.

Isabella mochte diese Menschen nicht. Sie stellten etwas dar, das sie nicht waren, und dachten, mit Geld könnten sie die Fassade aufrechterhalten. Doch im Grunde tat sie nichts anderes. Ihre Fassade war nur weniger menschenverachtend.

Im Augenwinkel nahm sie eine schwarze Gestalt war. Der Mann war groß und schlank und … Als sie genauer hinsehen wollte, war er verschwunden. Merkwürdig! Isabella schüttelte den Kopf. Schließlich hatte sie die Gästeliste selbst aufgestellt. Hier war niemand, den sie nicht kannte.

Jean-Luc kam mit ausgebreiteten Armen auf sie zu. „Na, schönste aller Frauen. Ich habe das Gefühl, dass es richtig gut läuft."

Isabella gab ihm links und rechts ein Küsschen auf die Wange. „Ja, es läuft sogar noch besser, als ich gedacht habe."

„Bei dem Kleid ist das kein Wunder", lobte sich Jean-Luc.

Isabella stellte sich in Pose und machte einen Schmollmund. „Ich habe einen exquisiten Schneider. Vielen Dank noch mal für das Kleid."

Jean-Luc lachte. „Du machst es mir leicht. Du würdest auch in einem Kartoffelsack gut aussehen. Schönheit lässt sich nicht verbergen." Da war es wieder, schon zum zweiten Mal an diesem Tag. Isabella brachte tatsächlich ein strahlendes Lachen zustande.

„Sei mir nicht böse, aber ich habe morgen früh zehn Uhr eine Anprobe, und ich brauche meinen Schönheitsschlaf. Grüß den kleinen bösen Mann von mir." Jean-Luc gab Isabella noch einen Kuss und verschwand. Der kleine böse Mann war kein Geringerer als Jesse. Sie verstand immer noch nicht, warum die zwei sich hassten wie die Pest. Als sie sich nach Jesse umsah und er sie verärgert beobachtete, sah sie ein, dass sich das nie ändern würde.

Isabella ging entspannt durch die Gänge zwischen den Bildern. Die Idee mit dem Labyrinth war gut angekommen.

In den nächsten Wochen musste sie alle Fotografien ihren neuen Besitzern übergeben. Noch vor ein paar Stunden hatte sie sich gewünscht, dieses Zeug endlich los zu sein, und nun ergriff sie Wehmut.

Sie stand in der hintersten Ecke der Galerie, abgeschirmt von Wänden aus Gipskarton, die verruchte Bilder zeigten. Wieder betrachtete sie eines der Fotos und ließ sich in eine andere Welt entführen. Es stellte eine nackte Frau dar, die sich, mit einem Gespinst aus Stoff bedeckt, lasziv auf einem Steinfußboden räkelte. Die zarten Rundungen ihres Körpers durch den Stoff zu erahnen, blieb der Fantasie des Betrachters überlassen. Eigentlich wäre es ein ganz normales Aktfoto gewesen, wenn die unverhüllte Haut nicht mit roten Striemen übersät gewesen wäre.

Isabella berührte sachte die Male, und wieder beschleunigte sich ihr Atem. *Es ist nur ein Foto, verdammt. Eine gestellte Szene, um sie zu fotografieren.* Doch die Augen der Geschundenen blickten voll Wollust und Gier in die Kamera. Konnte man als Model einen solchen Blick auf Kommando vortäuschen oder war doch etwas Wahres an den Bildern? Isabella beneidete die Fremde. Eine solche Lust hatte Isabella noch nie erlebt. *Das ist nicht echt. Mach dich nicht verrückt. Wieso, um alles in der Welt, kannst du deine Finger nicht davon lassen?* Noch einmal strich sie sachte über die Striemen.

„Fühlen Sie auch die Lust, die von dieser Frau ausgeht?“

Isabella nahm erschrocken ihre Fingerspitzen von der Fotografie. Ihr stockte der Atem. Sie hatte nicht bemerkt, dass jemand die Nische betreten hatte, so war sie in ihre Betrachtung versunken gewesen. Jetzt spürte sie dicht an ihrem Rücken einen warmen, starken Männerkörper. Seine Stimme war samtweich und dunkel wie guter Rotwein. Sie schluckte, da sie ihre eigene Stimme verloren hatte. Als sie sich zu dem Fremden umdrehen wollte, hielt er sie an den Schultern fest. Die Wärme seiner Hände drang von ihren nackten Schultern durch ihren ganzen Körper. Die Situation erschien ihr surreal, wie in einem Traum. Warum sie diese Berührung duldete war ihr unverständlich, doch sie hielt still und lauschte der sonoren Stimme.

„Sehen Sie genau hin. Die Hingabe der Frau und ihre Lust hat der Künstler hervorragend eingefangen. Sie ist befriedigt und hungrig zugleich. Eine fantastische Arbeit. Das hätte ich Paul nicht zugetraut. Ihm ist es gelungen, die ganze Lust der Szene einzufangen, ohne die Identität der Sub preiszugeben.“

Jetzt erst fiel Isabella auf, dass auf keinem der Fotos ein Gesicht zu sehen war. In diesem Fall hatte Paul das Tuch, das er um den Körper der Frau geschlungen hatte, auch über ihr Gesicht gelegt. Das Gewebe war so dünn, das man ein Gesicht erahnen konnte, aber man erkannte sie nicht. Waren das überhaupt Models oder verkehrte Paul in diesen Kreisen?

Isabella kam sich allmählich lächerlich vor. Sie hatte nicht ein Wort hervorgebracht. Das Einzige, was sie wahrnahm, war die Hitze, die der Fremde ausstrahlte.

„Man könnte fast denken, Sie kennen die Frau?" Isabella wollte sich umdrehen, aber er verhinderte es mit sanftem Druck. Seine Lippen waren an ihrem Ohr. Sie schloss die Augen und konnte nur mühsam ein Seufzen unterdrücken. „Natürlich kenne ich sie. Die Fotos sind in meinem Club entstanden. Wenn Sie genau hinschauen, vielleicht finden Sie mich."

Sein Atem und seine Worte an ihrem Hals ließen einen Schauer über ihren Rücken laufen. „Also sind die Fotos echt? Ich dachte, das sind Models." Sie konnte die leise Angst und Erregung in ihrer Stimme nicht verbergen.

Der Mann hinter ihr lachte. „Sie veranstalten eine Vernissage mit Fotos, von denen Sie keine Ahnung haben, und sind damit auch noch erfolgreich. Das nenne ich geschäftstüchtig." Sein Lachen verstummte. Seine Lippen berührten die empfindliche Haut an ihrem Hals, als er sprach. „Es ist ein Frevel, dass Sie Ihre Lust und Ihr Feuer nicht nutzen. Sie versagen sich die höchsten Freuden im Leben."

„Das ist nicht meine Welt. Ich könnte das n…"

Er unterbrach ihren angsterfüllten Redefluss. „Sind Sie sich da sicher? Ich habe Sie den ganzen Abend beobachtet, und Sie sprechen auf die Bilder an. In diesem Moment sind Sie so sehr erregt, dass Sie sich mir nicht widersetzen würden. Ich könnte Sie einfach an die Wand pressen und hemmungslos nehmen. Sie haben Angst vor Ihren Gefühlen, vor Ihrer Lust. Mit einem erfahrenen Lehrer brauchen Sie sich vor nichts zu fürchten."

Isabella glaubte, sich verhört zu haben. Bot dieser Fremde ihr an, sie zur Sklavin zu machen? Entrüstet wandte sie sich um, doch der Fremde war verschwunden, genauso geräuschlos, wie er gekommen war. Isabella hatte das Gefühl, verrückt zu werden. Hatte sie sich das alles eingebildet? Gaukelte ihre überreizte Libido ihr einen verführerischen Fremden vor? Und die Worte, die er ihr eingeflüstert hatte … Sie sah deutlich das Bild vor sich: Sie an die Wand gepresst und ein Mann hinter ihr. Sie keuchte, von Wellen der Hitze überrollt, und schlang schützend die Arme um sich.

Mit klopfendem Herzen rannte sie durch das Labyrinth der Bilder, bis sie in die Lobby gelangte. Jesse redete wild gestikulierend mit seinem Freund Damian. Als die Männer Isabella erblickten, verstummten sie schuldbewusst. Nur ein paar Presseleute waren noch da, doch diese kannte Isabella alle, und keiner von ihnen hatte eine derartig verführerische Stimme.

Jesse kam auf sie zu. „Bell, da bist du ja. Wir haben dich vermisst. Ist doch alles super gelaufen?“ Seine Fröhlichkeit kam ihr aufgesetzt vor, und sie blickte sich suchend um. Ihr entging nicht, dass Damian sie aufmerksam beobachtete, was sie stutzig machte, denn sie mochten sich nicht und Interesse aneinander zu zeigen, war ihnen beiden völlig fremd.

„Du machst ein Gesicht, als hättest du einen Geist gesehen. Was ist los mit dir?“, fragte Damian und klang besorgt, doch auch seine Miene wirkte aufgesetzt. Isabella ignorierte die beiden. Nur mit großer Mühe konnte sie das Zittern ihrer Hände verbergen.

Sie plauderte noch etwas mit den Presseleuten und hoffte inständig, sie würden bald verschwinden. Erst eine Stunde später konnte Isabella die Galerie endlich abschließen. Sie lehnte ihre Stirn an das kühle Glas der Tür und schloss die Augen. Ihre Gedanken kreisten unaufhörlich um den Fremden, der sich so wollüstig an ihren Rücken gepresst hatte. *Ich will nach Hause, nur noch nach Hause, und das alles vergessen.*

Seufzend drehte sie sich um. Jesse und Damian standen etwas drei Meter von ihr entfernt und beobachteten sie skeptisch. Jesse schien besorgt. Damian hingegen sah abweisend und gelangweilt zu ihr.

„Na, das war ja wohl ein gelungener Abend. Was glaubst du, Jesse, wie viel haben wir eingenommen? Und Paul hat sich solche Sorgen gemacht. Alles verbrennen, dass ich nicht lache. Auf meinen Instinkt kann ich mich verlassen.“ Isabella hatte keine Ahnung, was sie da für dummes Zeug von sich gab. Sie wusste nur eins: Sie wollte raus hier, weg von den Bildern, weg von ihrer Fantasie und dem Begehren in ihr.

Jesse ergriff ihre zitternden Hände, und seine Stimme war sanft. „Bell, du bist vollkommen verstört.“

„Ich bin müde. Die letzten Wochen waren anstrengend. Ich hau mich aufs Ohr. Feiert noch schön.“ Selbst in ihren Ohren klangen diese Worte hohl.

Jesse gab ihre Hände nicht frei. Er versuchte, Blickkontakt herzustellen, doch Isabella wich ihm aus. „Was ist vorhin passiert? Hat er dir was getan?“

Isabellas Kopf schnellte hoch, die Augen weit aufgerissenen. Sie hatte sich das alles nicht eingebildet. Sie war nicht verrückt. Ihr Herz hämmerte wild in ihrer Brust, und ihre Stimme überschlug sich, als sie Jesse fragte: „Hast du ihn gesehen? Weißt du, wer er war?“

Damian warf Jesse einen seltsamen Blick zu.

Jesse stotterte rum. „Nein, ich kannte ihn nicht.“

Isabella glaubte ihm kein Wort. „Damian, kennst du diesen Mann?“

Damian antwortete erst gar nicht. Sein Blick machte deutlich, dass es ihm

scheißegal war, wie sie sich fühlte.
„Ihr lügt mich an", zischte sie. Langsam gingen ihr die Nerven durch. „Ihr kennt ihn beide, das sehe ich euch an. Was sollen diese verstohlenen Blicke?"
„Bell." Jesse versuchte, Isabellas Hand zu ergreifen, die sie ihm in ihrer Aufgebrachtheit entrissen hatte. „Beruhige dich und dann erzählst du uns, was passiert ist."
Isabella schüttelte den Kopf. Sie war fast hysterisch, und das gefiel ihr gar nicht. „Ich werde mich nicht beruhigen. Dieser ganze erotische Mist steht mir bis hier." Sie fuhr sich mit der flachen Hand über die Kehle, funkelte die Männer wütend an und wollte die Galerie verlassen. Frustriert fummelte sie an dem Schlüsselbund im Türschloss herum, musste erst tief Luft holen, bevor sie das Schloss öffnen konnte. *Was für ein miserabler Abgang. Soviel zu deiner Selbstbeherrschung.*

Der Eingang zu den Wohnungen des Hauses befand sich um die Ecke, in der 87th St. Die Kühle der Nacht kroch auf dem kurzen Weg in Isabellas Körper und ließ sie frösteln. Clarence öffnete ihr die Tür und lächelte wie immer. „Sie sehen wundervoll aus heute Abend, Isabella."
„Danke, Clarence, das ist lieb von Ihnen." Sie blieb vor ihm stehen und sah in sein gutmütiges, runzliges Gesicht.
„Es ist die Wahrheit. Ihre Großmutter wäre sehr stolz auf Sie."
Das glaubte Isabella nicht. Ihre Großmutter war eine lebenslustige und offene Frau gewesen. Sie wäre zutiefst betrübt, zu sehen, wie einsam und verloren Isabella war. In einem Anflug von Wehmut drückte sie den alten Mann an ihre Brust. Als sie sich von ihm löste, strahlte er noch mehr, und Isabella gelang es, sich ein verzagtes Lächeln abzuringen.
Sie betrat den Fahrstuhl, gab den Code fürs Penthouse ein. Während der Fahrt nach oben versuchte sie, sich zu beruhigen. *Denk nicht an den Fremden. Denk ans Geschäft, lenk dich ab.* Die Ausstellung hatte eine Menge Umsatz eingebracht. Wahrscheinlich wäre das befriedigender, wenn Isabella auf das Geld angewiesen wäre, aber das war sie nicht, schließlich gehörte ihr ein Haus in der 87th Street Ecke Central Park West, mit 6 Wohneinheiten, einem Penthouse und einer gut florierenden Galerie. Sie hatte das Gebäude vor 5 Jahren von ihrer Großmutter geerbt. Kurz nach der Trennung von Andy war das die perfekte Ablenkung gewesen. Endlich hatte sie ihren Traum von einer eigenen Galerie verwirklichen können und mit Jesse den idealen Geschäftspartner an ihrer Seite. Sie hatte alles, geschäftlichen Erfolg, unglaublich viel Geld und eine tolle Wohnung, doch als sich die Fahrstuhltür öffnete und Isabella das Penthouse betrat, hatte sie das Gefühl, sie hätte nicht das Geringste in ihrem Leben erreicht. Die Leere in

ihrem Herzen ließ sich weder mit Geld, noch mit beruflichem Erfolg füllen, und das anhaltende Feuer in ihrem Inneren brannte sie regelrecht aus. Sie sank mitten in ihrem Wohnzimmer auf die Knie. *Du wirst jetzt nicht weinen. Das bringt dich keinen Schritt weiter. Du musst stark bleiben, lass dich nicht gehen, Isabella Steen.* Und doch rollte eine einzelne dicke Träne über ihre Wange. Ihre Großmutter wäre nicht stolz auf sie, im Gegenteil. Es würde ihr das Herz zerreißen, Isabella so zu sehen.

Erneut huschte das Bild des Fremden, der sich an sie presste, durch ihren Kopf. Hatte er recht? Sie war erregt gewesen, als er sich an sie gepresst hatte. Hätte sie sich wirklich einem Fremden hingegeben? Ganz sicher nicht. Oder doch?

Sie fühlte sich allein, so unendlich allein, und müde. Am liebsten würde sie eine Woche lang schlafen. Danach würde ihr Leben wieder in geordneten Bahnen verlaufen, ohne sexuelle Begierden und fremden Männer, die sich an sie pressten, ohne Höhen und Tiefen, ohne Unvorhersehbarkeiten, die sie aus dem Gleichgewicht brachten.

Mühsam kam sie auf die Beine und ging ins Bad. Das Kleid fiel zu Boden, und mit Verachtung ließ sie es dort liegen. Mit schmerzenden Gliedern legte sie sich in ihr Bett und zog die Decke bis über den Kopf.

## 3

Lucian raste auf der Shore Rd. Richtung Rosdale. Er wollte in den Club.

Was hatte er sich dabei gedacht, diese Frau so zu bedrängen? Er hatte ihre Furcht und Verwirrung gespürt, aber auch ihren Hunger und ihre Sehnsucht. Es hatte ihn fasziniert, als er ihre schlanken Finger über die Striemen auf Anns Haut streicheln sah. Vor seinem inneren Auge hatte er tatsächlich Ann und nicht nur eine Fotografie gesehen. Er hatte sich vorgestellt, wie die beiden Frauen sich berührten, wie Ann sich unter Isabellas kühlen Fingerspitzen wand. Das war für ihn nichts Neues. Viele der Subs im Club spielten mit Partnern des eigenen Geschlechtes. Was hatte ihn dann so aus der Fassung gebracht?

Nur mit Mühe hatte er sich zurückhalten können, Isabella nicht an die Wand zu drücken und von hinten in sie einzudringen. Wie ein Tier hatte er sich in ihrer Nähe gefühlt, überwältigt von seinen Trieben.

Sie war jetzt sicher verwirrt. Er hatte sie fluchtartig verlassen, als er gespürt hatte, wie seine Selbstbeherrschung zu bröckeln begann, als er den Duft an ihrem Hals tief in sich gesogen hatte. Schon die Tatsache, dass er sich über ihr Befinden Gedanken machte, irritierte ihn. Normalerweise interessierte es ihn nicht, was eine Frau über ihn dachte.

Ann! Ann war jetzt die Richtige, um seinen Druck abzubauen. Er würde sie anketten, sie in den Wahnsinn treiben und dann hart und schnell seine Gier an ihr stillen.

Der Wagen schlingerte in der Auffahrt über den Schotter. Genau vor dem Eingang der alten Backsteinfabrik blieb er schlitternd stehen. Lucian legte seine Stirn auf dem Lenkrad ab und atmete tief durch. Sein Herz raste und das nicht wegen der halsbrecherischen Fahrt hierher.

Isabella war der Grund.

Damian, sein Bruder, hatte sie ihm beschrieben, ihre Schönheit, ihre Intelligenz und ihre Kälte. Und dann hatte Jesse erzählt, wie sie auf die Bilder reagierte, und es hatte Lucian gereizt, ihren Panzer zu durchbrechen. Normalerweise ließ er sich nicht auf solche Spielchen ein, aber die spröde und reservierte Eisprinzessin aus der Reserve zu locken war eine Herausforderung für ihn gewesen. Nun schien es so, als sei er der Verlierer bei der ganzen Sache. Nichts hatte ihn auf ihre Verletzlichkeit, auf ihre zarte Unschuld und auf ihre unterdrückte Lust vorbereitet. Immer wieder hatte er ihre verstohlenen Blicke auf die Fotografien gesehen, hatte sich über ihre geröteten Wangen amüsiert, wenn sie sich auf eine Szene konzentrierte. Jedes Mal, wenn sie angesprochen wurde, hatte er ihre

Scham gesehen, die Angst davor, man könnte bemerken, dass die Bilder sie erregten. Als er sie dann allein in der kleinen Nische erwischt hatte, hatte er der Versuchung nicht widerstehen können, sie anzusprechen. Ihre zierliche Gestalt war so voller Hitze und Begehren gewesen, als er sich an ihren Rücken gepresst hatte, dass ihr Zittern durch seinen Körper mitten in seinen Schwanz gejagt war. Immer noch drückte sein Geschlecht schmerzhaft gegen den Käfig seiner Hose. Wenn er die Kontrolle über sich wiedererlangen wollte, musste er sich abreagieren. Doch Ann erschien ihm plötzlich gar nicht mehr so verlockend. Nein, er wollte Isabella, nackt und winselnd unter seinem Schwanz. Verdammter Mist!

Als er aus seinem Wagen stieg, öffnete sich die Tür des Clubs, und Monice sah ihn fragend an. „Du bist sehr stürmisch heute Abend, Lucian!"

Ein Schwall ihres herben Parfüms traf ihn, als er mit festen Schritten an ihr vorbeiging. Mit ihr zu reden, war das Letzte, was er im Moment wollte. Er wollte überhaupt nicht reden. Monice hielt ihn am Arm fest, und mit einem wilden, fast bösartigen Blick riss er sich von ihr los.

„Lucian, verdammt! Was ist denn los mit dir?" Ungläubig sah sie ihm nach. „In diesem Zustand kannst du unmöglich zu den Mädchen!" Lucian wirbelte herum und funkelte sie böse an. „Mir gehört der Club, und ich lasse mir von dir nicht vorschreiben, wann und wo ich meine Gelüste auslebe."

Monice stützte die Hände auf ihre üppigen Hüften und sprach leise. „Kontrolle ist das oberste Gebot eines Doms. Das hast du mir beigebracht. Bist du der Meinung, du hast dich im Griff, Lucian Green? Ich bin immer noch die Geschäftsführerin in deinem Club und für die Sicherheit der Gäste verantwortlich." Ihre sachliche Stimme ließ ihn innehalten. Sein Atem ging stoßweise, er war außer sich, und dass sie recht hatte, machte die Angelegenheit noch schlimmer.

Monice legte beruhigend ihre Hand auf seine Schulter. „Lass uns einen Drink nehmen, und dann erzählst du mir, was los ist."

Lucian zog seine Schulter unter ihrer Hand weg, ging allerdings zur Bar und nicht in die hinteren Räume. Er musste zur Ruhe kommen, bevor er Ann unterwarf.

Monice bestellte zwei Whisky und schob einen vor Lucians Nase. Er drehte das Glas in seinen Händen und versuchte, seine Gedanken zu ordnen. So ein Ausbruch war sehr ungewöhnlich für ihn, doch Isabella war ihm unter die Haut gegangen, und er musste herausfinden, warum. Er kippte den Drink mit einem Schluck runter und winkte dem Barkeeper zu.

„Was ist nur in dich gefahren?", versuchte Monice, ihn zum Reden zu bringen, aber im Grunde wusste sie, dass er nicht ein Wort sagen würde.

Sein Blick war starr und unbewegt, gefühlskalt wie immer. Nur am Mahlen seiner Zähne war die Anspannung in seinem Inneren abzulesen. Sie kannten sich seit Jahren, aber so hatte Monice ihn nie erlebt. Lucian Green verlor niemals die Beherrschung, zeigte keine Gefühle, und er betrank sich nicht. Irgendetwas machte ihm schwer zu schaffen, doch im Grunde ging sie das nichts mehr an. „Lucian, ich muss mit dir reden, geschäftlich."

„Heute nicht, Monice. Lass mich einfach in Ruhe." Sein Blick sagte ihr deutlich, dass er kein einziges Wort mehr verlieren würde.

„Du hast hoffentlich genug Verantwortungsgefühl, erst nach hinten zu kommen, wenn du dich beruhigt hast", sagte Monice eindringlich. Wenn sie es nicht besser wüsste, würde sie fast glauben, es ginge um eine Frau, aber Lucian Green grübelte nicht über Frauen. Lucian Green spielte mit einer Sub und dann ging er wieder seiner Wege. Ein Lucian Green investierte keine Gefühle.

Monice rutschte von ihrem Stuhl und sah ihn noch einmal an, nicht ohne Bedauern und Mitgefühl. Sie erinnerte sich an eine Zeit, da hatte sie geglaubt, diesen Mann zu lieben. Das war lange her. Jetzt tat er ihr nur noch leid. Er merkte nicht, wie er in seiner Gefühllosigkeit zu Eis erstarrte.

Er sah nicht einmal auf, als Monice in ihr Büro ging.

*Verantwortungsgefühl!* Das Wort hallte in seinem Schädel nach. Er trank den zweiten Whisky und hob sein leeres Glas. John, der Barkeeper, stellte mit hochgezogenen Augenbrauen die Flasche vor Lucian ab, war allerdings schlau genug, kein Wort zu sagen. *Guter Junge!*

Was Monice wohl geschäftlich mit ihm besprechen wollte? Vielleicht sollte er ins Büro gehen und sie danach fragen. Jede Ablenkung war ihm willkommen. Stattdessen kippte er einen weiteren Whisky hinterher und dachte an Isabella.

Isabella … Ihr Name lag wie ein Stück Karamell auf seiner Zunge, weich, sündig, verlockend. Der nächste Drink rann seine Kehle hinunter, in der vagen Hoffnung, den eingebildeten Geschmack der fremden Frau zu vertreiben.

Eine feste Hand legte sich auf Lucians Schulter. „Was zum Teufel hast du mit Isabella gemacht?"

*Damian. Der hat mir gerade noch gefehlt.*

„Lass mich in Ruhe", sagte Lucian barsch und versuchte, Damians Hand von seiner Schulter abzuschütteln, vergebens.

„Ich werde dich nicht in Ruhe lassen. Isabella war vollkommen durcheinander, als du sie verlassen hast. Was hast du ihr angetan?"

„Angetan? Bist du verrückt? Ich habe sie nicht einmal angefasst." Doch, das hatte er. Er hatte nicht widerstehen können, ihre Haut zu berühren. Als seine Lippen flüchtig ihren Hals küssten, hatte sich seine Herzfrequenz verdoppelt. Sie hatte so verführerisch geduftet, nach Rosenseife und einem leichten, blumigen Parfüm und nach ihrer Erregung. Allein die Erinnerung an ihren Duft jagte direkt in seinen Schwanz. „Sie ist wegen ihrer eigenen Gefühle verstört. Von wegen kalt wie Eis. Diese Frau hat so viel Feuer in sich eingeschlossen, dass ich mich an ihr verbrannt habe. Hast du dir je die Mühe gemacht, sie dir anzusehen? Diese Frau ist ein Vulkan, und du hast mich mitten in die Falle tappen lassen."

Damian starrte seinen Bruder ungläubig an. Nicht nur, dass Lucian so poetisch war, es war der Klang seiner Stimme, die ihn irritierte. *Was war in dieser verdammten Nische vorgefallen, was die beiden so durcheinander brachte?* Persönlich war es ihm gleich, was Lucian mit Isabella anstellte, aber Jesse war außer sich. Er hatte genug eigene Probleme, da brauchte er nicht auch noch Lucians Geilheit nach Jesses bester Freundin. Lucian hatte sie einfach nur flachlegen sollen und nicht die ganze Galerie durcheinanderbringen.

Jesse, der hinter Damian stand, sah Lucian erschrocken an. Er würde sich nie getrauen, den Dom direkt anzusprechen, aber das lief alles aus dem Ruder. Bell war nicht so wie sie. Sie war nicht hemmungslos, ging nie ein Risiko ein, erst recht nicht in Sachen Sexualität. Bell hatte Angst vor Nähe, sie ließ ja nicht einmal Berührungen zu. *Was habe ich mir nur gedacht? Ich hätte nie sagen dürfen, Isabella sei von Pauls Fotos angetan. Das ist alles meine Schuld. Oh Gott, Bell, es tut mir so leid.*

Damian unternahm noch einen Versuch. „Wie geht es jetzt weiter?"

„Ich, für meinen Teil, werde sie wieder sehen. Was ihr macht, ist mir egal."

Jesse schnappte nach Luft, doch Lucians finsterer Blick erstickte jede Widerrede im Keim. Damian kannte seinen Bruder gut genug, um zu wissen, dass nichts, was sie sagen könnten, ihn von seiner Entscheidung abbringen würde. Jedes weitere Wort würde ihn nur wütender machen, und bei dem Alkoholpensum, das er intus hatte, war das nicht ratsam.

„Bitte sei vorsichtig", sagte Jesse leise. „Sie ist nicht so stark, wie sie tut."

Lucians Stimme hatte sich vollkommen verändert, als er antwortete. Sie klang weich, fast zärtlich. „Glaubst du wirklich, das hätte ich nicht bemerkt?"

## 4

Isabella konnte ihre Arme und Beine nicht bewegen. Als sie nach oben blickte, sah sie ihr rechtes Handgelenk mit einem Lederriemen an einem Balken festgebunden. Das linke Handgelenk und ihre Beine waren ebenfalls gefesselt. Mit weit gespreizten Gliedern stand sie mitten in einem schummrig beleuchteten Raum, und hinter sich vernahm sie leise Schritte. Ihr Herz hämmerte in wilder Panik in ihrer Brust, und mit zittriger, dünner Stimme flüsterte sie: „Hallo? Wer ist da?“ Kalter Schweiß rann ihr den Rücken hinab.

Eine warme Hand legte sich von hinten auf ihre Schulter. Isabella zuckte zusammen und schrie leise auf.

„Schhhht! Hab keine Angst. Dir wird nichts geschehen.“

Was für ein Quatsch! Ihr war schon etwas geschehen. Sie stand hier, gefesselt, einem Fremden ausgeliefert, und wusste nicht, wie sie hierhergekommen war. Außerdem war sie nackt.

Oh Gott! Sie war nackt.

Die Panik verstärkte sich. Isabella wollte sich mit ihren Händen bedecken, doch die Fesseln ließen ihr keinen Bewegungsspielraum, und sie rüttelte an ihnen wie verrückt. Tränen rannen ihr über die Wangen, und ihr klägliches Schluchzen hallte von den Wänden wider. Da legte sich ein schwarzes Tuch über ihre Augen und nahm ihr die Sicht. Ein panischer Laut entrang ihrer Kehle, und die Tränen sickerten in den Seidenschal. „Bitte!“, flehte sie. „Lassen Sie mich gehen.“

Die warme Hand strich sanft über ihre entblößten Arme. „Du bist in Sicherheit. Lass dich einfach fallen. Was fühlst du noch, außer deiner Angst?“

Was sollte denn diese Frage? Ihre Angst überdeckte alles, ließ sie zittern und keinen klaren Gedanken fassen. Doch diese Stimme … Sie kam ihr bekannt vor. Ihr schlug das Herz höher, als sie begriff, dass es die Stimme des Fremden aus der Galerie war. Ein heißer Schauer glitt über ihre Haut. „Wer sind Sie?“

„Ich bin deine Lust, dein Begehren, all deine Sehnsucht. Bei mir findest du deine Erfüllung.“

Wie zur Bestätigung berührte er sanft ihre Brüste, und ihre Nippel stellten sich sofort auf. Isabella biss sich auf die Unterlippe, um nicht zu stöhnen. Ihres Sehsinns beraubt, nahm sie die Berührung des Fremden intensiver war. Seine Hand glitt tiefer, über ihren Bauch, über ihre Schenkel und wieder hinauf. Ihre pulsierende Mitte hatte er nicht berührt, und doch spürte sie, wie sich Hitze in ihr ausbreitete. Feuchte Lippen berührten ihre

Brustwarzen, saugten und leckten, bis Isabella vor Wonne seufzte. Mit gierigen Zähnen bearbeitete der Fremde jetzt ihre hervorstehenden Nippel.

Kurz bevor sie den Schmerz nicht mehr aushielt, ließ er von ihr ab, und das Stöhnen entwich ihr so schnell, dass sie es nicht mehr zurückhalten konnte. Hormone rauschten durch ihren Körper, machten sie schwindlig. Die Angst war allgegenwärtig, doch allmählich nahm sie noch eine andere Empfindung wahr. Unter alldem Zittern, dem hechelnden Atmen und der Panik war Lust. Fassungslos versuchte Isabella, sich dagegen zu wehren, doch die fremden Hände wurden fordernder und bahnten sich unaufhaltsam einen Weg zu ihrem Geschlecht. Er presste zwei Finger in ihre Spalte, und es war Isabella unsagbar peinlich, als sie ohne Widerstand in sie hineinglitten. Sie war so feucht, dass ihr die Schamesröte in die Wangen schoss. Seine Finger drangen gierig in sie ein, streichelten abwechselnd die kleine Perle und ihre Schamlippen und tauchten dann wieder in ihre Feuchtigkeit. Auch sein Atem beschleunigte sich, und Isabella spürte die heiße Luft an ihrem Bauch. Dieses Spiel schien den Fremden genauso zu erregen wie sie.

Mit dem Daumen streifte er zart über ihre Klitoris. Als er den Druck auf ihre Perle erhöhte, schrie sie auf und presste ihren Unterleib in seine Hand, jede Zurückhaltung vergessend. Es war ihr egal, dass sie nicht wusste, wer sie da berührte oder wo sie sich befand. Einzig, dass dieses verdammte Ziehen in ihrem Inneren ein Ende fand, zählte für sie. Er reizte sie immer schneller und kräftiger, und ein berauschendes Kribbeln erfasste Isabella. Seine Lippen berührten jeden Zentimeter ihrer Haut, hinterließen glühendes Verlangen und Gänsehaut. Mit der Zunge leckte er ihre Brustwarzen und über ihren Nacken, während er unaufhaltsam ihr Geschlecht bearbeitete. Als sie dachte, es nicht mehr auszuhalten, kniff er schmerzhaft in ihre geschwollene Perle und schleuderte sie so über den Abgrund. Ihre Lust entlud sich in einem gellenden Schrei.

Isabella schlug die Augen auf.

Verwirrt, um Atem ringend und mit klopfendem Herzen, sah sie sich um. Arme und Beine eng an ihren Körper gepresst, lag sie in einem Bett, in ihrem Bett. Panisch strampelnd, befreite sie sich von dem Laken, das sich um ihren in Schweiß gebadeten Leib gewickelt hatte. Ihr schwirrte der Kopf, alles drehte sich, und sie brauchte ein paar Minuten, um zu begreifen, was geschehen war. Sie hatte soeben ihren ersten Orgasmus erlebt, ohne dass sie jemand berührt hatte. *Es war ein Traum, nur ein verdammter Traum.*

Minutenlang lag sie in ihrem Bett, starrte an die Decke und spürte den Empfindungen nach, die sie durchrauschten. Tränen der Einsamkeit rollten über ihre Wangen. Sie musste sich dringend wieder in den Griff bekommen. Ihre Hand lag immer noch auf ihrem pulsierenden Geschlecht, und das Prickeln ihres Höhepunktes war nicht ganz abgeklungen. Isabella begann sich zu streicheln. Sie zwirbelte hart ihre Brustwarzen und ließ zwei Finger in ihre Feuchtigkeit gleiten. Die Bilder ihres Traumes erfüllten ihr Denken. Sie spürte die Hand des Fremden auf ihrem Körper, fühlte, wie dieses unsagbare Kribbeln in ihrem Unterleib erneut zunahm. Fester und schneller rieb sie ihre Perle und stieß immer wieder ihre Finger in sich. Als sie spürte, dass sie wieder nicht über den Abgrund gelangte, kniff sie in ihre Brustwarze und in ihre Klitoris.

Mit einem überraschten Aufschrei rollten die Zuckungen über sie hinweg. Ein wohliges Glücksgefühl breitete sich in ihr aus. Sie kuschelte sich in ihre Decke und wollte vor Scham vergehen, doch die Erfüllung ihrer Begierde ließ die Schuldgefühle abflauen. Befriedigt und glücklich lächelte Isabella vor sich hin.

Als sie auf den Wecker sah, war es 6:30 Uhr, und mit einem Lächeln stand sie auf, um ins Bad zu gehen. Sie duschte ausgiebig, zog eine bequeme Jeans und ein T-Shirt an und machte sich eine große Tasse Milchkaffee. Voller Tatendrang ging sie hinunter in die Galerie, schlenderte an den Bildern vorbei, die ihr jetzt weniger bedrohlich, aber umso erotischer erschienen. Schmunzelnd blieb sie vor dem Bild mit dem nackten Männerrücken stehen. „Wer bist du nur?“, fragte sie in die Stille hinein, voller Sehnsucht. Tief Luft holend, ging sie zu ihrem Schreibtisch und machte sich an die Arbeit.

Ihre gute Laune bekam einen weiteren Impuls, als sie den Gewinn des gestrigen Abends überschlug. Paul würde sich über einen Scheck von über $50.000 freuen. Er hätte ihr ruhig mehr vertrauen können, schließlich verstand sie etwas von ihrem Geschäft. Wieder schweiften ihre Gedanken zu dem Fremden. Er hatte behauptet, sie hätte von der ganzen Materie keinen Schimmer. „Muss man auch nicht. Man muss nur wissen, wofür die Leute ihr Geld ausgeben“, trillerte sie fröhlich vor sich hin

„Was muss man nicht?“ Jesse betrat die Galerie und schmunzelte ihr scheu zu.

Isabella lächelte verkniffen zurück. Gestern Abend war sie etwas aus dem Rahmen gefallen, das war ihr klar. Es fiel ihr unglaublich schwer, sich für ihr Verhalten zu entschuldigen. „Jesse. Gut, dass du kommst. Ich habe schon mit dem Papierkram angefangen.“ Sie holte tief Luft und sah ihn direkt an. *Kneifen geht nicht.* „Das gestern Abend tut mir leid.“

Jesse wusste, dass er nicht mehr erwarten konnte. Für Isabella war es eine Überwindung, überhaupt zuzugeben, dass sie sich danebenbenommen hatte. „Ich habe mir Sorgen um dich gemacht. Solche Gefühlsausbrüche kenne ich von meiner kleinen Eisprinzessin gar nicht."

Gut, die kleine Spitze mit der Eisprinzessin musste sie ihm zugestehen. Isabella versuchte einen Schmollmund, hielt aber nicht lange durch und lachte: „Kaffee?"

„Ja, klar. Seit wann bist du denn schon hier und wie kommt es, dass du so gute Laune hast?"

„Seit drei Stunden. Ich habe schon die Abrechnung gemacht. Jetzt müssen wir nur noch die Logistik vorbereiten. Es sind auch schon zwei weitere Anfragen eingegangen. Ich glaube, Ende der Woche haben wir alle Bilder verkauft."

Verstohlen warf sie einen Blick durch die offen stehende Bürotür auf die Fotos. Ob ihr Fremder eines gekauft hatte? *Ihr Fremder.* Jetzt drehte sie durch. Aber eins wusste sie nach ihren Erlebnissen am frühen Morgen mit Sicherheit. Sie wollte ihn wiedersehen. Ob er ihr auch im wahren Leben eine solche Lust bereiten konnte?

„Hast du schon die Kritik gelesen?" Jesse wusste, dass sie es noch nicht getan hatte. Isabella hatte immer unsagbar viel Angst vor der Kritik der Presseleute. Deshalb tat sie so, als interessiere es sie nicht.

„Nein. Glaubst du, die Ausstellung wird besser, wenn die sich das Maul zerreißen?"

Jesse legte ihr lächelnd den Artikel auf den Schreibtisch. Desinteressiert warf sie einen Blick auf die Titelzeile: *Die Träume der Eisprinzessin*

Geschockt riss sie die Augen auf und griff nach der vermaledeiten Zeitung. „Dieser elende Schmierfink."

„Der Artikel ist gut. Du kannst ihn ruhig lesen." Isabella warf einen skeptischen Blick in Jesses Richtung, drehte sich dann mit dem Rücken zu ihm und las:

*„Die Galerie Steen & Wheeler bewies einmal mehr, dass sie ein Händchen für außergewöhnliche Kunst hat. Auch wenn man es der Eisprinzessin nicht zutraut, hat sie doch ein Ohr am Puls der Zeit. Der bis gestern noch relativ unbekannte Künstler Paul Garwis brilliert durch ein unvergleichliches Gespür für subtile Zurschaustellung primitivster menschlicher Gelüste. So umstritten das Thema S/M Sex ist, die Bilder sind sehenswert, suggerieren sie doch nur eine Ahnung und überlassen dem Betrachter die Erfüllung seiner Fantasien.*

*Isabella Steen machte ihrem Namen alle Ehre. Ganz in rote Seide gehüllt, wollte man meinen, diese Frau gehört in eine andere Sphäre. Ist sie nun eiskalt oder gehört das zu ihrem Image oder geben die berauschenden Bilder einen Einblick in die wahre Welt der Isabella Steen?*

*Die Ausstellung ist noch bis Ende nächster Woche in der Galerie in der Central Park West geöffnet."*

Isabella seufzte und merkte erst in diesem Moment, dass sie die ganze Zeit die Luft angehalten hatte. Der Artikel war weniger reißerisch, als die Überschrift es angedeutet hatte. Als Benni Duttly ihr gestern Abend vertrauensvoll eine Hand auf den Hintern gelegt hatte, wollte sie ihn im ersten Moment ohrfeigen. Doch dann hatte sie alle Willenskraft zusammengenommen, ihn angelächelt und ihm gesagt: „Dafür möchte ich morgen eine wohlwollende Kritik von Ihnen. Das ist das Mindeste, was ich für meinen Arsch erwarten kann." Mit diesen Worten hatte sie auf seine Hand gestarrt und ihm anschließend einen bitterbösen Blick zugeworfen. Scheinbar hatte es sich doch gelohnt, diesen Schmierlappen von einem Schreiberling zu ertragen.

Jesse stand mit seiner Kaffeetasse an ihrem Schreibtisch und wartete auf ihre Reaktion. Isabella sagte nichts zu dem Artikel. Ihr Blick saugte sich an der Titelzeile fest. *Wenn die wüssten, was die Eisprinzessin für Träume hat, dass gäbe einen handfesten Skandal.*

„Was muss man nicht?", fragte Jesse, als Isabella nichts sagte.

Sie zuckte zusammen. Für ein paar Sekunden hatte sie ihn tatsächlich vergessen. „Was meinst du?"

„Als ich reingekommen bin, sagtest du: Muss man auch nicht."

„Ach das. Dieser Fremde hat gesagt, ich hätte keine Ahnung von der Materie und es wundere ihn, dass ich die Ausstellung dennoch gemacht habe." Jesse lächelte in sich hinein. So wie er gestern Nacht Lucian erlebt hatte, war er sich nicht mehr so sicher, ob Bell nicht doch Ahnung hatte. Der Master hatte vollkommen die Kontrolle über sich verloren, und das war mit Sicherheit eine Qual für ihn.

„Du kennst ihn, stimmt's?", fragte Isabella und sah ihn starr an, damit er ihrem Blick nicht auswich.

Jesse war nicht wohl bei der Sache, aber es ging um Bell und er hatte mit seinem losen Mundwerk schon genug angerichtet. Er war ihr die Wahrheit schuldig. „Er ist Damians Bruder."

„Damian hat einen Bruder? Wieso hast du mir das gestern nicht gesagt?"

„Weil du es nicht wissen solltest. Er wird sich bei dir melden. Da bin ich mir sicher."

Isabella sah die Bedrängnis in Jesses Miene. „Du wirst mir jetzt alles sagen, was du über ihn weißt." Sie holte tief Luft und versuchte, sich zu beruhigen. „Jesse, bitte! Dieser Mann ist seit Jahren der Erste, den ich interessant finde. Dabei habe ich ihn noch nicht einmal gesehen."

Jesse hob verwundert eine Augenbraue. „Wie? Du hast ihn nicht

gesehen?"
„Er stand hinter mir", sagte sie knapp.
„Wenn du mir erzählst, was zwischen euch vorgefallen ist, dann sage ich dir, was ich über ihn weiß."
„Da gibt es nichts zu erzählen. Eigentlich ist gar nichts vorgefallen", sagte sie einsilbig.
Jesse war erleichtert und enttäuscht zugleich. Erleichtert, weil er nun nichts über Lucian preisgeben musste, und enttäuscht, weil Bell ihm offensichtlich nicht vertraute. Jesse griff nach seiner Kaffeetasse und ging zu seinem Schreibtisch.
„Was tust du?"
„Arbeiten." Er grinste. „Du willst mir wirklich weismachen, dass sich nichts zwischen euch abgespielt hat? Nur komisch, dass ich dich in all den Jahren unserer Freundschaft nie so aufgewühlt gesehen habe wie gestern Abend."
Isabella setzte sich auf Jesses Schreibtisch. „Nun gut. Ich war ganz hinten und habe mir eines der Fotos angesehen. Da stand er plötzlich hinter mir. Ich wollte mich umdrehen, aber er hielt mich fest, flüsterte mir ins Ohr, und seine Stimme und die Fotos ... Ich bin in letzter Zeit so überreizt. Er hat mich verwirrt." Jesse war überrascht. Isabellas Stimme war zittrig und leise. Das waren tatsächlich echte Gefühle.
„Was hat er gesagt?"
„Dass ich genau hinsehen muss, um die Lust wahrzunehmen. Und dass er diese Leute alle kennt, dass ihm der Club gehört, in dem die Bilder entstanden sind. Ich dachte doch die ganze Zeit, dass das alles Models sind und die Szenen gestellt. Und dann sagte er noch, wenn ich richtig hinsehe, dann würde ich auch ihn sehen." Sie hörte wieder seine samtene Stimme in ihrem Kopf. *Du würdest dich nicht wehren, wenn ich dich an die Wand drücke.... Oh mein Gott!* Ihr Herz begann schon wieder zu flattern.
„Wusstest du, dass die Fotos echt sind?", fragte Isabella, in der sich plötzlich etwas zusammenbraute.
„Ja." Jesses Stimme war kleinlaut.
„Und du kennst diese Leute auch?" Ihre Stimme gewann an Schärfe.
„Ja. Aus dem Club."
„Wir haben fast zwei Monate an der Ausstellung gearbeitet und du hast es nicht für nötig befunden, mir zu sagen, dass du diese Leute kennst, dass diese Szenen echt sind und nicht gestellt?"
„Erinnerst du dich an deine Reaktion, als du die Entwürfe von Paul zum ersten Mal gesehen hast?" Nun wurde auch Jesse wütend. „Du sagtest, ich zitiere: Was für ein perverser Scheiß, aber wenn die Leute dafür Geld

ausgeben, dann soll es mir recht sein." Jesse holte tief Luft. „Hätte ich dir da sagen sollen, dass du deinen Horizont ruhig ein bisschen erweitern könntest und dass S/M die höchste Lust bedeuten kann, wenn man den richtigen Partner hat? Und dann hast du auf die Bilder in einer Weise reagiert, die mir die Sprache verschlagen hat."

Isabella stand der Mund offen. Jesse? Ihr Jesse praktizierte S/M. Sie brachte kein Wort heraus. Sicher, sie fand es nicht mehr so abstoßend, wie vor ein paar Wochen, aber Jesse … Und dass er mitbekommen hatte, dass sie die Bilder anziehend fand, trieb ihr die Schamesröte ins Gesicht. Sie fühlte sich wie eine Heuchlerin und war dennoch nicht in der Lage, etwas zu sagen.

„Ich sehe dir an, dass du deine Meinung nicht geändert hast. Lass uns das Thema einfach vergessen und die Logistik ausarbeiten."

Völlig verwirrt ging Isabella zu ihrem Schreibtisch. Die nächsten Stunden schwiegen sie sich an und arbeiteten. Aber Isabella konnte sich nicht konzentrieren. Immer wieder huschten Bilder durch ihren Verstand, auf denen sie Jesse sah, gefesselt und mit Striemen übersät, so wie auf den Bildern. Verstohlen sah sie zu ihm rüber und bemerkte, dass auch er sie beobachtete. Ein Lächeln wollte ihr noch nicht so recht gelingen. Ihre Gefühle fuhren Achterbahn, und immer, wenn sie an den Fremden dachte, begann ihr Herz wild zu schlagen. Sie wollte mehr über ihn erfahren, auch wenn das bedeutete, dass sie über ihren Schatten springen musste. Jesse war doch ihr Freund. Wenn sie nicht mit ihm reden konnte, mit wem denn dann?

„Bist du glücklich damit?" Ihre Stimme klang schon wieder dünn und unsicher. Sie hasste das.

„Ja, das bin ich."

„Und Damian?"

„Er ist mein Dom."

Isabella verschluckte sich an ihrem Kaffee und hustete. Das war etwas zu viel, doch sie wollte sich von ihren Vorurteilen nicht beeinflussen lassen. Schließlich war er immer noch Jesse. Und ging es hier nicht auch um sie? Sie war diejenige, die ihre Hormone nicht im Griff hatte, die nachts von Fesselspielen und fremden Männern träumte. Vielleicht, wenn sie ein bisschen mehr über die Szene erfuhr, vielleicht hörte dieses Verlangen in ihr dann auf? Immer wieder schaute sie durch die geöffnete Bürotür auf die Fotos in der Galerie.

„Zeigst du ihn mir?", flüsterte sie.

„Damian ist nicht auf den Bilder."

„Ich meine seinen Bruder. Wie heißt er eigentlich?"

Jesse stand auf, ohne ihr zu antworten, und ging in den Galeriebereich.

Mit etwas zittrigen Beinen folgte Isabella ihm und noch bevor Jesse stehenblieb, wusste sie, welches Bild er ihr zeigen würde.

„Das ist Lucian, Damians Bruder."

Sie standen vor dem Bild mit dem Andreaskreuz, das Isabella schon so oft betrachtet hatte. Den Mann sah man nur von hinten und auch nur einen Teil seines Rückens und doch hatte sie die Anziehungskraft dieser Szene in der vergangenen Nacht am eigenen Leib erlebt. Hatte sie instinktiv gewusst, dass er der Fremde auf dem Foto war? Nein! Woher hätte sie das wissen sollen? Unschlüssig stand sie neben Jesse, sah verstohlen zu ihm rüber und hatte unzählige Fragen, über diesen Mann, über S/M und über die Bilder.

„Ist er brutal?"

„S/M ist nicht brutal. Es geht um Lust, um Begierde, um Phantasien, Dominanz und Unterwerfung."

„Und du … du unterwirfst dich Damian?" Es fiel Isabella sehr schwer, diese Frage zu stellen. Es lag eher an Damian als an Jesse. Sie mochte Damian nicht. Als sie ihn zum ersten Mal gesehen hatte, da kam er ihr irgendwie falsch vor. Der Gedanke, dass er Jesse dominierte, sogar fesselte und schlug, machte sie unruhig. Wie war es möglich, dass Jesse ihm so sehr vertraute? Sie könnte sich niemals einem anderen Menschen so ausliefern.

„Es ist ein Spiel, Isabella. Ich gebe mich gerne hin, lasse mich von Damian führen. Ich lege die Verantwortung für meine Empfindungen und meine Lust in seine Hände. Er gibt mir die Erfüllung, die ich brauche."

Da war ein merkwürdiger Unterton in Jesses Stimme, den Isabella nicht zuordnen konnte. „Das klingt ziemlich egoistisch."

„Vielleicht ist das so, ja. Damian gibt und ich nehme. Auf diese Weise leben wir unsere unterschiedlichen Neigungen aus."

Isabella hatte das Gefühl, ein Schatten glitt über Jesses Gesicht, doch der Augenblick war so schnell vorbei, dass sie glaubte, sich geirrt zu haben. „Und das Schlagen? Ich kann nicht verstehen, wieso es ausgerechnet Schmerz ist, der einem Erfüllung gibt." Die Art und Weise, wie Isabella das sagte, verwirrte Jesse. Es klang ganz so, als hätte sie bereits Erfahrung in dieser Richtung. Sie sagte ihm nicht alles, das stand für ihn fest.

„Es geht nicht um Gewalt, Bell. Ja, es ist Schmerz, aber es ist nicht so, dass man einfach drauflos schlägt. Ein guter Dom erkennt die Wünsche und vor allem die Grenzen seines Subs. Am Anfang ist der Schmerz nicht schlimm, er ist ein Reiz, ein Impuls. Wenn sich die Intensität dann erhöht, wandelst du den Schmerz bereits in Lust um. Jeder Schlag erhöht deinen Hunger. Außerdem besteht S/M nicht nur aus Schlagen. Es gibt andere Dominanzformen oder Rollenspiele. Wichtig ist, was dir gefällt. Dein Dom wird sich immer nach deinen Grenzen und Tabus richten. Er ist für deine geistige und körperliche Gesundheit verantwortlich. Und für deine Lust natürlich!", fügte Jesse mit einem anzüglichen Grinsen hinzu. „Es ist wichtig, einen Partner zu finden, dessen Neigungen die eigenen ergänzen."

Mittlerweile saßen sie im Schneidersitz auf dem Boden und Isabella bekam ihre erste Theoriestunde in Sachen S/M. „Und Lucian ist ein Dom?"

„Der Beste, den ich je gesehen habe. Er hat die absolute Selbstkontrolle. Bis auf gestern A…" Jesse brach den Satz ab. Verdammt, das war mehr als er hätte sagen dürfen.

„Gestern Abend?" Isabellas Wangen färbten sich rot. „Was war gestern Abend? Hast du ihn noch gesehen?"

„Bell, bitte dräng mich nicht. Ich werde dir nichts weiter sagen. Lucian würde mich wahrscheinlich jetzt schon in der Luft zerreißen."

„Wieso sollte er? Du erzählst ja nicht ein Wort über ihn."

Jesse musste über ihren Schmollmund lachen, doch dann wurde er wieder ernst.

„Er hat wirklich Eindruck auf dich gemacht, stimmt's?"

„Es ist mehr, irgendwie tiefer. Er geht mir unter die Haut. Ich bin noch nie einem Mann wie ihm begegnet. Seine bloße Anwesenheit bewirkte komische Sachen bei mir. Ich weiß nicht, wie ich das beschreiben soll. Alles kribbelt in mir, wenn ich nur an ihn denke."

Ob sie wohl merkte, wie sie sich öffnete und Einblicke in ihr Innerstes zuließ? Jesse bezweifelte das. Was ihn allerdings wirklich irritierte, war die Tatsache, dass sie und Lucian fast die gleichen Worte benutzt hatten. *Er geht mir unter die Haut.* Genau das hatte Lucian auch von ihr gesagt.

Isabella dachte verlegen an den Morgen, als sie mit wilden Fantasien über diesen Mann erwacht war und sich selbst befriedigt hatte. Jetzt hatte sie einen Namen für ihre Fantasien, und ihr wurde schon wieder heiß. An diesem Morgen hatte sie die ersten Höhepunkte ihres Lebens gehabt, und dass es der kurze Impuls des Schmerzes gewesen war, der ihr den Kick gebracht hatte, beschämte sie zutiefst. Allerdings war die Befriedigung durch den erlebten Orgasmus nicht aus ihrem Körper gewichen. Eine tiefe Zufriedenheit und Ruhe erfüllte sie. Was konnte daran schlecht sein?

Jesse grinste sie frech an. „Ich bringe mich in Teufels Küche, aber ich sag es dir trotzdem. Damian war sehr wütend auf seinen Bruder, als er dich so aufgewühlt erlebt hat. Er wollte ihn zur Rede stellen und wir sind noch in den Club gefahren. Lucian war genauso durch den Wind wie du."

Das Erste, was Isabella durch den Kopf ging, war eine giftige Antwort. Keine Sekunde glaubte sie daran, dass Damian wütend würde, weil Isabella durcheinander war. Sie war sicher, dass Damian sich nur für einen interessierte und das war Damian selbst. Doch dann versetzte es Isabella einen Stich, zu hören, dass Lucian gestern noch in diesem Club war. Hatte er die Frau getroffen, die sie auf dem Foto gesehen hatte und die er offenbar kannte? Hatte er mit ihr geschlafen, während Isabella sich nur ihren unerfüllten Fantasien hingeben konnte?

Jesse sah, wie sich Isabellas Miene verschloss und deutete ihre Gedanken richtig. „Er war nicht bei den Frauen. Er hat sich betrunken, und dass du das jetzt weißt, wird ihm nicht gefallen."

„Ich möchte ihn wiedersehen", sagte sie leise, wie zu sich selbst.

Jesse zog sie in seine Arme und strich ihr beruhigend über den Rücken. Isabella wehrte sich nicht gegen seine Berührung. „Das wirst du, glaub mir."

Zitternd holte sie Luft. „Ich fühle mich so verletzlich."

„Das ist normal. Die Eisprinzessin taut auf", flachste Jesse und versuchte so, die Anspannung von ihr zu nehmen.

Isabella hob den Kopf und lächelte verzagt. „Das Gefühl gefällt mir allerdings gar nicht."

Jesse lachte befreit und half ihr beim Aufstehen. „Dann lass uns wieder an die Arbeit gehen. Hast du Paul angerufen?"

„Nein, ich dachte mir, ich lasse ihn ausschlafen. Er hatte bestimmt eine lange Nacht." Isabella stoppte und sah zu Jesse. „Sag mal, Paul, ist der auch … ?"

„Nein. Paul macht einfach nur gerne erotische Fotos."

## 5

Lucians Tag war eine einzige Katastrophe. Am Morgen war sein Bruder unverhofft aufgetaucht und hatte ihm eine Standpauke gehalten. Damian wollte ihm nicht glauben, dass er Isabella nicht bedrängt hatte. Die eigentliche Überraschung war die Tatsache, dass sich Damian überhaupt für Isabella interessierte. Seine abfälligen Bemerkungen über Isabella hatten dann zum Streit geführt und das setzte Lucian mehr zu, als er sich eingestehen wollte. Er hatte seinen kleinen Bruder wegen einer Frau angeschrien, die er überhaupt nicht kannte.

Bei seinem Geschäftsessen am Mittag konnte er sich kaum konzentrieren. Immer wieder sah er Isabella in ihrem roten Kleid vor sich. Er malte sich aus, wie er den seidigen Stoff von ihrem Körper riss und sie zitternd vor Begehren vor ihm stand.

Im Fitnessclub hatte er es dann schließlich übertrieben. Gedankenversunken legte er zu viel Gewicht auf oder zählte die Wiederholungen nicht mit. Er konnte sich auf nichts mehr konzentrieren, und die Sauna brachte auch keine Entspannung.

Er musste zu ihr. Bevor er sie nicht besessen hatte, würde er keine Ruhe mehr finden.

Unschlüssig stand Lucian vor seinem Kleiderschrank und wusste nicht, was er anziehen sollte. *Das ist albern. Du bist doch keine fünfzehn mehr.* Kopfschüttelnd entschied er sich für lässige Kleidung, zog eine schwarze Jeans und ein schwarzes Hemd an, band sein Haar im Nacken zusammen und legte etwas Parfüm auf. Als er gerade zur Tür wollte, klingelte das Telefon.

„Ja!“

„Hey. Was machst du?“ Es war Damian, und er klang zerknirscht.

„Hör zu, Damian, unser Streit tut mir leid, aber ich kann es nicht leiden, wenn du dich in meine Angelegenheiten einmischst.“

„Das ist das Problem. Isabella ist Jesses beste Freundin. Es ist nicht nur deine Angelegenheit. Jesse macht mir die Hölle heiß. Er macht sich Sorgen um die Schlam… um sie. Das Ganze war eine Schnapsidee. Du hättest sie einfach in Ruhe lassen sollen.“

Lucian unterdrückte die bissige Antwort, die ihm auf der Zunge lag. „Das sehe ich nicht so. Ich bin auf dem Weg zu ihr, und versuch nicht, mich davon abzuhalten.“

„Das habe ich nicht vor. Du weißt, dass mir völlig egal ist, mit wem du es treibst. Ich habe nur keine Lust auf einen Streit mit Jesse. Geh einfach behutsam mit ihr um.“

„Damian, du solltest mich besser kennen. Ich habe nie eine Frau zu irgendetwas gezwungen. Im Allgemeinen verführe ich. Kümmere du dich lieber angemessen um deinen Lover."

Der letzte Satz hing unangenehm zwischen ihnen.

„Sehen wir uns heute noch im Club?", fragte Damian ausweichend.

„Ich glaube nicht, dass Isabella schon so weit ist."

Damian lachte kurz auf. „Na dann, viel Glück."

„Das kann ich gebrauchen. Mach's gut." Lucian legte auf. Glück! Das hatte er noch nie gebraucht. Wenn eine Frau kein Interesse zeigte, zog er halt weiter. Bei Isabella würde er nicht so schnell aufgeben. Er würde seinen ganzen Charme einsetzen, bis sie sich in Wonnen unter ihm wand.

Sein Schwanz pochte wild bei dem Gedanken an sie. Ja! Er sah sie schon vor sich, mit über dem Kopf gefesselten Handgelenken und gespreizten Beinen. Sie würde ihn anflehen, ihr endlich die gewünschte Erlösung zu geben, und er, er würde sie ihr verweigern. Ja! Sie würde ihm gehören, früher oder später.

Der E-Type jagte über die nächtlichen Straßen, und mit jedem Kilometer, den er Isabella näher kam, wurde Lucian unruhiger. Dieses verdammte Weib brachte ihn um den Verstand. Die Galerie war noch hell erleuchtet, doch als er ausstieg, konnte er niemanden sehen. Er ging zur Tür und spähte in den Ausstellungsraum. Isabella saß auf dem Boden, die Beine lang ausgestreckt und übereinander geschlagen. Mit den Händen stützte sie sich hinter ihrem Körper ab, und ihr Blick war auf das Bild vor ihr gerichtet. Ihr langes Haar reichte bis auf den Boden, und Lucian stellte sich vor, wie er hineingriff und Isabella zu sich heranzog. Sein Schwanz begann schon wieder zu pulsieren.

Er sah zu der Wand hinüber, die Isabella so gebannt betrachtete. Es war das Foto von ihm. Wusste sie, dass er auf dem Foto war? Hatte Jesse gequatscht?

Als er an die Glastür klopfte, sprang sie erschrocken auf die Füße. Da er im Dunkeln stand, konnte sie ihn nicht gleich sehen. Mit zögerlichen Schritten kam sie auf ihn zu und schloss die Tür auf.

„Lucian." Ihre Stimme war nur ein Flüstern.

Skeptisch zog er die Augenbrauen hoch. „Jesse kann wohl seinen Mund nicht halten."

Seine Stimme war dunkel und weich und strich über ihre Haut wie ein Sommerwind. Sie verlor sich in seinen grünen Augen, die sie unverwandt ansahen, das Herz klopfte ihr bis zum Hals, und sie fand einfach ihre Stimme nicht wieder.

„Darf ich eintreten?“

Er hatte ein bezauberndes Lächeln auf den Lippen. Erst jetzt bemerkte Isabella, dass sie die Tür nur einen Spaltbreit geöffnet hatte und sich an ihr festhielt, als würde sie ohne das kühle Glas in ihren Händen zusammenbrechen. Sie trat einen Schritt zurück und öffnete einladend die Tür. Ihre Kehle war trocken. Sie räusperte sich, wusste aber nicht, was sie sagen sollte. *Mein Gott, reiß dich zusammen. Du bist eine erwachsene Frau. Was soll er von dir denken? Benimmst dich wie ein Teenager.* „Was führt Sie in meine Galerie? Sie sagten doch gestern, dass Sie die Fotos alle schon kennen.“

Lucian schmunzelte über ihre Angriffslust. Eine bissige Antwort lag ihm auf der Zunge, als er das heftige Pulsieren an ihrer Halsschlagader sah. „Ich wollte Sie eigentlich zum Essen ausführen.“

Groß und autoritär stand er einen halben Meter vor ihr. Sein langes schwarzes Haar wurde im Nacken mit einem Lederband zusammengehalten. Seine strengen Gesichtszüge waren durch einen leichten Bartansatz gemildert. Das ließ ihn allerdings noch verwegener aussehen. Lucian Green war eine Augenweide. Man konnte sogar sagen, dass er schön war. Sein durchtrainierter Körper strahlte Dominanz und Kraft aus. Isabella wollte in diesen starken Armen versinken, seine Wärme spüren. Es gefiel ihr sehr, dass er leger gekleidet war. Der Hemdkragen stand offen und gab die Sicht auf eine leicht behaarte Brust frei. *Ich würde zu gern meine Hand unter dieses Hemd gleiten lassen.*

„Gefällt Ihnen, was Sie sehen?“

Als er sie frech angrinste wurden kleine Grübchen in seinen Wangen sichtbar. Seine Anziehungskraft war unglaublich. Sie wollte nichts essen. Sie hatte einen ganz anderen Hunger. Energisch wandte sie den Kopf ab, als ihr bewusst wurde, dass sie ihn immer noch anstarrte und nicht geantwortet hatte. Noch bevor sie etwas sagen konnte, knurrte ihr Magen verräterisch. Lucian lachte schallend. Isabella musste auch lachen, und mit einem Mal fiel die ganze Anspannung von ihr ab. Sie schenkte ihm ein strahlendes Lächeln. „Ich würde gerne mit DIR essen gehen.“ Endlich hatte sie ihr Selbstbewusstsein wiedergefunden.

Isabella aktivierte die Alarmanlage und schloss die Galerie ab. Lucian folgte ihr zum Eingang des Wohnhauses in der 87th St. und reservierte telefonisch einen Tisch in einem guten spanischen Restaurant.

*Das passt ja schon mal gut*, dachte Isabella.

Clarence deutete eine Verbeugung an, als er ihnen öffnete. „Einen wunderschönen guten Abend, Ms. Isabella.“

„Guten Abend, Clarence. Darf ich Ihnen Mr. Green vorstellen.“ Clarence ergriff Lucians Hand und sah ihm tief in die Augen. Isabella hatte das Gefühl, die beiden Männer verständigten sich ohne Worte.

„Es ist mir eine Freude, Sie kennenzulernen, Mr. Green." Clarences Antwort war freundlich, aber seine Stimme war es nicht. Isabella war irritiert. Sie hatte Clarence noch nie unfreundlich erlebt.

„Die Freude ist ganz auf meiner Seite, Clarence." Auch Lucians Stimme klang reserviert.

Isabella spürte Clarences Blick auf ihrem Rücken, als sie an Lucians Seite zum Aufzug ging. Lächelnd drehte sie sich zu ihm um. Der alte Mann lächelte zurück, aber seine Augen waren ernst.

Sie betraten gemeinsam den Fahrstuhl, und Isabella gab den Code für ihre Wohnung ein. Lucian trat dich an sie heran und sah ihr tief in die Augen. Er sagte kein Wort, und Isabella musste ihre ganze Willenskraft aufbringen, um seinem Blick nicht auszuweichen. Als der Fahrstuhl anhielt und die Türen sich öffneten, war das wie eine Befreiung für sie.

Interessiert sah Lucian sich um, nachdem Isabella in einem Zimmer verschwand und die Tür hinter sich schloss. Der Wohnbereich war sehr sparsam eingerichtet. An der großen Fensterfront standen zwei weiße Ledersessel, eine Wand bestand nur aus Bücherregalen, und überall waren Kerzenleuchter und antike Laternen angebracht. In der Mitte des Raumes, gegenüber der offenen Designerküche, befand sich ein rustikaler Esstisch mit acht lederbezogenen Stühlen. Große Grünpflanzen rundeten das Bild ab. Lucian gefiel die Einrichtung, aber er hatte etwas anderes erwartet, nicht so puristisch. Bis auf die vielen Kerzenhalter, die Isabella offensichtlich sammelte, befand sich im Wohnbereich kein Schnickschnack. Dennoch wirkte der Raum sehr feminin, und Lucian hätte nicht sagen können, warum.

Noch bevor er sich alles angesehen hatte, kam Isabella mit fliegenden Schritten auf ihn zu. Sie hatte immer noch die eng anliegende Jeans an und trug jetzt einen unglaublich weich aussehenden, dünnen Pulli dazu. Er musste sich wieder mal eingestehen, dass sie in Rot fantastisch aussah. Ihre fast schwarzen Augen funkelten. „So, ich bin fertig. Können wir?"

Wie sie ihm durch den Klang ihrer Stimme das Gefühl gab, sie hätte Stunden auf ihn warten müssen, amüsierte ihn. „Das wird ein interessanter Abend." Sanft legte er seine Hand auf ihren Rücken. Er musste einfach die Weichheit dieses Pullis testen. Als er sich jedoch vorstellte, wie der Stoff auf ihrer Haut lag, zog er die Hand zurück. *Reiß dich zusammen*, befahl er sich im Stillen.

Sie fuhren wieder mit dem viel zu engen Fahrstuhl hinunter. Clarence hielt ihnen die Tür auf und wünschte einen schönen Abend. Der Unterton in der Stimme des alten Mannes zauberte eine leichte Röte auf Isabellas Wangen. Lucian steuerte direkt auf den grünen Jaguar zu, den Isabella vor

ein paar Minuten schon registriert hatte.
„Zweite Gemeinsamkeit."
„Und was ist die erste?", fragte er lächelnd, als er ihr die Autotür aufhielt.
Mist, hatte sie das laut gesagt? „Die spanische Küche. Ich liebe sie."
„Na dann kann nichts mehr schiefgehen." Er grinste wieder übers ganze Gesicht, und seine Grübchen raubten ihr den Atem.

Lucian behielt recht. Das Essen mit ihm war wunderbar.
Lucian Green war 38 Jahre alt und besaß ein Feinkostgeschäft in New York. Er reiste viel nach Frankreich, Italien oder Spanien, um die Produkte vor Ort zu testen und Verträge mit den Lieferanten auszuhandeln. Das Geschäft lief so gut, dass er vor drei Jahren aus L.A. nach New York gezogen war und in den vergangenen Jahren zwei Restaurants eröffnet hatte. Ein drittes, ein Französisches Restaurant, stand kurz vor der Eröffnung. Isabella und Lucian sprachen über ihre Geschäfte, über die Vergangenheit, über Orte, an denen sie schon waren, und über solche, zu denen sie noch wollten. Isabella sah vor ihrem inneren Auge, wie sie mit Lucian gemeinsam Paris, London oder Wien erkundete. Sie lachten viel, und die Atmosphäre zwischen ihnen wurde immer entspannter. Isabella hatte bald das Gefühl, ihn ewig zu kennen. Sie fühlte sich wohl und sicher in seiner Nähe.
Beide hatten sie schon in frühen Jahren ihre Eltern verloren. Während Isabella bei ihrer Großmutter eine Zuflucht gefunden hatte, musste sich Lucian allein um seinen kleinen Bruder kümmern. Lucian war damals fünfundzwanzig gewesen und Damian erst dreizehn. Dieses Erlebnis hatte die Beiden zusammengeschweißt. Isabella empfand eine tiefe Wärme für den Mann ihr gegenüber. Er konnte wunderbar Geschichten erzählen und war ein guter Zuhörer. Seine Nähe fühlte sich sehr vertraut an. Es war mehr als Vertrautheit, sie ging sogar so weit zu sagen, dass sie ihn wirklich mochte. Dieser Mann war unglaublich, mit seinen strengen Gesichtszügen und seinen lachenden grünen Augen. Die kleinen Grübchen, die seinem Gesicht etwas Spitzbübisches gaben, wenn er sie anlachte, raubten ihr jedes Mal den Atem. Sie konnte sich beim besten Willen nicht vorstellen, dass dieser Mann sadistische Neigungen hatte. Ihr Traum kam ihr in den Sinn, als Lucian sein Glas an seine Lippen hob und von dem delikaten Rotwein trank, den er für sie beide ausgewählt hatte. Seine langen, schlanken Finger hielten das Glas elegant, und es war kaum vorstellbar, dass diese Hände Schmerz verursachen konnten.
Irgendetwas musste sich in ihrem Gesicht widergespiegelt haben, denn Lucians Blick veränderte sich. Das Grün seiner Augen wurde dunkler, und sein Blick wurde so intensiv, dass Isabella kaum klar denken konnte. Sie

beobachtete, wie er sein Glas abstellte und nach ihrer Hand griff, die bewegungsunfähig neben ihrem Glas lag.

„Deine Hand ist eiskalt." Seine Stimme klang besorgt.

Sie wollte sie ihm entziehen, aber er nahm auch noch die zweite und umschloss sie liebevoll mit seinen Händen. Die Wärme, die er ausstrahle, übertrug sich auf ihren ganzen Körper. Lucians Blick wurde durchdringend, und seine Augen begannen, in diesem dunklen Grün zu leuchten.

Er musste sich erst räuspern, bevor er sprechen konnte. „Komm, ich bring dich heim. Dir ist kalt."

„Mir ist nicht kalt", flüsterte sie und wollte noch etwas sagen, brachte es aber nicht über die Lippen. Ihr Herz flatterte, und in ihrem Bauch breitete sich ein drängendes Begehren aus. Sie hielt seinem durchdringenden Blick nicht stand und schlug die Augen nieder. Diese Geste löste etwas in Lucian aus. Ein leises Knurren wehte zu ihr herüber. Fest schloss sich seine Hand um ihre. Er stand auf, zog sie mit sich und hinter sich her, durch das Restaurant. „Lucian, warte, die Rechnung." Isabella stolperte fast über ihre hohen Absätze, so schnell ging er.

„Das Restaurant gehört mir." Seine Stimme war rau und eindringlich. Als sie im Freien angekommen waren, wirbelte er sie zu sich herum, vergrub seine Hände in ihrem Haar, presste ihren Körper gegen die Hauswand und küsste sie. Seine Zunge drängte sich gierig in ihren Mund. Sie öffnete sich ihm bereitwillig, und ein wilder Tanz begann. Isabella wollte sich von ihm nicht dominieren lassen, und er ließ ihre Dominanz ebenso wenig zu. Tief drang er in ihre Mundhöhle ein, und dann saugte er hart an ihrer Zunge. Ein schmerzerfülltes Keuchen entrang sich ihrer Kehle, doch er beendete den Kuss nicht. Sanfter strich seine Zunge über ihre Lippen, und er spielte noch etwas mit ihr. *Gib dich ihm hin. Wehr dich nicht. Er weiß, was er tut.* Isabellas Gedanken überschlugen sich.

Als er ihren Mund wieder freigab, rang sie nach Atem. Sanft strich er mit dem Handrücken über ihre Wange, und seine tiefgrünen Augen blickten auf sie herab. Ihr wurden die Knie weich. Alles an ihm war Verheißung.

„Bring mich heim", hauchte Isabella.

Wortlos öffnete er die Wagentür und ließ sie einsteigen. Er raste durch die Stadt, als wäre der Teufel hinter ihm her. Isabella sah zu ihm rüber, aber seine Miene war für sie unergründlich. Bedenken stiegen in ihr hoch. Im Grunde kannte sie ihn nicht. Vor drei Stunden hatte sie nicht gewusst, wie er aussah, und jetzt waren sie auf dem Weg in ihre Wohnung und Isabella wusste genau, auf was es hinauslaufen würde. Sie hatte das Feuer in seinen Augen gesehen und es hatte sie verbrannt. Was würde er mit ihr anstellen?

Würde er sie schlagen? Fragen über Fragen jagten durch ihren Kopf und Antworten fand sie keine. Sie brauchte ein paar Minuten, um zu merken, dass der Wagen stand und sie bereits vor der Galerie angehalten hatten. Lucian sah sie lächelnd an, streichelte sanft ihre Wangen. „Du denkst zu viel nach, Isabella. Lass dich fallen." Er stieg aus dem Wagen aus und öffnete ihr die Tür.

*Sich fallen lassen.* Das war leichter gesagt, als getan, gerade für Isabella. Ihre Hand zitterte, als sie seine ergriff und sich aus dem Auto helfen ließ. Er schlang einen Arm um ihre Taille und sah ihr tief in die Augen. „Das war ein wunderschöner Abend, Isabella."

Verwirrt sah sie zu ihm auf. In seinen Augen stand Entschlossenheit und etwas Dunkles, dass sie nicht benennen konnte. „Aber …"

Lucian legte ihr einen Finger auf die Lippen. „Ich spüre deine Angst, Isabella. Ich werde dich zu nichts zwingen. Außerdem bist du nicht der Typ Frau, der beim ersten Date mit einem Mann ins Bett geht", fügte er hinzu, als Isabella Luft holte. Seine warme Hand streichelte ihre Wange und strich ihr eine Haarsträhne hinters Ohr. Sie lächelten einander an und versanken im Blick des anderen. Lucian räusperte sich und brachte etwas mehr Abstand zwischen sie, ließ sie aber nicht los. „Magst du Oper?"

„Lieber Ballett oder Musicals." Dass ihr Gehirn noch klare Antworten zustande brachte, wunderte sie.

„Gut, dann hole ich dich Morgen um acht ab."

Etwas in Isabella begehrte auf, und sie konnte nicht sagen, warum. „Morgen ist Samstag", sagte sie.

„Ich weiß." Sein Lächeln wurde breiter.

„Wie kommst du darauf, dass ich an einem Samstagabend zu Hause sitze und nur auf dich warte?"

„Wenn es nicht so wäre, dann würdest du den Termin absagen."

„Mr. Green, Sie sind verdammt arrogant." Doch Isabella konnte sich seinen strahlenden Augen nicht entziehen und lachte. Wem wollte sie etwas vormachen? Sie freute sich auf einen weiteren Abend mit ihm. „Küss mich noch mal, bevor du gehst", flüsterte sie.

Dieser Kuss war ganz anders. Behutsam streichelte er mit der Zunge über ihre Lippen, die unter dieser zarten Berührung bebten. Dann drang er wie ein Verhungernder in ihren Mund ein, liebkoste jeden Zentimeter ihrer Mundhöhle, streichelte mit seiner Zunge die ihre, immer etwas hart und doch zärtlich. Oder mochte sie es einfach hart und hielt es nur für zärtlich? Jedenfalls war sie noch nie in ihrem Leben so geküsst worden. Isabellas Blick war verträumt, als sie sich voneinander lösten. Lucian nahm ihre Hände und küsste die Fingerspitzen. „Gute Nacht, Isabella."

„Du musst nicht gehen", flüsterte sie atemlos. Sie wollte nur noch in seiner Zärtlichkeit versinken.

„Wir sehen uns morgen", flüsterte er an ihrem Hals. „Schlaf gut und träum von mir."

Er stieg in den Wagen, startete den Motor und fuhr los. Isabella starrte seinem Wagen so lange hinterher, bis sie die Rücklichter aus den Augen verlor. Eine unbändige Freude ließ ihren gesamten Körper kribbeln. Sie hatte ein breites Grinsen im Gesicht, als sie sich umdrehte. Clarence stand in der Tür und hielt sie ihr auf.

„Hatten Sie einen schönen Abend, Ms. Isabella?"

„Ja, Clarence, das hatte ich, einen unverhofften und wunderschönen Abend."

Überschwänglich küsste sie ihn auf die weiche, runzlige Wange und strahlte ihn an.

„Gute Nacht, Clarence. Wachen Sie gut über uns."

„Das tu ich immer, Isabella, mein Kind", flüsterte er, als sie im Aufzug verschwand. „Das habe ich Ihrer Großmutter schließlich versprochen."

# 6

Mit einem Lächeln wachte Isabella auf. Lucian war ihr letzter Gedanke gewesen und der erste an diesem strahlenden Morgen. Aufgekratzt sprang sie aus dem Bett, zog sich ihre Laufsachen an und machte sich auf den Weg zum Central Park. Wann hatte sie zum letzten Mal diese Energie gehabt? *Egal! Grüble nicht so viel. Genieß, dass es dir gut geht.* Und das tat sie. Sie genoss das Spiel ihrer Muskeln, die Art, wie sie die Kraft durch ihren Körper jagten, wie die frische, klare Morgenluft ihre Lungen füllte und sie belebte. Die Konzentration auf ihre Atmung klärte ihren Verstand, und Isabella schaffte es wirklich, an gar nichts zu denken.

Ein anderer Jogger gesellte sich zu ihr, und schweigend steigerten sie ihr Tempo. Der junge Mann war gut, verdammt gut, und nach zwei Meilen musste sie zugeben, dass ihre Kondition erheblich nachgelassen hatte. Unvermittelt ließ sie sich zurückfallen. Der junge Mann blieb stehen und begann, seine Muskeln zu dehnen. „Sie sind gut“, begann er ein Gespräch. „Ich habe Sie hier noch nie gesehen.“

„Das ist heute das erste Mal seit einer Ewigkeit, dass mir nach Laufen war. Ich hätte selbst nicht gedacht, dass ich so lange durchhalte. Danke, dass Sie mich mitgezogen haben.“

„War mir ein Vergnügen.“ Sein Blick wanderte über ihren Körper und Isabella wurde unbehaglich zumute.

„Haben Sie Lust, mit mir frühstücken zu gehen?“, fragte der Mann unverblümt. Hätte sein Blick nicht die ganze Zeit auf ihrem Busen gehangen, hätte sie das Angebot vielleicht für nett halten können.

„Nein, danke. Ich gehe lieber duschen.“

„Wenn ich Sie schon beim Laufen ins Schwitzen bringe, sollten Sie mich mal im Bett erleben.“

Für ein paar Sekunden verschlug es Isabella die Sprache.

„Sparen Sie sich Ihre Energie für Frauen auf, die auf so eine primitive Anmache stehen.“ Ohne ein weiteres Wort joggte sie davon.

Noch Minuten später ärgerte sie sich über den unverschämten Kerl. Wie kultiviert und einfühlsam war doch da Lucian. Dass er ihre Angst gespürt hatte und darauf Rücksicht nahm, beeindruckte sie. Er war charmant, hatte Stil, war redegewandt, intelligent und sah auch noch unglaublich gut aus. Isabella grinste, als sie unter der Dusche stand. Diese Augen und seine eleganten, schlanken Hände … Sie freute sich auf den Abend.

Um zehn war sie in der Galerie. Grinsend warf sie einen Blick auf Lucians Bild, da hörte sie bereits die ersten Besucher. Es wurde fast so voll wie am Tag der Eröffnung, und Isabella war mehr als einmal versucht, Jesse anzurufen. Doch Jesse hatte samstags seinen freien Tag, und der war ihm heilig. Außerdem hatte er in den vergangenen Wochen genug geschuftet. Auf jeden Fall hatte Isabella keine Zeit, um zu grübeln, und das genoss sie. Es war bereits fünf Uhr am Nachmittag, als sie fast alle Fotos verkauft hatte, auch das Bild von Lucian. Irgendwie hatte es ihr wehgetan, es zu verkaufen, aber sie war Geschäftsfrau. In einer der Nischen traf sie auf Benni Duttly.

„Können Sie sich die Bilder von Ihrem Schreiberling-Gehalt überhaupt leisten, Duttly?"

„Charmant, charmant, wie immer." Mit einem breiten Grinsen drehte er sich zu ihr um. „Die Ausstellung war ein Riesenerfolg, nicht wahr? An fast allen Bildern sehe ich rote Punkte." Er deutete auf das Bild, das vor ihm hing. Es zeigte eine Frau in einem Käfig. Sie hatte langes blondes Haar, das sich wie ein Vorhang um ihren zusammengekauerten Körper ergoss. Das Foto war im Weichzeichner-Stil und verhüllte somit die Identität der Person.

„Ja. Scheint ganz so, als steht New York derzeit auf Erotik."

„Das ist schon lange so. Ich hätte nur nicht gedacht, dass Sie das merken."

„Sie sind unverschämt, Duttly, aber das ist nichts Neues. Haben Sie nun Interesse an einem der Bilder?"

„Wie Sie schon sagten, sie sind zu teuer und außerdem für meine kleine Wohnung zu groß. Wäre es nicht möglich, kleinere Abzüge herzustellen, für den Otto-Normal-Verbraucher?"

„Das ist eine Kunstgalerie, Duttly, kein Ramschladen. Meine Kunden bezahlen viel Geld, damit sie ein Einzelstück bekommen und nichts von der Stange."

„Es gibt von allen Gemälden Kunstdrucke und da beschwert sich auch niemand."

Etwas an Duttlys Stimme irritierte Isabella. Er hatte ernsthaftes Interesse an diesem Bild. Isabella sah es sich noch einmal genau an. Die Frau hatte etwas sehr Verletzliches, wie sie da so durch die Gitterstäbe sah, etwas Flehendes.

Duttlys Grinsen irritierte sie. „Ich werde mich dann mal um meine zahlende Kundschaft kümmern."

„Warum können Sie mich nicht leiden, Isabella?", fragte er unvermittelt.

Sie stutzte. „Weil Sie mich mal zu einem Sexobjekt degradieren wollten, Duttly." Ihre Stimme war eisig, genau wie ihr Blick.

„Das ist über vier Jahre her, und Sie müssen zugeben, dass Sie eine schöne Frau sind. Welcher Mann gerät da nicht ins Schwärmen?"

„Ich neige dazu, nachtragend zu sein. Und was Ihre Männerfantasien betrifft, die interessieren mich rein gar nicht. Sie werden mich nicht in die Schublade eines kleinen Dummchens hineinpressen."

„Das hatte ich nie vor, Isabella. Sie sind eine bemerkenswerte Frau, in vielerlei Hinsicht, bemerkenswert schön, bemerkenswert intelligent und bemerkenswert kalt. Warum gibt es keinen Mann an Ihrer Seite?"

„Weil es nur sehr wenige Männer gibt, die nicht so sind wie Sie, Duttly, und ich musste die Erfahrung machen, dass diese Männer dann alle schwul sind. Schreiben Sie doch einfach, dass Isabella Steen lesbisch ist, und damit haben die Spekulationen dann ein Ende."

„Aber ich weiß, dass es nicht so ist."

„Woher wollen Sie das wissen?", fragte sie provozierend.

„Lesbische Frauen haben nicht eine solche Ausstrahlung wie Sie."

Er grinste nicht und machte auch sonst keine schlüpfrigen Äußerungen. Benni Duttly stand einfach nur vor ihr und sah sie ernst an.

„Sie bedienen ein Klischee. Und wenn ich es nicht besser wüsste, würde ich sagen, Sie versuchen mit mir zu flirten."

„Und was spricht dagegen?"

Für einen kurzen Moment verlor sie den Boden unter den Füßen. Was war nur los mit den Männern? Jahrelang war sie die Eisprinzessin gewesen, kalt, unnahbar, gefühllos. So hatte Duttly sie in einem seiner ersten Artikel beschrieben. Jetzt war er heute schon der Zweite, der sie anmachte. In dieser Position fühlte sie sich nicht wohl, und Duttly war nicht der Typ Mann, der ihr Interesse wecken würde, selbst wenn die ersten Begegnungen weniger unerfreulich gelaufen wären. Sie drehte sich einfach um und wollte ihn stehen lassen.

„Bitte überlegen Sie sich das mit den Bildern noch mal, Isabella. Ich bin sicher, dass es noch mehr Kunden wie mich gibt, die die Bilder fantastisch finden, sie sich aber nicht leisten können."

Sie war schon hinter einer Wand verschwunden, als sie ihm zurief: „Ich denke darüber nach."

Erst nach sechs Uhr konnte sie die Galerie endlich schließen. Mittlerweile war ihr schlecht und schwindlig. Seit dem Morgen hatte sie nichts mehr gegessen. Im Tiefkühlfach fand sie eine Pizza, schob sie in den Ofen und ging unter die Dusche.

*Kleinere Abzüge der Bilder*, ging es ihr durch den Kopf. Die Idee war gar nicht schlecht. Sie dachte nicht an kleine schlüpfrige Postkarten, sondern an eine halbe Größe. Man müsste die Qualität mit in Betracht ziehen, damit die Originale wirklich etwas Besonderes blieben, aber im Grunde sprach nichts dagegen.

Sie grinste, als sie sich die Seife aus dem Haar spülte. Ausgerechnet Duttly, der Schmierlappen. Doch heute war er nicht so schleimig gewesen wie sonst. Fast hätte sie ihn nett finden können, wenn da nicht die prinzipielle Abneigung gegen Männer bestanden hätte, die sie auf primitive Art anmachten. Aber eigentlich war er gar nicht primitiv gewesen. Isabella schüttelte den Kopf. Was war nur mit dieser Welt los? Oder lag es an ihr?

Ein Kribbeln in ihrem Bauch sagte ihr, dass es nur noch anderthalb Stunden waren, bis sie Lucian wiedersehen würde. Bis jetzt hatte sie sich gut ablenken können, doch jede Minute würde nun zu einer Ewigkeit. Die Küsse gestern Abend waren unglaublich gewesen. Nie zuvor hatte sie einen solchen Hunger, eine solche Gier verspürt. Überrascht und dankbar hatte sie sein Zögern aufgenommen, doch in ihrer Wohnung hatte sie sich so sehr nach seiner Berührung gesehnt, dass sie wieder selbst an sich rumgespielt hatte. „Du bist überreizt, Isabella. Er wird das merken und über dich herfallen und dann …"

Sie hatte nicht so sehr Angst vor seiner Dominanz, auch wenn sie nicht recht wusste, was da auf sie zukam. Was ihr wirklich Angst machte, war der Gedanke, dass sie sich auf Lucian Green einlassen würde und er nach einer Nacht verschwunden wäre. Auf der anderen Seite wäre es dann nicht gerade ratsam, mehr Zeit mit ihm zu verbringen, ihn besser kennenzulernen, mehr Herz zu investieren?

Sie mochte ihn wirklich, und das machte die ganze Sache kompliziert. Vielleicht sollte sie einfach mit ihm schlafen und gut. Das gierige Drängen hätte dann ein Ende und sie könnten beide wieder ihrer Wege gehen. Isabellas Hände zitterten leicht, als sie ihren Körper mit einer duftenden Lotion eincremte, und ihr Herz flatterte wie ein wild gewordener Schmetterling.

Im Grunde wusste sie, dass sie keine Frau für eine Nacht war. Aber was war Lucian Green für ein Mann? Konnte er mehr sein als eine Nacht? Und wie sollte sie dann mit seiner Dominanz, mit seinem Sadismus umgehen? Konnte sie das? Sie war eine selbstbewusste und starke Frau. Was würde mit ihr geschehen, wenn sie sich hingab, sich auslieferte?

*Mach dir nicht so viele Gedanken, mein Kind*, hörte sie die Stimme ihrer Großmutter. *Lass es auf dich zukommen. Genieße das Leben.* Wie oft hatte ihre Großmutter das zu ihr gesagt? Nach dem Tod ihrer Eltern war es Isabella schwer gefallen, irgendetwas zu genießen. Sie fühlte sich wie eine Verräterin, wenn sie das Leben genoss. Sie sollte traurig sein, nicht fröhlich. Doch das alles lag jetzt schon so weit zurück und schließlich war sie noch am Leben.

Isabella spürte, wie die düsteren Gedanken ihre gute Laune beeinträchtigten. Zu gut wusste sie, wo das hinführen würde, und sie wollte das nicht zulassen. Kurzerhand ging sie ins Wohnzimmer, legte eine CD ein und drehte die Lautstärke hoch. Beschwingter ging sie in ihr Schlafzimmer und stand etwas verloren in ihrem Kleiderschrank. Eigentlich hatte sie Lust auf ein ausgefallenes Abendkleid von

Jean-Luc, doch das schien ihr nicht angemessen. Dutzende Kleiderbügel hatte sie in der Hand und hängte sie wieder in den Schrank. Sie brauchte etwas Elegantes, das nicht zu extravagant war, aber auch nicht zu leger. Wie immer griff sie zu einem Hosenanzug, schwarz, mit ausgestellter Dietrichhose. Dazu eine weinrote Seidenbluse, und wenn sie ausnahmsweise mal zwei Knöpfe offenließ, dann war sie auch ein bisschen sexy. Die Hose saß tief auf ihren Hüften, als Isabella sie anzog. Mist! Sie hatte schon wieder abgenommen. Sie durfte im Arbeitsstress nicht immer vergessen, zu essen. Essen! Die Pizza!

Wie vom Blitz getroffen rannte sie in die Küche. Die Pizza war natürlich verbrannt und auch mit viel gutem Willen nicht mehr genießbar. Seufzend warf sie das Kohlestück in den Müll und verdrückte die letzten beiden Joghurts.

*Du hättest auf den Markt gehen sollen, statt zu joggen und dich blöd anmachen zu lassen*, schalt sie sich. „Lucian, Lucian, du bringst mich ganz schön durcheinander.“ Mit einem Lächeln im Gesicht legte sie ein dezentes Make-Up auf und sang lautstark zu Barbara Streisands „Something's Coming“ mit. Das Läuten der Gegensprechanlage hätte sie fast überhört.

„Mr. Green ist da“, sagte Clarence und wirkte distanziert.

„Ich komme runter, Clarence.“

*Warum sollte Clarence Lucian nicht mögen? Sie kennen sich doch gar nicht. Du suchst nur einen Grund, um deine Angst zu rechtfertigen. Er ist faszinierend und aufregend und nett und … Geh einfach das Risiko ein, verletzt zu werden. Einsamer als vorher kannst du nicht werden.* Mit dieser Entscheidung im Kopf und im Bauch trat sie aus dem Aufzug und sah in ein strahlendes Lächeln. Lucian trug eine schwarze Jeans, ein weinrotes Hemd und ein schwarzes Jackett.

Isabella riss die Augen weit auf. „Oh nein, das geht auf keinen Fall. Ich zieh mich schnell um.“

Lucian lachte laut. „Ich freue mich auch, dich zu sehen. Du siehst wunderbar aus, und für einen Garderobenwechsel haben wir keine Zeit.“ Er griff nach ihren Händen und küsste ihre Fingerspitzen.

„Aber das sieht aus, als würden wir im Partner Look ausgehen. Das ist albern.“

„Mir ist das völlig schnuppe, und außerdem habe ich die schönste Frau New Yorks an meiner Seite. Was soll da groß schiefgehen?“

„Spinner“, lachte sie. All ihre Zweifel und Bedenken waren wie fortgeweht. In seiner Nähe fühlte sie sich frei und unbefangen. Er gab ihr ein Gefühl der Sicherheit, dass sie seit dem Tod ihrer Großmutter nicht mehr gespürt hatte.

Clarence hielt ihnen die Tür auf. „Einen schönen Abend, Ms. Isabella."

„Danke, Clarence, den werde ich bestimmt haben", lachte sie ihn überschwänglich an.

„Wie war dein Tag?", fragte Lucian, als sie im Wagen saßen.

„In der Galerie war die Hölle los. Ganz New York scheint plötzlich S/M für sich zu entdecken."

Lucian grinste und Isabella wurde etwas unbehaglich zumute. Sie hatte so viele Fragen und traute sich nicht, auch nur eine davon zu stellen.

„Wo wollen wir denn hin?", wechselte sie das Thema.

„Am Broadway ist heute eine Premiere. Ich dachte mir, dass könnte lustig werden."

„Woher hast du so schnell Karten für eine Premiere bekommen?"

„Der Intendant ist Stammgast in meinem Restaurant", grinste Lucian. Ganz ohne Arroganz kamen die Worte über seine Lippen. Seine Stärke und Autorität faszinierten sie. Verstohlen betrachtete sie ihn von der Seite.

„Lucian?", fragte sie etwas scheu.

Er warf ihr einen fragenden Blick zu, bevor er sich wieder auf den Verkehr konzentrierte. „Ja?"

„Diese ganze Dominanzsache …" Isabella schluckte. „… was wirst du mit mir tun, wenn ich mich darauf einlasse?"

Er griff nach ihrer Hand, die kalt und zitternd in ihrem Schoß lag. „Nichts, was du nicht willst, Isabella. Ich habe nicht vor, über dich herzufallen und dir meinen Willen aufzuzwingen. So läuft das nicht. Wenn es so weit ist, werden wir darüber reden. Okay?"

Ihr flatterndes Herz ließ Erleichterung nicht aufkommen. Seine Worte beunruhigten und erregten sie. Eigentlich wollte sie ja, dass er über sie herfiel, ihr keine Zeit zum Denken ließ, aber sie hatte auch Angst. Nicht nur vor seiner Dominanz, sondern auch davor, dass sie wie immer keine Erfüllung fand.

Die Wärme seiner Hand beruhigte sie etwas.

„Wir sind da", hörte sie ihn sagen. Tatsächlich standen sie vor dem Theater und ein junger Mann öffnete die Tür. Lucian gab ihm seinen Autoschlüssel und bot Isabella seinen Arm an. „Ms. Steen, geben Sie mir die Ehre?"

Sie musste lachen und ihre Sorgen und Ängste rückten in den Hintergrund. *Mit einem erfahrenen Lehrer brauchen Sie sich vor nichts zu fürchten*, hörte sie seine Worte in ihrem Kopf. Isabella griff nach seinem Arm und hakte sich bei ihm unter. Jesse hatte gesagt, er wäre der beste Dom, den er kannte, und sie würde sich auf das Urteil ihres Freundes verlassen und auf ihren Instinkt, der ihr sagte, dass sie Lucian vertrauen konnte.

Das neue Stück war unglaublich lustig. Es ging um eine Dreiecksbeziehung mit vielen Irrungen und Missverständnissen. Isabella liefen die Tränen vor lauter Lachen.

Als sie vor dem Theater auf Lucians Wagen warteten, legte sie ihre Hand auf seine Brust. „Das war zu köstlich. Da kann man mal wieder sehen, wo es einen hinbringt, nicht offen und ehrlich in einer Beziehung zu sein. Die dummen Gesichter im letzten Akt waren einfach fantastisch."

Lucian schluckte. Ihre Hand auf seiner Brust löste ein Verlangen in ihm aus, das er selten verspürt hatte. Er wusste, dass er behutsam mit ihr umgehen musste, doch das fiel ihm zunehmend schwerer.

Isabella stutzte, als sie seinen durchdringenden Blick bemerkte und augenblicklich begann ihr Herz zu rasen. Ihre Hand zuckte unter seiner, doch er ließ sie nicht los, sah ihr unverwandt tief in die Augen.

Im Wagen schwiegen sie und die sexuelle Spannung wurde immer greifbarer. Diesmal kamen ihr keine Zweifel, doch ihre Finger zitterten und waren eiskalt, als Lucian ihre Hand ergriff und ihr aus dem Auto half. Eindringlich sah er sie an, stellte wortlos die alles entscheidende Frage, die Isabella damit beantwortete, dass sie seine Hand nicht losließ und ihn mit sich zog. Sie wollte nicht mehr denken, nicht mehr grübeln oder sich in Fantasien verfangen.

Bereits im Fahrstuhl glitt seine Hand unter ihre Bluse. Zum Glück fuhr der Aufzug direkt ins Penthouse, wenn man den Code eingab. Isabella hatte nicht die geringste Lust, jetzt einem Mieter über den Weg zu laufen. Clarences wissender Blick hatte ihr schon genug zugesetzt. Sie schlang eins ihrer langen Beine um Lucian und presste sich gierig an ihn, suchte seinen Mund und versank in einem verzehrenden Kuss. Die Tür des Fahrstuhls glitt auf, Lucian hob sie hoch und trug sie in ihr Wohnzimmer. Dort angekommen, stellte er sie auf die Füße und glitt augenblicklich wieder mit seinen warmen Händen unter ihre Bluse.

„Danach habe ich mich seit vorgestern verzehrt", flüsterte er und küsste dabei ihren Hals.

Isabella konnte es kaum glauben. Er hatte sie genauso begehrt wie sie ihn.

Ihre Hände glitten zwischen sie, um sein Hemd zu öffnen und endlich seine Wärme auf ihren Fingern zu spüren. Sanft strich sie über die weiche Haut seines Bauches und seiner Brust. Sie konnte jeden einzelnen Muskel fühlen, und seine Wärme sickerte tief in sie hinein.

Plötzlich ergriff er ihre Bluse, zog sie über ihren Kopf, aber dann nicht weiter. Ihre Arme wurden nach hinten gezogen, und er verknotete die Ärmel hinter ihrem Rücken. So konnte sie sich nicht mehr richtig bewegen, und leichte Panik stieg in ihr hoch.

Lucians Finger strichen zärtlich über die Spitze ihres BHs. „Vertrau mir." Seine Lippen waren dicht an ihrem Ohr. „Ich werde dir nicht wehtun." Sein Atem strich über ihren Hals, und ein Schauer lief ihr über die Wirbelsäule.

„Ja", hauchte sie, an seine Brust gelehnt. Sie wollte ihm vertrauen.

Mit schnellen Handgriffen schob er die Körbchen ihres BHs unter ihre Brust. Sie schloss die Augen, als er die durch den Stoff angehobenen Brüste ansah. Er hob mit einem Finger ihr Kinn an und zwang sie, ihn anzusehen. „Öffne deine Augen, Isabella. Beobachte, was ich mit dir mache." Seine Stimme war fest und Isabella gehorchte. In seinen Augen stand nichts als Gier. Sie sah seine Zunge, die erst über seine Lippen und dann über ihre Brustwarzen leckte. Er schloss seinen Mund über ihre aufgerichteten Nippel und saugte daran. Isabella stöhnte auf, presste sich gegen seine Lippen und musste an ihren Traum denken. Da hatte er sie gebissen.

„Mehr", stöhnte sie.

Überrascht öffnete Lucian die Augen und beobachtete sie aufmerksam, als er anfing, mit seinen Zähnen an ihren Nippeln zu spielen. Sie hielt die Luft an, konzentrierte sich ganz auf sich selbst und warf dann mit einem leisen Aufschrei den Kopf in den Nacken.

Lucian hatte sie bewusst nicht geschont. Sein Biss war sehr hart gewesen, aber er musste herausfinden, wo ihre Schmerzgrenze lag. Ihr Atem kam jetzt stoßweise und er widmete sich der anderen Brustwarze. Ihr nächster Schrei war schon lauter. Während er weiter ihre Brüste bearbeitete, legte er seine Hand in ihren Schoß. Ihre Hose war heiß und feucht zwischen ihren Schenkeln. Er öffnete sie und glitt sachte unter ihr Höschen. Der köstliche Duft ihrer Erregung stieg ihm in die Nase und raubte ihm fast die Sinne. Er wollte sich Zeit lassen, sie erkunden, ihr Lust bereiten, aber sein Schwanz drückte schmerzhaft gegen den Reißverschluss seiner Jeans. Gierig presste er sich an sie und ließ sie seine Erektion spüren. Da schlug sie wieder die Augen auf und sah ihn direkt an. „Ich will dich anfassen, Lucian."

„Heute nicht, mein Schatz. Ich könnte die Kontrolle verlieren, wenn du mich berührst."

Seine Stimme war so heiser vor Verlangen, dass Isabella ihm nicht widersprach. Sie beugte sich zu ihm und forderte einen Kuss, doch Lucian wich ihr aus, rückte etwas von ihr ab und begann, ihre Hose auszuziehen. Mit zusammengebundenen Armen und nackt stand sie vor ihm und fühlte sich sehr verletzlich. Das Pulsieren zwischen ihren Schenkeln wurde unter seinem begehrlichen Blick immer stärker, und sie presste ihre Schenkel zusammen, aber dadurch wurde es eher schlimmer als besser.

Lucian sah ihre Not und lächelte sie an, aber blieb ein paar Zentimeter vor ihr stehen.

„Soll ich dich erlösen?“ Seine Frage war spöttisch, und Isabella konnte nur nicken.

„Was soll ich tun? Wo soll ich dich berühren?“

Amüsiert nahm Lucian wahr, wie Isabella die Röte ins Gesicht stieg. Da er aber nicht bereit war, sie ohne ihre Anweisung zu berühren, musste sie über ihren Schatten springen. Ihr flehender Blick machte ihn nur noch heißer. Er kannte kein Erbarmen.

„Was willst du?“

„Fass mich an“, flüsterte sie mit zitternder Stimme.

„Wo?“

„Oh Gott, Lucian. Bitte!“ Isabella schämte sich so sehr.

Lucian war ein guter Führer und nahm ihre Bedrängnis war. Er ging zu ihr, blieb so dicht vor ihr stehen, dass ihre aufgestellten Nippel seine Brust berührten, aber ganz so einfach würde er es ihr nicht machen. Ein bisschen Unterwerfung musste sein.

„Spreiz die Beine!“ Isabellas Augen weiteten sich, und sie schüttelte den Kopf. Ein breites Grinsen brachte die kleinen Grübchen zum Vorschein, und trotz seines strengen Blicks und den hochgezogenen Augenbrauen nahmen sie ihm etwas von der Schärfe. Widerstrebend tat sie, was er sagte.

„Weiter!“

Ihre Wangen glühten vor Scham. Er sah ihr direkt in die Augen, als sie noch einen Schritt machte. Dann sank er auf die Knie und blies sachte seinen Atem auf ihre Nässe. Isabella seufzte und sah fasziniert zu ihm hinab, wie er direkt vor ihrem Geschlecht saß und sie anlächelte. Sie wollte, nein, sie brauchte seine Berührungen. Ihr versagte fast die Stimme, als sie hauchte: „Deine Zunge. Ich will deine Zunge.“ Lucian lächelte triumphierend und legte ohne Vorwarnung seine Lippen auf ihr tropfendes Geschlecht. Sie sog scharf die Luft ein. Seine Zunge glitt zwischen ihre Schamlippen und öffnete ihr Innerstes. Mit kurzen Stößen seiner unglaublichen Zunge liebkoste er sie, bis er hart an ihrer Klitoris saugte. Sie wand sich, presste ihren Unterleib gegen seinen Mund und stöhnte auf.

Als er mit zwei Fingern in sie glitt, gaben ihre Beine nach. Er stützte sie und legte sie sanft auf dem weichen Teppichboden ab. Ihre Arme pressten sich schmerzhaft in ihren Rücken, aber ihre Gier war größer. Lucian küsste sie wieder, und Isabella schmeckte ihre eigene Lust auf seinen Lippen. Seine Hände waren überall auf ihrem Körper, und ihre Gier wuchs ins unermessliche.

„Lucian“, stöhnte sie in sein Ohr. „Ich will dich.“ Sie brauchte Linderung, dringend, sofort. „Nimm mich, jetzt.“

Sie wurde energischer, und er wandte den Kopf ab, damit sie sein Grinsen nicht sehen konnte. Langsam stand er auf und befreite sich von seiner Hose. Lüstern glitt Isabellas Blick über seinen nackten Körper und blieb an seinem Schwanz hängen. Er gab ihr Zeit, den Anblick zu genießen. Ihre Zunge glitt genüsslich über ihre Lippen, und dann sah sie ihm direkt in die Augen, als sie ihre Beine für ihn spreizte. Ihr Geschlecht glitzerte nass und einladend.

Oh ja. Er würde sie nehmen, hart und wild und jetzt auf der Stelle.

Sie sah ihn verwirrt an, als er langsam ihre Beine schloss, lüstern grinsend. Dann drehte er sie mit einer raschen Bewegung auf den Bauch, zog ihre Hüften zu sich heran und versenkte seinen Schwanz mit einem einzigen Stoß in ihr.

Ihr Schrei war nicht schmerzerfüllt, dafür war sie viel zu nass. Lucian ließ ihr keine Zeit, darüber nachzudenken, dass er sie nahm wie ein Tier. Mit tiefen, langsamen Stößen schürte er ihr Feuer.

Isabella wand sich unter ihm. Ihr war fast die Luft weg geblieben, als er in sie eingedrungen war. Sein Schwanz füllte sie komplett aus, und das unangenehme Ziehen in ihrem Unterleib wich einem Kribbeln. Jedes Eindringen von ihm verstärkte die Wonneschauer. Sein Rhythmus wurde schneller und wilder, ungehaltener. Sie scheuerte mit dem Gesicht und ihrem nackten Oberkörper auf dem Teppich, und Lucian befreite ihre Arme aus der Bluse. Mit den Händen stütze sie sich ab und drängte sich gierig gegen sein Becken. Ihr Atem ging nur noch stoßweise und in ihrem Inneren brodelte es. Seine Hände hielten sich an ihren Hüften fest, er presste sich tief in sie hinein, ergriff ihr Haar und riss ihren Kopf in den Nacken. Isabella schrie auf und explodierte in tausend bunten Sternen.

Seine pralle Erektion pumpte unaufhörlich in sie und hielt ihren Höhepunkt fest, bis Lucian sich in ihr ergoss. Sein ganzer Körper spannte sich an, er richtete sich auf und breitete die Arme aus. Mit einem lauten Stöhnen schrie er seine Lust in die Nacht. Immer weiter stieß er in sie, bis er auch den letzten Tropfen in sie entladen hatte und darüber hinaus, bis ein zweiter Orgasmus ihren Körper zum Beben brachte.

Zärtlich schlang er die Arme um sie, schmiegte sich an ihren Rücken und versuchte, Luft zu bekommen.

Isabella zitterten die Arme, und nur mit Mühe konnte sie sein Gewicht halten. Plötzlich stürzten alle Emotionen auf sie ein. Sie brach in Tränen aus und sank erschöpft und schluchzend auf den Boden.

Lucian drückte sie fest an sich und gab ihr die Zeit, die sie brauchte, um sich zu beruhigen.

Lange lagen sie so umschlungen auf dem Teppichboden ihres Wohnzimmers, als Lucian eine Gänsehaut auf Isabellas Körper bemerkte. Sie hatte aufgehört zu weinen, doch er wollte sie nicht drängen. Sanft strich er über ihr zerzaustes Haar. „Komm, ich bring dich in dein Bett. Dir wird kalt."

Mit steifen Gliedern stand sie auf und griff nach ihren Sachen, wich seinem Blick aus. Lucian hob sie auf seine Arme. „Welche Tür?"

„Links."

Als Lucian Isabellas Schlafzimmer betrat, erwachte sein Schwanz wieder zum Leben. Ein Bett mit schmiedeeisernem Gestell ließ seiner Fantasie Flügel wachsen. Er sah sie schon gefesselt vor sich, sich windend und flehend, seiner Gnade ausgeliefert. Sachte legte er sie auf der großen Matratze ab und deckte sie mit den seidenen Laken zu.

„Wo gehst du hin?", fragte sie schläfrig und kuschelte sich in ihre Decke.

„Ich hole nur schnell unsere Sachen."

Im Wohnzimmer sammelte er seine Kleidung zusammen und zog sich an. Er blieb nie nach dem Sex bei einer Frau. Warum er noch einmal nach ihr sah, wusste er selbst nicht. Er stand an den Türrahmen gelehnt und betrachtete die schlafende Isabella. Das selige Lächeln auf ihrem Gesicht ließ sie wie einen Engel aussehen.

Lucian horchte in sich hinein und verstand nicht, was er da vorfand. Er hatte seine Gier nach dieser Frau doch befriedigt? Warum war sein Hunger nicht gestillt?

Ein drängendes Bedürfnis, sich zu ihr zu legen, sie in den Armen zu halten und bei ihr zu bleiben, wühlte ihn auf.

„Was geschieht mit mir?", fragte sich Lucian leise, als er sich Hose, Hemd und Socken auszog und sich zu Isabella ins Bett legte.

Im Schlaf kuschelte sie sich an ihn, und Lucian zog sie fest in seine Arme. Sie war so warm und weich und duftete nach Sex und nach ihm. Eine unbeschreibliche Nähe und Geborgenheit legte sich wie eine Decke über ihn.

Wenige Augenblicke später schlief auch er ein.

# 7

Als Lucian durch das Klingeln eines Handys aufgeweckt wurde, wusste er im ersten Moment nicht, wo er war. Neben ihm seufzte jemand leise. Isabella kuschelte sich mit geschlossenen Augen an ihn. „Das ist nicht meins“, flüsterte sie schlaftrunken.

Erst jetzt begriff Lucian, dass es sein Handy war, das diesen Radau machte und ihre Zweisamkeit störte. Genervt sprang er aus dem Bett, suchte nach dem Handy und verschwand im Wohnzimmer.

„Sag mal, wo bleibst du denn? Wir haben in einer viertel Stunde eine Session.“ Simons Stimme klang genervt.

„Scheiße! Das habe ich total vergessen. Spielt ohne mich. Ich bräuchte mindestens eine Stunde, um da zu sein.“

„Hast du sie endlich flachgelegt?“

„Halt den Mund“, antwortete Lucian giftig. Er wollte nicht, dass so über Isabella gesprochen wurde. Mit Flachlegen hatte das nicht das Geringste zu tun gehabt. Lucian stutzte. Dieses warme Gefühl in seiner Brust war wieder da und irritierte ihn. Er musste hier weg und zwar auf der Stelle. „Fangt schon mal an, ich bin in etwa einer Stunde da.“ Hastig zog er die Jeans an, schlüpfte in sein Hemd und die Socken. An der Fahrstuhltür zögerte er allerdings und ging noch einmal zurück. Isabella blinzelte ihn verschlafen an. Er beugte sich zu ihr und hauchte ihr einen Kuss auf die Wange. „Schlaf weiter, mein Engel. Wir sehen uns nachher.“

„Hmmm“, brummte sie und versank wieder in die Welt der Träume.

Auf dem Weg in den Club versuchte Lucian, an gar nichts zu denken. Er jagte den Jaguar an seine Grenzen. Diese Frau verunsicherte ihn. Ein Gefühl, das er nicht sehr schätzte. Er mochte ihr Lachen und den scheuen Blick, die Art wie sie sich bewegte, mit einer Eleganz, die ihr angeboren schien. Und dieser laszive Blick, als sie ihre Schenkel für ihn gespreizt hatte. Mein Gott, hatte sie sexy ausgesehen. Diese Frau steckte voller Verlangen.

Genervt schüttelte Lucian den Kopf. Er holte tief Luft, als er vor dem Club aus dem Wagen ausstieg. Simon würde mit Amber gut allein klarkommen. Er hatte nicht die geringste Lust, zu spielen. Warum er überhaupt hierhergefahren war, wusste er selbst nicht, doch als er die Bar betrat, fiel ihm ein, dass Monice etwas mit ihm hatte besprechen wollen. Sie saß an der Theke und plauderte mit John.

„Machst du mir einen Whisky?“, fragte er unverbindlich lächelnd.

„Lucian“, flötete Monice. „Können wir ins Büro gehen? Ich muss mit dir reden."

Wortlos nahm er seinen Drink und folgte ihr. Anspannung lag in der Luft, als sie die Tür hinter sich schloss und ihn ernst ansah. Lucian ließ sich auf dem Ledersofa nieder.

„Ich werde nach L.A. ziehen." Monice setzte sich hinter den Schreibtisch, als wollte sie mehr Distanz zwischen sie bringen.

„Wann?", fragte Lucian knapp.

„Nächsten Monat."

Das war kurzfristig. Lucian hatte wenig Lust, die Leitung des Clubs auch noch am Hals zu haben. Die Eröffnung des neuen Restaurants beanspruchte ihn genug. Außerdem flog er heute Abend noch nach Frankreich.

„Du könntest in Erwägung ziehen, Damian mehr Verantwortung zu geben", sagte Monice, als Lucian nicht antwortete. „Er verbringt sowieso viel Zeit hier."

„Ja", lachte Lucian trocken auf. „Mit Spielen."

„Hör auf, nur deinen kleinen Bruder in ihm zu sehen. Er ist erwachsen, Lucian."

Er warf Monice einen boshaften Blick zu, doch sie zeigte sich unbeeindruckt.

„Warum willst du gehen?"

„Falls du es nicht mitbekommen hast, ich bin seit drei Jahren mit Daniel zusammen. Er hat einen interessanten Job angeboten bekommen, und ich habe mich entschieden, mit ihm zu gehen."

„Dann ist das was Ernstes mit euch?"

„Wir wollen heiraten."

Lucian hob überrascht eine Augenbraue, dann erhob er sich seufzend und ging zu ihr. „Du warst eine gute Geschäftsführerin und eine gute Freundin. Ich wünsche dir alles erdenklich Gute." Damit zog er sie zu sich hoch, drückte sie kurz und verließ dann das Büro.

Damian? Wahrscheinlich hatte er gar keine Lust, den Club zu übernehmen. Damian spielte lieber und lebte in den Tag hinein. Ab und zu schrieb er mal eine kleine Geschichte, die sich recht gut zu verkaufen schienen, und sonst sorgte er sich um nichts. Verantwortungsgefühl war ihm fremd.

An der Bar bestellte Lucian noch einen Whisky. John stellte ihm wortlos die Flasche auf den Tresen. „Ist schon gut, John, heute bleib ich auf dem Teppich. Hast du Damian gesehen?"

„Er ist oben." John sah auf die Uhr. „Seit etwa zwei Stunden. Und Simon ist hinten am Andreaskreuz."

An die Session hatte Lucian gar nicht mehr gedacht. „Der kommt auch allein klar. Hast du schon gehört, dass Monice geht?“

„Ja. Sie hat es mir vorhin erzählt. Ich freu mich für die beiden. Ist nicht so leicht, einen Partner zu finden, mit dem man sich ausleben kann und den man auch noch liebt. Wenn einem so jemand begegnet, dann sollte man ihn festhalten.“

Lucian empfand diese Worte als zu persönlich und kippte den Whisky hinunter. Wieso dachte er in diesem Moment an Isabella?

„Wirst du den Laden wieder selbst managen?“, fragte John.

„Das habe ich eigentlich nicht vor.“ Lucian sah John lange an.

„Oh nein, denk gar nicht dran. Ich bin Barkeeper und nicht mehr.“

„Du würdest das gut machen, ruhig und besonnen wie du bist.“

„Ich bin Künstler, Lucian. Du weißt genau, dass ich das nur mache, um mir meinen Lebensunterhalt zu sichern. Mein Herz schlägt für die Bildhauerei, nicht fürs Geschäft. Da musst du dir einen anderen suchen.“ John sah hinter Lucian und deutete mit dem Kopf in die Richtung. „Frag Damian. Ihm würde etwas mehr Verantwortung gut tun.“

Er war jetzt schon der Zweite, der Lucian in diese Richtung drängte. Hatten Monice und John sich abgesprochen?

Damian setzte sich zu ihm und grinste John an. „Machst du mir einen Scotch?“ Dann sah er Lucian herausfordernd an. „Na, Bruderherz, du machst aber mal wieder einen ernsten Eindruck. Genieß doch einfach mal das Leben, du Griesgram.“

„Wo ist Jesse?“, fragte Lucian unbewegt.

„Oben, erholt sich“, sagte Damian mit einem süffisanten Unterton.

„Du solltest nach einer Session bei ihm bleiben, ihn beruhigen, dich um ihn kümmern.“

Damian reagierte wie er es immer tat, gereizt. „Lass das meine Sorge sein. Jesse ist nicht mein Sub, sondern mein Freund. Ich kümmere mich schon um ihn. Als hättest du Ahnung, wie man in einer Beziehung miteinander umgeht.“

Lucian ließ sein Glas ungehalten auf die Theke knallen. Seine Kiefermuskeln mahlten angespannt, und sein Blick war ernst. „Und dennoch hast du die Verantwortung für seine Gefühlswelt, wenn du ihn unterwirfst.“

„Verantwortung! Ha, was weißt du von Verantwortung? Du spielst und dann ziehst du dich zurück. Ich gehe mit Jesse nach Hause, wir lieben uns und leben miteinander.“

Lucian schluckte krampfhaft. So hatte Damian noch nie mit ihm gesprochen. Er sah seinen Bruder seit langer Zeit mal wieder richtig an. Damian war nicht mehr der kleine Junge, für den er der Mittelpunkt der

Welt war. Er war jetzt sechsundzwanzig, und vielleicht hatten die anderen recht. „Hast du Lust, den Club zu übernehmen?“, fragte Lucian unvermittelt.

Damian saß mit offenem Mund da und starrte Lucian an.

„Monice hat gerade gekündigt und dich als ihren Nachfolger vorgeschlagen.“

„Aber du traust mir das nicht zu?“, sagte Damian spitz.

„Ich habe meine Zweifel.“

„Aber du würdest mir die Chance geben, es dir zu beweisen?“ Damian wurde euphorisch. Damit hatte Lucian nicht gerechnet. Im Grunde besaß Damian alle Voraussetzungen für den Job. Er hatte ein abgeschlossenes Wirtschaftsstudium und scheinbar auch Interesse.

„Du sollst mir nichts beweisen, Damian. Wenn du den Job willst, kannst du ihn haben. Ich lasse dir völlig freie Hand. Monice ist im Büro. Mach mit ihr die Übergabe.“

Damian sprang vom Barhocker und war plötzlich wieder der kleine Junge, der sich an Lucian klammerte und nicht wusste, wie es weitergehen sollte. Im nächsten Augenblick spürte Lucian seine Umarmung. „Danke, Lu. Das vergesse ich dir nie.“

Überrascht sah er Damian hinterher,.

„Siehst du, alles geregelt“, sagte John grinsend.

„Du unterschätzt ihn, glaub mir. Er wird das mit Bravour hinbekommen. Verantwortung kann auch ein Halt sein, und es bedeutet ihm viel, dass du an ihn glaubst.“

„Bin ich heute von lauter Psychologen umgeben?“

John grinste und füllte Lucians Glas auf.

Als Isabella erwachte, war sie allein. Hatte sie wieder nur geträumt? Sie erinnerte sich, dass Lucian ihr in der Nacht gesagt hatte, dass er weg musste. Und hatte sie nicht auch ein Handy gehört?

Genüsslich kuschelte sie sich in ihr Bett und nahm seinen Geruch wahr. Es war also kein Traum. Die vergangene Nacht war eine Offenbarung gewesen. Sie spürte immer noch seine Hände auf ihrer Haut. Die Erinnerung an seine Küsse, seine Berührungen und die Heftigkeit, mit der er sie genommen hatte, ließen kribbelnde Schauer über ihren Körper gleiten. Es machte ihr Angst, dass es gerade diese Härte war, die ihr so gefiel, aber sie wollte das nicht analysieren. Das Glücksgefühl war zu schön, um es mit grüblerischen Gedanken zu zerstören.

Nach einer ausgiebigen Dusche und einem Milchkaffee stand sie nun in ihrer Wohnung und wusste nicht recht, was sie tun sollte. Ihr Blick glitt immer wieder zu der Tür rechts von ihr. Wie lange war sie schon nicht mehr in diesem Zimmer gewesen? Eine innere Unruhe trieb sie, die Tür zu öffnen. Der Raum war quadratisch und an zwei Seiten befanden sich nur Fenster. Tische mit Farben und Lacken und verschiedenen Materialien standen an den Wänden verteilt. In der Mitte befand sich die Staffelei. Dieses Zimmer war ihr eigenes Atelier. Wann hatte sie das letzte Mal das Bedürfnis gehabt, zu malen? Es war Jahre her. Sie nahm sich einen großen Bogen dickes Papier und einen Kohlestift. Wie von allein ergaben die Linien und Schattierungen ein Gesicht. Lucians Gesicht.

Sie war so in ihre Arbeit versunken, dass sie erst, als ihr vor Hunger schlecht wurde, merkte, dass es bereits dunkel wurde. Sie bestellte sich Essen beim Italiener und ging dann wieder in ihr Atelier.

Lucian sah sie direkt an, als sie den Raum betrat. Sie hatte ihn gut getroffen, seine starken Wangenknochen und die Macht ausstrahlenden Augen. Er besaß eine natürliche Autorität, die ihr Angst machen sollte, stattdessen erregte sie Isabella. Zart berührte sie mit den Fingerspitzen sein Haar, das sie offen gezeichnet hatte. Er war anders, als alle Männer, die sie kannte. Bei ihrem Ex hatte sie sich nie geborgen gefühlt. Er war einfach immer da gewesen, und irgendwann waren sie dann zusammengezogen. Als sie herausgefunden hatte, dass Andy sie betrog, hatte sie ihn zur Rede gestellt. Natürlich hatte er ihr die Schuld in die Schuhe geschoben. Schließlich war sie es, die an Sex keinen Spaß hatte, und Männer hatten Bedürfnisse. Während dieser Zeit hatte Isabella begonnen, sich zurückzuziehen. Sie hatte nichts mehr gefühlt, keine Trauer, keine Verzweiflung und ganz bestimmt keine Lust.

Als sie nach dem Tod ihrer Großmutter die Nachricht erhielt, dass sie Alleinerbin des nicht unbeträchtlichen Vermögens war, nutzte sie die Chance. Sie hatte alles hinter sich abgebrochen und von vorn angefangen. Nur ihre Gefühle waren nicht zurückgekehrt, bis vorgestern Abend. Es war ihr unangenehm, dass sie in Tränen ausgebrochen war, aber sie hatte sie nicht zurückhalten können. Und Lucians Umarmung, seine sanften Küsse in ihrem Nacken hatten sie beruhigt. Er hatte sie aufgefangen, als sie gefallen war.

Es klingelte an der Tür. Durch die Überwachungskamera sah sie den Lieferboten des Restaurants, öffnete ihm die Fahrstuhltür und suchte nach ihrem Portemonnaie.

Der Bote brauchte lange, bis sich die Fahrstuhltür öffnete. Sie hatte ihm den Rücken zugewandt und schrak zusammen, als er plötzlich dicht hinter ihr stand.

„Hallo, mein Schatz. Hast du Hunger?"

Lucian grinste sie an und genoss die Situation sichtlich. Isabella fasste

sich an den Hals und versuchte krampfhaft, normal zu atmen.
„Bist du verrückt? Mir wäre fast das Herz stehengeblieben."
Seinem Lachen konnte sie allerdings nicht widerstehen. Um es ihm nicht allzu leicht zu machen, entriss sie ihm die Tüte mit ihrem Essen und ging zur Küche.
„Verzeih, aber ich konnte mich nicht beherrschen. Du hättest dein Gesicht sehen sollen."
„Du solltest in deinem Alter nicht mehr so albern sein." Sie sah in nicht an, um ihm nicht zu zeigen, dass auch sie lachen musste.
Lucian schlang ihr von hinten die Arme um die Taille und legte seine Lippen an ihr Ohr. „Hast du mich vermisst?"
Das hatte sie, schmerzlich sogar. Doch das musste er nicht wissen. „Ich habe den ganzen Tag gearbeitet. Ich hatte keine Zeit, jemanden zu vermissen."
Ob Lucian wollte oder nicht, ihre unterkühlte Stimme versetzte ihm einen Stich. Nachdem Damian mit Monice gesprochen hatte und sie übereingekommen waren, dass sie sich nächsten Freitag alle drei zusammensetzten würden, um den Club zu übergeben, war er nach Hause gefahren und erschöpft in sein Bett gefallen. Sein Unterbewusstsein war von Isabella beherrscht worden, und so hatte er von ihr geträumt, und sie war sein erster Gedanke gewesen, als er aufgewacht war. Noch nie hatte ihn eine Frau so sehr beschäftigt wie sie, und die Gespräche am Vorabend im Club hatten seine Laune nicht gesteigert. In drei Stunden ging sein Flieger nach Frankreich, und nun bekam er auch noch eine Abfuhr.
Isabella hatte die Spaghetti Aioli auf zwei Teller verteilt und drehte sich grinsend zu ihm um. Dieses kleine Biest hatte ihn doch vermisst.
„Ich habe den ganzen Tag nichts gegessen. Willst du auch was?"
„Ich bin schon hungrig, aber essen möchte ich nichts", sagte Lucian schelmisch und griff nach ihr.
Sie wich ihm aus. „Wenn ich nichts esse, werde ich dir nicht gewachsen sein."
Lucian setzte sich neben sie an den Esstisch. Isabella strich zärtlich über seine Hand, während sie zu essen begann. „Wie war dein Tag? Was war so dringend, dass du mitten in der Nacht weg musstest?"
„Ich war noch im Club. Meine Geschäftsführerin hat gekündigt. Sie zieht nach L.A. und ich musste mich um Ersatz kümmern."
„Du redest von *dem* Club?", fragte sie.
„Isabella, ich bin, wer ich bin. Ja, ich besitze einen S/M Club. Mir gehören drei Restaurants und ein Delikatessengeschäft. Ich verdiene damit mein Geld."
Er reagierte heftiger, als er beabsichtigt hatte. Seine verwirrten Gefühle

und der Umstand, dass er in zweieinhalb Stunden nach Frankreich fliegen würde, machten ihn reizbar. „Wenn wir uns weiterhin sehen wollen, musst du mich so akzeptieren, wie ich bin.“

„Ich wollte lediglich wissen, ob du den Club meinst, in dem die Bilder entstanden sind.“ *Wenn wir uns weiterhin sehen wollen* … Isabellas Herz flatterte in ihrer Brust.

Lucian schob seinen Stuhl nach hinten und gab ihr zu verstehen, zu ihm zu kommen. Geschmeidig setzte sie sich auf seinen Schoß und vergrub ihr Gesicht an seinem Hals.

Er schlang seine Arme um sie und presste sie fest an sich. „Ich muss heute Abend noch nach Frankreich fliegen. Ich hätte eher zu dir kommen sollen. Wir müssen noch über so vieles reden.“

Überrascht blickte sie in an. „Heute Abend noch? Wann?“

„In zweieinhalb Stunden.“

„Ich will nicht reden.“ Sie presste ihre Lippen auf seine.

Lucian stöhnte und glitt mit den Händen unter ihr T-Shirt. Ihre Haut war so unendlich weich und warm und seine Finger glitten hinauf zu den Rundungen ihrer Brüste. Dass sie keinen BH trug, hatte er schon registriert, als er ihre Wohnung betreten hatte. Er löste seinen Mund von ihrem und befreite sie von dem lästigen Kleidungsstück.

Isabella reckte ihm gierig ihren Busen entgegen und keuchte auf, als er endlich seinen Mund um ihre Brustwarze schloss. Sie wollte keine Minute mehr mit Reden vergeuden.

Lucians Gier übermannte ihn. Er hob Isabella hoch und setzte sie auf den Tisch, öffnete ihre Hose und streifte sie ab. Sie stellte ihre Füße auf der Tischplatte ab und präsentierte ihm ihr feuchtes Geschlecht. Seine Hände konnten seine Hose gar nicht schnell genug öffnen. Sein Schwanz schnellte hervor wie ein gefangenes Tier. Lüstern griff Isabella nach dem Schaft und begann, ihn zu massieren. Ihre Fingerspitzen verrieben die Feuchtigkeit auf seiner Eichel.

„Oh Gott, Isabella. Du raubst mir den Verstand.“

Der Druck ihrer Hand verstärkte sich, und Lucian warf den Kopf in den Nacken und stöhnte. Er musste jetzt in ihr sein, sonst würde er seinen Samen gleich auf dem Esstisch verteilen. Lucian ergriff ihre Hand, zog Isabella zu sich und küsste sie stürmisch. Dann legte er seine Hände um ihren Po, zog sie näher und drang genüsslich in sie ein. Sie war heiß und feucht und genauso hungrig wie er. Isabella schlang die Beine um seine Hüften und zog ihn tiefer in sich. Als seine Stöße heftiger wurden, legte sie ihren Oberkörper auf den Tisch und gab sich ihm ganz hin. Ihre Hände glitten über ihren Bauch, hinauf zu ihren Brüsten und kneteten sie in wilder Gier. Lucian beobachtete fasziniert, wie Isabella ihre Nippel zwischen Daumen und Zeigefinger zwirbelte. Sie bäumte sich ihm entgegen und sein Rhythmus wurde noch intensiver. Isabella schrie auf, als die ersten Wellen ihres Höhepunktes über sie hinwegrollten und Lucian kannte kein Halten mehr. Tief presste er sein Glied in sie und verströmte sich in ihr.

Als die Wellen der Ekstase abflauten, ergriff er Isabellas Hand, zog sie zu sich und schloss sie zärtlich in seine Arme. Minutenlang standen sie so umschlungen und genossen die Wärme des anderen.

„Du musst los, wenn du deinen Flug nicht verpassen willst", flüsterte Isabella.

Lucian gab nur ein Brummen von sich. Er wollte Isabella nicht loslassen. Sie fühlte sich so warm an, so richtig, in seinen Armen. „Was machst du nur mit mir?"

Sie sagte nichts. In ihrem Inneren tobte ein Orkan.

Widerwillig löste sich Lucian von ihr und zog seine Hosen hoch. Dabei sah er Isabella die ganze Zeit an. Ein Gedanke nahm in seinem Kopf Gestalt an. *Du gehörst mir.*

Als er jetzt sprach, war sein Tonfall gebieterisch und befehlsgewohnt. „Am Donnerstag komme ich wieder. Du bist 18:00 Uhr am Flughafen. Du trägst schwarze Unterwäsche, halterlose Strümpfe, hohe Schuhe und einen Mantel. Wenn du nicht da bist, weiß ich, dass du dich gegen mich entschieden hast, und wir werden uns nicht wiedersehen."

Isabella war verwirrt.

„Wenn du Fragen hast, stell sie Jesse."

Ihr entschlüpfte ein abfälliger Laut. „Ha! Jesse sagt nicht ein Wort über dich"

„Das kläre ich. Er wird dir alle Fragen beantworten."

Lucian beugte sich zu ihr und küsste sie innig. Seine Zärtlichkeit und die Härte seiner Worte kurz zuvor verunsicherten sie. Die Tage bis Donnertag würden die Hölle. Sie war so abhängig von diesem Mann, dass sie nicht wusste, ob sie zum Flughafen gehen sollte. Das Gefühl, ihres eigenen Willens beraubt zu sein, missfiel ihr außerordentlich.

Wenige Minuten später war Lucian aus ihrer Wohnung verschwunden. Würde er auch aus ihrem Leben verschwinden?

Als er gegangen war, hatte sie das als körperlichen Schmerz wahrgenommen. Wie war das möglich, nach nur drei Tagen? Es machte ihr Angst. Sie hatte sich einmal geschworen, nie wieder von einem Mann abhängig zu sein.

In der Lobby stand Clarence plötzlich vor Lucian. Sein Blick war eindringlich, wissend. „Sie werden meiner Kleinen doch nicht wehtun, nicht wahr, Mr. Green?“

Lucian räusperte sich und lächelte Clarence an. „Ich habe nicht vor, ihr das Herz zu brechen, wenn Sie das meinen.“

Clarence erwiderte Lucians Lächeln nicht. „Man erkennt seinesgleichen, Mr. Green. Isabella ist nicht wie wir. Sie ist ein sanftes Wesen. Sie werden ihr wehtun, und ich werde das verhindern. Es wäre mir außerordentlich lieb, wenn Sie Isabella in Ruhe ließen.“

Lucian war im ersten Moment sprachlos. „Hören Sie, Clarence, ich muss zum Flughafen. Isabella weiß, wer und vor allem was ich bin. Es ist ihre Entscheidung, und vielleicht kennen Sie Isabella nicht so gut, wie Sie glauben.“

„Sie weiß es? Sie weiß, dass Sie ein Dom sind.“

„Ja, von Anfang an. Mich würde allerdings mehr interessieren, woher Sie es wissen.“

Clarence lächelte vielsagend. „Ich war auch einmal jung, Mr. Green.“

Lucian entspannte sich. Aus irgendeinem Grund mochte er diesen alten, ihm völlig fremden Mann. „Ich muss zum Flughafen. Sie werden auf sie aufpassen?“

Clarence nickte. „Das werde ich, wie ich es seit dem Tod ihrer Großmutter immer getan habe. Und ich werde auch Sie im Auge behalten.“

Jesse und Damian saßen gerade bei einem späten Frühstück, als das Telefon klingelte.

„Ja?“

„Hi, Damian. Gib mir deinen Angetrauten.“

Damian reichte Jesse den Telefonhörer: „Es ist Lucian.“

„Und was will er von mir?“

„Sagte er nicht.“

Jesse nahm den Hörer entgegen und ärgerte sich zutiefst, dass seine Hände und seine Stimme zitterten. Warum gelang es Lucian nach über einem Jahr immer noch, ihn so aus dem Konzept zu bringen?

„Ja?“

„Wenn Isabella dir in den nächsten Tagen Fragen stellt, dann beantwortest du sie. Am Mittwoch gehst du mit ihr Einkaufen.“

Das war keine Bitte, es war ein Befehl. Lucian wartete keine Antwort ab, er legte einfach auf. Jesse sah verdutzt den Hörer an.

„Und? Was wollte er?“, fragte Damian und konnte sich an Jesses Gesicht nicht sattsehen. Seine Wangen waren gerötet und er zitterte leicht.

„Was hat dieser Scheißkerl nur an sich? Nach all der Zeit fühle ich mich immer noch wie ein dummer Schuljunge in seiner Nähe."

„Vielleicht liegt es daran, dass du jedes Mal, wenn du ihn siehst, wieder seine Hand auf deinem Schwanz spürst."

Jesse warf sein angebissenes Brötchen nach Damian. „Du Arsch! Du weißt genau, wie demütigend das für mich war."

„Und erregend, wenn ich mich recht erinnere", fügte Damian hinzu, und seine Augen begannen, lüstern zu funkeln.

Jesse stand auf und begann, die Brötchenreste wegzuräumen, als er Damian hinter sich spürte. Er tat so, als sei er ganz in seine Arbeit versunken und würde Damians Berührungen nicht bemerken. Doch es war nicht einfach, die warme, besitzergreifende Hand auf seinem Rücken zu ignorieren.

Mit festem Griff nahm Damian Jesses Hände und drehte sie auf seinen Rücken. *Wo hatte der so schnell einen Strick her?* Diesen wickelte er um Jesses Handgelenke und machte ihn damit bewegungsunfähig. Damian war nie zärtlich, immer war er rau und ein wenig brutal. An diesem Punkt war es für Jesse nicht möglich, sich gegen seinen Liebhaber zu wehren, weder körperlich noch mental. Ihr Liebesspiel war hart und schnell. Damian zog ihm einfach die Hosen runter, verteilte etwas Gleitgel, wobei es Jesse ein Rätsel war, wo er das in diesem Moment her hatte, und versenkte sich in seinem Rektum. Jesse schrie auf. Schmerz und Lust fluteten gleichermaßen seinen Körper. Mit auf den Rücken gebundenen Armen und gespreizten Beinen, kniete er vor Damian und presste sich jedem seiner Stöße entgegen.

Damians Atmung wurde hechelnder und seine Gier immer größer. Mit rücksichtslosen Stößen versenkte er sein Glied in Jesse und konnte nicht genug davon bekommen. Er spürte, wie sich der Druck in seinen Lenden aufbaute und pumpte erbarmungslos seine Lust in Jesse hinein. Mit einem Schrei kam die Erlösung über ihn.

Damian lag ermattet und zufrieden auf Jesses Rücken. Seine Hände strichen gierig über dessen Bauch und hinab zu seinem steifen Glied. Mit festem Griff schloss er seine Hand um Jesses Schwanz und begann ihn zu massieren.

Als er Jesses Stöhnen wahrnahm, begannen seine Gedanken zu kreisen. Er liebte diesen Mann, der keine Ahnung von der Macht hatte, die er über ihn besaß. Damian wollte sich diesem Mann hingeben, wollte sich ihm unterwerfen, und das machte ihm derart Angst, dass er seine Aggressionen oft nicht im Griff hatte. Damian war klar, dass Jesse unter dieser künstlichen Dominanz litt, doch er konnte nicht anders. Was würde Lucian denken, wenn er wüsste, dass sein kleiner Bruder im Grunde seines

Herzens devot war? Und gerade jetzt, wo er ihm dieses Vertrauen entgegenbrachte.

Doch Damian wusste, er musste sich outen, sonst würde er Jesse verlieren, und dieser Gedanke war ihm unerträglich. Aber jetzt gehörte Jesse ihm, mit seiner ganzen Hingabe und Unterwürfigkeit. Damian zog sich aus Jesse zurück und richtete ihn auf.

Mit verwirrtem, lüsternem Blick beobachtete Jesse, wie Damian sich über seinen Schwanz beugte und ihn in seinem Mund aufnahm. Pure, reine Lust durchströmte ihn. Nach wenigen Augenblicken war es Jesse nicht mehr möglich, unbeteiligt zu sein. Er stieß sein Becken rhythmisch nach vorn und trieb so seinen Schwanz in Damians Mundhöhle. Er stieß heftig zu, drängte sich tief in seine Kehle, und Damian nahm es hin. Trotz des Würgens in seinem Hals, wehrte er sich nicht. In wilden Zuckungen entlud Jesse seinen Samen in den heißen Schlund seines Freundes und konnte nicht fassen, dass Damian das für ihn getan hatte.

Doch dann stand Damian auf, trank einen Schluck Kaffee und ging ins Bad.

Jesse blieb mit gebundenen Armen, auf dem Küchenfußboden kniend und verwirrt zurück. Mühsam kam er auf die Füße und trippelte mit heruntergelassener Hose zu einem Stuhl, um sich zu setzten. Damian hatte ihn noch nie mit dem Mund befriedigt. Und gleich nach diesem Geschenk musste er ihn in dieser demütigenden Haltung zurücklassen. *Wie lange lässt du dir das noch gefallen?,* dachte Jesse desillusioniert. Warum zog sich Damian immer wieder zurück, sobald er auch nur einen Hauch von Nähe gezeigt hatte? Wie lange konnte Jesse das noch ertragen?

# 8

Jesse war sehr schweigsam an diesem Morgen. Isabella wollte ihn nicht drängen, aber sie hatte so viele Fragen.

Als erstes rief sie Paul an und besprach die Idee der günstigeren Abzüge mit ihm. Anfangs war er nicht begeistert. Künstler wollten immer etwas Besonderes sein, doch als sie ihm klarmachte, dass er damit ein größeres Publikum erreichte, war er Feuer und Flamme. Sie bestellte drei Abzüge von jedem Bild in der halben Größe.

„Reicht für den Anfang nicht ein Abzug pro Bild?“, wandte Paul ein.

„Das Risiko übernehme ich. Klär du das mit deiner Druckerei ab, ich bezahle die Rechnung. Ich will nicht hundert Stück produzieren, aber ich habe so viele Anfragen, dass es sich lohnen würde.“

„Gut! Ich melde mich im Laufe des Tages bei dir.“

Isabella war sehr mit sich zufrieden und grinste, als sie an Duttly dachte. Ausgerechnet er musste diese Idee haben. Vielleicht schenkte sie ihm das Bild sogar. Nein, so menschenfreundlich durfte sie nicht werden.

Den restlichen Vormittag verbrachten sie damit, die Auslieferungen der Bilder zu organisieren. In zwei Wochen würde das Foto von Lucian an einen Käufer in L.A. gehen. Es kam Isabella vor, als müsste sie ein Stück ihrer selbst hergeben.

„Jesse?“

Er blickte sie aus traurigen Augen an.

„Was ist los mit dir? Hast du dich mit Damian gestritten?“

„Gestritten? Nein, das würde ja voraussetzen, dass ich ihm sage, was mir nicht gefällt.“

Jesse saß auf seinem Stuhl wie ein geprügelter Hund. Isabella lief es kalt den Rücken herunter. Was, wenn sie das in Zukunft wörtlich nehmen musste? „Lass uns essen gehen, und dann erzählst du mir alles.“ Isabella legte ihren Arm um Jesse. Es war schon komisch. Nur mit ihm konnte sie so unbefangen umgehen. Vielleicht lag es daran, dass keine Gefahr für sie als Frau bestand. Sie konnte Freundin sein, ohne eine Bedrohung ihrer Unabhängigkeit zu befürchten. Und bei Lucian? Bei Lucian war es genauso. Trotz seiner Dominanz fühlte sie sich nicht bedroht. In seiner Nähe fühlte sie sich frei, überschwänglich, ausgelassen.

Sie gingen in ein schickes italienisches Restaurant und bestellten Pasta und Rotwein. Jesse starrte trübsinnig in sein Glas.

Isabella konnte es kaum ertragen, ihren Freund niedergeschlagen zu sehen. Wie sollte sie ihn über Lucian ausfragen, wenn er im Selbstmitleid versank?

Sie legte ihre Hand auf seine. „Was ist los?“

„Wie kommst du mit Lucians Dominanz zurecht?“, fragte Jesse, und seine Stimme war härter als gewohnt.

Diese Frage verwirrte Isabella. Was hatte das mit Jesses mieser Stimmung zu tun?

„Er hat mich noch nicht dominiert, nicht wirklich.“ Isabella wusste nicht, worauf Jesse hinaus wollte.

Als hätte er ihr überhaupt nicht zugehört, sagte er: „Du bist eine erfolgreiche Geschäftsfrau, du bist selbständig und unabhängig. Hast du keine Angst, dass er dein Selbstvertrauen zerbricht, wenn er dich dominiert?“

Isabella stockte der Atem. „Lucian hat mir versichert, dass er das nicht tun wird. Er ist bislang stets nett und charmant und aufmerksam gewesen.“ Sie fühlte sich verunsichert. Lucian hatte ihr versprochen, dass er ihr nicht wehtun würde, und er hatte sich daran gehalten. Allerdings kannten sie sich auch erst drei Tage und Jesse kannte sich in der Szene besser aus. Schließlich lebte er seit einem Jahr in einer Beziehung mit Damian.

„Hast du Angst um mich oder geht es um Damian?“

„Eigentlich geht es um Damian, aber er ist Lucians Bruder und ich bin Schuld, dass du ihm über den Weg gelaufen bist.“

Isabella hatte es geahnt. Jesse hatte immer versucht, sie nach der lange zurückliegenden Trennung von Andy zu verkuppeln. Diesmal konnte sie ihm nicht böse sein. Sie war ihm dankbar. Was sie in den letzten zwei Nächten erlebt hatte, hätte sie nie zu träumen gewagt. Jesse blickte sie schuldbewusst an.

„Lucian wäre als Besitzer des Clubs sowieso auf die Vernissage gekommen. Also hätten wir uns auch ohne euer Zutun getroffen. Mach dir da mal keine Sorgen. Jetzt sag mir, was zwischen Damian und dir vorgefallen ist.“

Jesse hatte nicht vor, Isabella von seinen Sexpraktiken zu erzählen. „Damian lässt keine Nähe zu. Er zieht sich ständig zurück. Und dann ist da seine Dominanz.“

„Aber ich dachte, das liebst du?“

„Im Bett, ja, verdammt! Aber doch nicht immer. Ich bin ein erwachsener Mann und kein dummer Schuljunge. Er sagt immer, wo es lang geht. Immer legt er fest, was wir unternehmen, wo wir hingehen, wann wir miteinander schlafen und wie.“

Isabella dachte an Freitagabend, als sie mit Lucian essen gegangen war. Er hatte sie nicht dominiert. Er war auf ihre Angst eingegangen, hatte ihr Zeit gegeben, und im Theater war sie viel ausgelassener gewesen als er. Im Alltag waren sie gleichberechtigt. Sie hatten sich wunderbar unterhalten, hatten über ihre Gefühle beim Tod ihrer Eltern gesprochen, und ihr war heute noch ein Rätsel, wie sie sich hatte so öffnen können.

„Wieso lässt du dir das gefallen?“

Jesses Augen funkelten ärgerlich. „Kannst du Lucian etwas abschlagen, wenn er vor dir steht und Befehle erteilt?“

Isabella schnappte nach Luft. „Du brauchst mich nicht so anzugreifen. Ich bin es nicht, auf die du wütend bist. Außerdem hast du zu mir gesagt, es ist ein Spiel. Wenn Lucian mir einen Befehl, wie du es so schön nennst, erteilt, dann ist es das Spiel und nicht das normale Leben.“

„Aus dem Spiel wird Ernst, wenn man zusammenlebt.“ Jesse seufzte tief.

Mein Gott, wenn das so wäre ... Konnte Isabella dann mit Lucian eine Beziehung riskieren? *Vertrau mir. Ich werde dir nicht wehtun.* Sie hörte Lucians Worte. Sie wollte ihm so gerne vertrauen.

„Lucian hat mich nur während des Sex dominiert“, versuchte sie ihn zu verteidigen. „Dieser Wechsel, zwischen seiner Zärtlichkeit und Wärme und dann plötzlich diese Kälte und Dominanz, das ist es, was mir schwerfällt. Im einen Moment küsst er mich zärtlich und im nächsten ist dieses tierische Funkeln in seinen Augen. Aber ist das nicht der Reiz des Spiels?“

Jesse konnte nicht glauben, was er da hörte. Ausgerechnet Lucian, der Felsbrocken ohne Gefühl, sollte zärtlich sein? Seine Ausstrahlung war immer die eines Eisblocks gewesen. Und Jesse hatte ihn mehr als einmal bei seinen Spielen beobachtet. Lucian war zugegeben aufmerksam, voll auf seine Gespielin konzentriert, aber Zärtlichkeit hatte Jesse nie dabei entdeckt.

„Was denkst du gerade?“, fragte Isabella, die sich wunderte, dass Jesse nicht auf ihre Frage antwortete.

„Ich habe versucht, mir Lucian zärtlich vorzustellen.“

„Was ist zwischen euch vorgefallen?“, fragte sie, einer spontanen Eingebung folgend.

Jesse wurde rot und Isabella hatte plötzlich Angst davor, was Jesse ihr erzählen könnte. Hatten sie mal was miteinander gehabt? Sie hatte im Internet recherchiert und herausgefunden, dass man als Dom nicht immer Sex mit seinem Spielpartner hatte. Sie wusste nicht recht, wie sie damit umgehen sollte, wenn Lucian und Jesse miteinander spielen sollten.

„Ich war zwei Wochen mit Damian zusammen, als wir das erste Mal in den Club gegangen sind. Ich war vorher noch nie an einem solchen Ort, und es war alles ungeheuer aufregend. Damian hatte mich gerade an eine Steinwand gekettet, als Lucian zu ihm trat. Er war in schwarzes Leder gekleidet und hatte eine Peitsche in der Hand. Seine Erscheinung war so

imposant. Er hatte mich augenblicklich in seinen Bann gezogen."
Isabella war es genauso ergangen. Sie konnte Lucian vor sich sehen.
„Breitbeinig und mit verschränkten Armen, stand er vor mir und beobachtete mich. Ich hielt seinem Blick nicht lange stand, und dass mein Schwanz ihn direkt fixierte, war auch nicht hilfreich. Mit einem überheblichen Grinsen im Gesicht griff er nach meinem Schwanz, drückte schmerzhaft zu und beugte sich ganz nah zu mir. „Wenn du ihm das Herz brichst, wirst du mich kennenlernen." Ich konnte kaum atmen. Ich hatte nie eine solche Stimme gehört. Mir war klar, wenn ich Damian jemals verlasse, reißt er mir das Herz aus der Brust."
Jesse musste tief Luft holen. „Außer Damian, Lucian und dir kennt die Geschichte niemand. Jedes Mal, wenn ich Lucian sehe, kommen diese Erinnerungen hoch. Ich weiß nie, wie ich mich ihm gegenüber verhalten soll."
Isabella schwieg eine Weile, musste das Gehörte verarbeiten. „Warum ist Damian nicht dazwischen gegangen. Er muss doch deine Bedrängnis gesehen habe?"
„Hat er. Aber er sah auch meine Erregung."
Dieser Satz stand lange zwischen ihnen.
„Liebst du Lucian?", fragte Isabella kleinlaut.
„Nein! Ich begehre ihn. Und er macht mir Angst."
„Weiß Damian davon?"
„Ich habe es ihm nie gesagt."
„Du musst mit Damian reden. Wenn er deine Persönlichkeit unterdrückt, gehst du kaputt." Bei diesen Worten begann Isabella den Zusammenhang zu verstehen. „Wenn Lucian nicht wäre, hättest du dich schon von Damian getrennt, nicht wahr?"
„Ich liebe Damian, aber manchmal scheint das nicht genug zu sein."
„Glaubst du wirklich, Lucian würde dir Ärger machen, wenn eure Beziehung in die Brüche geht? Das kann unmöglich dein Ernst sein?"
„Du kennst Lucian nicht", brach es wütend aus Jesse heraus.
„Und du? Kennst du ihn?" Isabella war überrascht, wie aggressiv sie wurde. Wieso verteidigte sie Lucian so? Jesse hatte doch recht. Sie kannte Lucian nicht. Sie hatte lediglich zwei unglaubliche sexuelle Erfahrungen mit ihm gehabt. Aber sie wollte diesen Mann. Sie wollte ihn kennen und lieben lernen. Vor allem wollte sie ihm vertrauen.
„Nein, ich kenne ihn nicht. Und so wie du ihn beschrieben hast, habe ich Lucian noch nie erlebt", sagte Jesse versöhnlich und schwieg. Nach einer Weile begann er zu schmunzeln. „Er hat mich gestern Abend angerufen. Lucian gab mir den Befehl, alle deine Fragen zu beantworten." Bei dem

Wort Befehl hatte Jesse Isabella amüsiert zugezwinkert. „Ich soll mit dir shoppen gehen."
Isabella wurde rot.
„Was brauchst du denn?" An Jesses Miene erkannte sie, dass er schon eine Vermutung hatte.
„Du sollst mit mir Dessous kaufen. Lucian ist wohl der Meinung, dass ich in solchen Dingen Nachhilfe brauche." Isabella musste grinsen. Langsam löste sich die Spannung zwischen ihnen wieder.
„Und was willst du wissen?"
Sie überlegte eine Weile. „Ich hatte viele Fragen, heute Morgen. Lucian hat mir befohlen …" Isabella grinste böse, „… am Donnerstag um sechs auf dem Flughafen zu sein, mit nichts als Unterwäsche und einem Mantel bekleidet. Nach unserem Gespräch mache ich lieber meine eigenen Erfahrungen. Du hast gesagt, Lucian ist ein guter und erfahrener Dom. Ich werde darauf vertrauen, dass ich ihm wichtig genug bin, um mir nicht zu schaden."
Jesse sah Isabella lange an. Irgendetwas war in den letzten drei Tagen mit ihr geschehen. „Wie kommt es, dass du ihm vertraust?"
„Er hat mir nie Anlass gegeben, es nicht zu tun. Bei allem, was er getan hat, war er einfühlsam. Er hat immer auf mich geachtet und hat mich nie überfordert. Ich will ihm vertrauen, Jesse. Nie zuvor bin ich einem Mann wie ihm begegnet."
Jesse konnte das verstehen. Er war auch nie einem Mann wie Damian begegnet. Er musste mit Damian reden. Als er Isabella betrachtete, fiel ihm auf, dass sie in den fünfzehn Jahren, die sie sich jetzt schon kannten, nie solch ein offenes und intensives Gespräch geführt hatten.
„Jesse, ich habe eine Bitte."
„Alles, was du willst."
„In zwei Wochen wird das Foto abgeholt. Kannst du es übergeben?"
Jesse wusste nicht, wovon Isabella sprach. Die meisten Kunden legten Wert darauf, von Isabella persönlich bedient zu werden.
„Ich habe das Gefühl, ein Stück von mir zu verkaufen. Ich weiß, das ist unprofessionell, aber du machst das doch für mich, ja?"
Jetzt dämmerte es Jesse. Es ging um das Foto, auf dem Lucian zu sehen war. Der Kerl hatte sich wirklich in kürzester Zeit in Isabellas Herz eingenistet. „Klar, mach ich! Wann hast du denn Zeit zum Shoppen?"
„Ich muss Mittwoch früh zu einem neuen Künstler." Mit einem frechen Grinsen im Gesicht fuhr sie fort. „Wir haben einen guten Ruf zu verlieren. Ich werde gegen siebzehn Uhr wieder zurück sein. Hast du denn eine Ahnung, wo man richtig schöne Dessous bekommt?"
„Oh Gott!" Jesse warf mit einer theatralischen Gebärde seine Hände in

die Luft. „Mein Mädchen, du musst noch so viel lernen.“ Sie lachten beide herzhaft.

Es war bereits dunkel, als sie das Restaurant verließen. Sie hatten den ganzen Nachmittag die Galerie vergessen. Manchmal gab es eben wichtigere Sachen.

Als Isabella ihre Wohnung betrat, vermisste sie Lucian schmerzlich. Die Einsamkeit, als sie sich nach niemand bestimmtem gesehnt hatte, kam ihr jetzt nicht mehr so schlimm vor.

Sie ging in ihr Atelier und setzte sich an die Staffelei. Lucians durchdringender Blick war auf sie gerichtet. Sein langes Haar umspielte sein Gesicht, die vollen Lippen luden zum Küssen ein. Isabella seufzte und strich mit den Fingern über die Kohlezeichnung. Verlangen breitete sich zwischen ihren Schenkeln aus. Ihre Finger glitten zart über seinen Mund, und sie hatte prompt schwarze Finger, als das Telefon klingelte.

„Hallo, mein Schatz.“ Lucians samtene Stimme hüllte sie ein wie eine weiche, warme Decke. Sie suchte nach einem Lappen, um sich die Finger abzuwischen und setzte sich wieder vor sein Porträt, legte das Telefon ab und drückte auf Lautsprecher.

„Hallo“, hauchte sie.

„Was machst du gerade?“

„Ich sehe dich an.“

„Du sitzt in der Galerie auf dem Boden und betrachtest meinen unwiderstehlichen Rücken?“

Isabella musste lachen. So hatte er sie Freitagabend vorgefunden. „Nein. Ich sitze in meinem Atelier und sehe in deine unwiderstehlichen Augen.“

Lucian klang überrascht. „Du hast mich gemalt?“

„Nun, ich verstehe etwas von meiner Arbeit.“

Lucian wusste genau, worauf sich diese Spitze bezog. „So, so. Tust du das?“

Gespielt empört antwortete Isabella: „Ich habe immerhin Kunst studiert. Natürlich kann ich auch malen. Für eine kleine Kohlezeichnung reicht mein Talent allemal.“

„Du bist also eine erfolgreiche Geschäftsfrau, eine Verführerin und eine Künstlerin. Du beeindruckst mich immer wieder.“

„Verführerin? Bin ich das denn?“ Isabella wurde plötzlich sehr heiß, und sie öffnete ihre Bluse.

„Wie hast du mir sonst den Verstand geraubt? Ich bin in Paris und habe die schönsten Verlockungen vor der Nase und denke nur an dich.“

Isabella sah in die großen Augen und hörte seinen Worten zu. Wie von selbst legten sich ihre Hände auf ihre Brüste. Mein Gott, wie sie ihn vermisste.

„Du denkst nur an mich? Das kann ich kaum glauben. Mir scheint, du willst mich beeinflussen." Isabella bereute diesen Satz in dem Moment, in dem er ihr über die Lippen kam.

Lucians Tonfall hatte sich verändert, als er weitersprach. „Muss ich das denn noch?" Isabella wollte ihm die Antwort nicht am Telefon geben. Sie hatte sich bereits entschieden, aber ihn noch etwas im Ungewissen zu lassen, hatte auch einen gewissen Reiz. Sie ließ ihre Stimme spöttisch und verführerisch klingen. „Vielleicht." Mittlerweile war eine ihrer Hände in ihrer Jeans gelandet, und ihre Atmung beschleunigte sich. Lucian musste das bemerkt haben, denn seine Stimme war jetzt rau und leiser.

„Isabella? Wo hast du deine Hände?" Er fragte nicht befehlend oder verärgert. Sie hatte eher das Gefühl, der Gedanke, dass sie sich selbst berührte, erregte ihn. Und doch hatte sie bei seiner Frage ihre Hand ertappt zurückgezogen.

Doch Isabella war mittlerweile so erregt, dass sie sich gern auf dieses Spiel einließ. Ihre Hand glitt an ihrem Bauch hinab und verschwand erneut in ihrem Höschen. Ihre Antwort war nur ein stöhnendes Flüstern. „Eine Hand knetet meine linke Brust, und die andere ist gerade in meine Spalte gerutscht." Isabella konnte kaum glauben, was sie sagte. Dieser Mann öffnete die tiefsten Abgründe in ihr. Sie hörte, wie Lucian seine Hose öffnete, und wurde augenblicklich nasser zwischen den Schenkeln.

„Was tust du jetzt, mein Engel? Was würdest du mit mir tun, wenn ich da wäre?"

*Oh mein Gott. Worauf habe ich mich da nur eingelassen?*

„Ich weiß nicht, ob ich das kann, Lucian."

„Denk nicht nach, mein Schatz. Was tust du gerade? Was würde ich tun, wäre ich jetzt bei dir?"

Sie holte tief Luft und gab nach. „Zwei meiner Finger sind in mir, und ich lasse sie langsam kreisen. Du würdest vor mir stehen, dein praller Schwanz dicht vor meinen Lippen. Meine Zunge leckt die Lusttropfen von deiner Spitze." Isabella konnte nicht weiterreden. Ein Stöhnen entrang Lucians Kehle. Das war einfach wunderbar und faszinierend und erregend.

„Lucian?" Ihre Stimme war nicht mehr als ein Hauch.

„Mach weiter!", stöhnte er. Sein Atem wurde keuchender, und Isabella sah ihn vor ihrem inneren Auge, wie seine kräftige Hand seinen Penis umfasst hielt und ihn massierte. Oh, wie sie diesen Mann begehrte und vermisste. Ihre inneren Muskeln zogen sich schmerzhaft zusammen. Sie lechzte nach seinen Berührungen, nach seinem Schwanz. Wäre er doch nur bei ihr.

„Ich schließe meine Lippen um deinen Schwanz und sauge fest an ihm. Meine Zunge gleitet an deinem Schaft entlang, bis zur Wurzel. Deine prallen Eier gleiten in meinen Mund und ich sauge so fest, dass es wehtut."

Isabella hörte Lucians ersticktes Keuchen. Sie hatte keine Ahnung, wie sie fortfahren sollte, denn Isabella hatte noch nie einen Mann oral befriedigt. Woher dieses Verlangen kam, Lucian so intim zu berühren, wusste sie selbst nicht. Sie bewegte ihre eigenen Finger schneller in ihrer feuchten Spalte. Durch die Enge der Jeans, die sie dummerweise nicht ausgezogen hatte, rieb sie ständig schmerzhaft über ihre Klitoris. Es machte sie schier wahnsinnig. Nur mit Mühe konnte sie sich auf das konzentrieren, was sie sagte. „Meine Lippen gleiten wieder hinauf, und dein Glied dringt erneut in meinen Mund ein. Ich nehme es so weit in mich auf, wie ich kann …" Isabella versagte die Stimme. Ihr Handballen rieb mit solchem Druck über ihre Klitoris, dass sie es kaum aushielt. Sie hörte Lucians Stöhnen.

„Oh Gott, Isabella. Ich sehe deinen Mund über meinem Schwanz. Du saugst fest daran, und ich nehme deinen Schlund in Besitz." Lucian keuchte und Isabella hörte, wie sich seine Spannung ins Unermessliche aufbaute. Sie war so von seinen Lustlauten fasziniert, dass sie vergaß, sich selbst zu stimulieren. Ihre Hand ruhte auf ihrem Geschlecht, und sie lauschte den keuchenden Atemzügen, auf der anderen Seite der Welt.

Lucians Stimme wurde zu einem Knurren. „Mein Mund ist zwischen deinen Schenkeln, liebkost deine feuchte Hitze, und ich sauge an deiner Perle, bis du es nicht mehr aushältst."

Isabella widmete sich wieder ihrer eigenen Lust. Sie presste ihre Finger hart auf ihre Perle und rieb sie in einem wilden, gierigen Rhythmus. Lustvoll stöhnte sie ihre Gier in die Nacht. Als sie spürte, wie es in ihr zu brodeln begann, zwirbelte sie ihre Klitoris zwischen den Fingern und katapultierte sich so über die Klippe. Sie schrien beide zur gleichen Zeit ihre Lust in die Einsamkeit der leeren Zimmer, voneinander getrennt und doch zusammen.

Nur mühsam kam Isabella wieder zu Atem. Lucians Keuchen auf der anderen Seite der Leitung entlockte ihr ein Schmunzeln. Ihre Hand zitterte, als Isabella sie aus ihrer Hose zog und an ihre Lippen führte. Genüsslich leckte sie ihre eigene Lust von ihren Fingern. „Hmmm … Ich schmecke köstlich." Sie sog den Duft ihrer eigenen Lust in die Lungen und schämte sich kein bisschen. „Und ich dufte nach Sex und Lust."

„Du willst wohl, dass ich einen Herzinfarkt bekomme?" Lucians Stimme klang immer noch gepresst.

„Lucian?" Ihre eigene Stimme war zittrig.

„Ja?"

„Ich vermisse dich."
„Ich dich auch."
Sie schwiegen eine Weile, doch das war nicht unangenehm. Sie hingen beide noch ihren Fantasien hinterher.
„Wirst du am Donnertag auf dem Flughafen sein?" Lucian klang nicht so selbstsicher wie gestern, als er ihr diesen Befehl gegeben hatte.
„Vielleicht", sagte sie wieder.
„Ich weiß nicht, ob ich es schaffe, noch mal anzurufen. Die nächsten Tage habe ich Termine mit Lieferanten."
„Ist schon gut. Wir haben eine Menge zu tun. Fast alle Bilder sind verkauft, und ich habe mit Paul vereinbart, dass er noch weitere kleine Abzüge macht. Ich nehme an, dass bis Ende der Woche alle verkauft sind." Bei dem Gedanken überfiel Isabella eine leichte Trauer. Wer hätte das gedacht? „Außerdem muss ich meiner Shoppingsucht frönen."
Lucian lachte befreit auf. Sie würde da sein. Die unbändige Freude in seiner Brust konnte er sich nicht erklären. Was hatte diese Frau, was andere nicht hatten?
Er räusperte sich und versuchte, seiner Stimme das Flattern in seiner Brust nicht anmerken zu lassen. „Na, dann will ich dich nicht weiter aufhalten. Schlaf gut, mein Schatz."
„Du auch."
Als Isabella auflegte, hatte sie ein seliges Lächeln auf den Lippen. Sie musste an Jesse denken. Er kannte Lucian eindeutig nicht so gut wie sie.

# 9

Die drei Tage vergingen wie im Flug. Lucian hatte noch einmal angerufen, allerdings war Isabella mit Jesse nach ihrer Shoppingtour auf einen Cocktail in ihre Lieblingsbar gegangen und erst nach zwölf zu Hause gewesen. Sie fand es schade, dass sie sich nicht gesprochen hatten, aber in zwei Stunden würde sie am Flughafen sein.

Seit Vormittag hatte sie Jesse förmlich in den Wahnsinn getrieben. Alle paar Minuten hatte sie auf die Uhr geschaut und resigniert geseufzt, bis Jesse sie angefahren hatte.

„Die Zeit vergeht auch nicht schneller, wenn du ständig auf die Uhr schaust."

Ihr Schmollmund war echt gewesen, und Jesse hatte lauthals gelacht. Und dann war sie regelrecht über ihn hergefallen. „Was wird Lucian tun? Wird er mich fesseln? Wird er mich schlagen? Was mache ich, wenn es mir nicht gefällt?"

Jesse hatte ihre zitternden Hände gegriffen und sie eindringlich angesehen. „Du wirst ein Safewort bekommen. Wenn dich etwas erschreckt oder emotional überfordert, dann benutzt du es und Lucian wird aufhören."

„Aber was mache ich, wenn er mich schlagen will? Ich kann das doch nicht einfach dulden?"

„Du sollst es nicht erdulden, sondern genießen."

„Wie soll man es genießen, geschlagen zu werden? Ich soll mich freiwillig schlagen lassen. Was mache ich denn, wenn er die Session abbricht? Wenn ich ihm nicht genüge?"

Jesse hatte sie in die Arme geschlossen, und sie hatte es zugelassen, ja sogar genossen.

Dass er hinter ihrem Rücken gegrinst hatte, das hatte sie nicht sehen können.

„Lucian ist ein guter Führer. Er wird nichts tun, dass du nicht willst. Du hast gesagt, du vertraust ihm. Wenn du das nicht kannst, musst du nicht bleiben."

„Ich will ihn wiedersehen." Schmollend hatte sie sich umgedreht, und Jesse hatte ihr Seufzen noch eine halbe Stunde ertragen, bevor er sie aus der Galerie geworfen hatte.

Jetzt war sie geduscht, hatte sich rasiert und eingecremt und die Haare frisiert. Auf ihrem Bett lag verruchte schwarze Unterwäsche. Noch nie hatte sie während eines Einkaufs so viel gelacht wie an diesem Abend. Jesse hatte immer wieder seinen Kopf in die Umkleidekabine gesteckt und hoch und heilig geschworen, dass er Damian sofort verlassen und Lucian töten würde, wenn sie nur sein werde.

Isabella streifte genüsslich die halterlosen Strümpfe über und genoss die Seide auf ihrer Haut. Die Korsage hob ihre ohnehin vollen Brüste verführerisch an, und der Tanga war ein Hauch von Nichts. Sie hatte sich für Stiefel entschieden. Der Schaft war so lang, dass man nur noch den Spitzenrand der Strümpfe sah, aber sie fand sich sexy. Als sie den Mantel überzog, kam sie sich furchtbar nackt vor. Doch sie vertraute Lucian. Sie wusste, er spielte mit ihrem Schamgefühl.

Im Lift zog sie den Mantel enger um sich, versuchte, sich darin zu verbergen.

Clarence lächelte sie an, als sie auf ihn zukam. „Meine Liebe. Ich freue mich, Sie zu sehen. Ich muss mit Ihnen sprechen."

„Es tut mir leid, Clarence, ich habe keine Zeit." Isabella umfasste den Kragen ihres Mantels fester.

Sorgenvoll sah Clarence sie an. „Seien Sie vorsichtig, mein Kind. Lassen Sie nichts geschehen, das Sie nicht wollen." Isabella schoss brennende Röte ins Gesicht. Er konnte unmöglich wissen, wohin sie unterwegs war und was sie vorhatte? *Mach dich nicht verrückt.* Isabellas Stimme zitterte, als sie im Rausgehen rief. „Ich bin immer vorsichtig. Das wissen Sie doch, Clarence."

Isabella fuhr mit einem Taxi zum *LaGuardia Airport*. War es unvorsichtig von ihr, sich auf dieses Abenteuer einzulassen? Eine leichte Angst überkam sie. Wenn er doch die Kontrolle verlor? Sie hatte keine Ahnung, auf was sie sich einließ.

Als sie am Flughafen ankam, war die Maschine aus Frankreich bereits gelandet, und Isabella stieg mit klopfendem Herzen aus dem Taxi aus und betrat die Flughafenlobby.

Lucian holte seinen Koffer vom Gepäckband und sah sich nach Isabella um. Er konnte sie nirgends sehen, und seine Brust schnürte sich zusammen. Er hätte geschworen, dass sie kommen würde. Vielleicht war es besser so. Er war dieser Frau viel zu sehr verfallen. Die letzten paar Tage waren die Hölle gewesen. Sogar die Einladung in einen der renommiertesten S/M Clubs der Welt hatte er ausgeschlagen. Lucian verzehrte sich nach Isabella, und das war ein Gefühl, das er nicht besonders schätzte. Mit unbewegter Miene ging er auf den Ausgang zu und versuchte, seine Enttäuschung mit logischen Argumenten zu vertreiben.

Da sah er sie!

Ihr langes Haar hatte sie aufgesteckt, verspielte kleine Löckchen umschmeichelten ihre Wangen. Sie trug einen schwarzen Mantel und Stiefel mit so hohen Absätzen, dass sie nur langsam auf ihn zukam.

Eine Welle des Glücks überflutete ihn. Irritiert über diese heftige Reaktion, betrachtete er sie. Er hatte ein Spiel zu spielen und würde seinen Gefühlen erst danach freien Lauf lassen. Es war wichtig, dass er bei Isabellas erster Session die Kontrolle behielt. Er gab ihr einen Kuss und ergriff ihren Arm. Vor dem Eingang wartete ein Wagen. Sie stiegen in die Limousine, Lucian setzte sich ihr gegenüber und sah sie streng an.

„Öffne deinen Mantel." Seine Stimme war unbewegt. Nichts deutete darauf hin, was er dachte oder fühlte. Mit zitternden Fingern knöpfte sie ihren Mantel auf, sah ihm dabei provozierend in die Augen, aber sagte kein Wort.

Lucian war mit ihrem Anblick zufrieden.

„Wie war deine Reise?", fragte Isabellas schnippisch. Diese Situation behagte ihr gar nicht. Den ganzen Tag hatte sie sich auf ihn gefreut, und jetzt, da sie ihm endlich gegenübersaß, fühlte sich alles falsch an. Er wirkte unbeteiligt, unterkühlt, fremd. Isabella zog ihre Entscheidung in Zweifel.

Lucian betrachtete weiter ihren verführerischen Körper und antwortete nicht auf ihre Frage. Er fühlte deutlich ihr Unbehagen, das schnell in Wut umschlagen konnte. Er liebte es, mit Gefühlen zu spielen, liebte die Manipulation. Isabella war eine starke, selbstbewusste Frau. Ihre Bereitschaft zur Hingabe, zur völligen Selbstaufgabe, würde eine außergewöhnliche Herausforderung werden. Und Herausforderungen liebte er ebenso sehr wie gezähmte Wildkatzen. Sein Schwanz drückte bereits schmerzhaft gegen seine Hose, und er musste sich zusammenreißen, um nicht sofort über sie herzufallen. Sie war schön, ihre Wangen leicht gerötet, und er hatte sie vermisst. Er konnte sich nicht erinnern, wann er das letzte Mal eine Frau so sehr begehrt hatte wie Isabella. Es verwirrte ihn, dass seine Gier nach ihr nicht zu stillen war. Sein Blick glitt immer wieder über ihren Körper.

Die Fahrt in die Harbor Hills, bis zu seinem Haus, dauerte eine Ewigkeit. Isabella konnte mit seiner unterkühlten Art nichts anfangen. Sie war sich nicht einmal mehr sicher, ob es sich noch um ein Spiel handelte oder ob er sich einfach nur über etwas geärgert hatte. Sein Blick brannte auf ihrer Haut.

Er sprach sie so plötzlich an, dass sie zusammenzuckte.

„In dieser Welt gibt es kein Nein, kein Ich-will-nicht, kein Hör-auf. Einzig das Wort ‚Stopp' wird mich augenblicklich aufhören lassen. Du musst mir vertrauen, dass ich dir keinen Schaden zufüge, weder körperlich noch seelisch. Ich muss mich allerdings auch darauf verlassen können, dass du das Codewort benutzt, wenn du nicht mehr kannst oder nicht mehr willst."

Sie hatte seine Worte gehört, brauchte aber eine ganze Weile, bis sie auch in ihr Bewusstsein sickerten und einen Sinn ergaben. Sie war nicht in der Lage, etwas zu erwidern.

„Hast du mich verstanden?", Lucian stellte diese Frage fürsorglich, fast zärtlich, und das löste ihre Erstarrung.

„Ja."

Der Wagen hielt an, und Lucian öffnete ihr die Tür. Beim Aussteigen glitt seine Hand unter Isabellas Mantel und zwischen ihre Schenkel. Ein leiser Schrei entfuhr ihr, der natürlich die Aufmerksamkeit des Chauffeurs auf sie lenkte. Mit lüsternem Blick nahm dieser Lucians Koffer und brachte ihn zum Eingang des Hauses.

Lucian glitt mit dem Zeigefinger in ihr Höschen, als wolle er prüfen, ob sie bereits feucht war. Er zog den Finger wieder zurück und verteilte Isabellas Lust auf ihren Lippen, als er ausstieg und an ihr vorbei ging. Seine Miene war vollkommen unbewegt.

Vor seinem Haus bezahlte er den Fahrer und sah zu Isabella, die am Auto stand und keinen klaren Gedanken fassen konnte. Sie holte tief Luft und ging auf wackligen Beinen zu ihm, als er die Hand nach ihr ausstreckte.

Lucian ließ sie eintreten. Der Eingangsbereich war geräumig. An einer Wand befand sich ein antiker Schrank, sonst war der Raum leer, als wäre das Haus gar nicht bewohnt.

Lucian stand direkt vor Isabella und brannte sich in ihren Blick. „Gib mir deinen Mantel."

Isabella zog ihn aus, reichte ihn Lucian und stand in der gewünschten Unterwäsche vor ihm. Er würdigte die teuren Dessous keines Blickes, sah ihr nur gebieterisch in die Augen.

„Auf die Knie!"

Ein entsetztes Keuchen entrang sich Isabellas Kehle, und Widerstand machte sich in ihr breit. Auf keinen Fall würde sie vor ihm auf den Knien herumrutschen. Sein Blick war eiskalt.

„Auf die Knie, habe ich gesagt!" Er legte eine Hand auf ihre Schulter und drückte sie nach unten. Ihre Augen begannen zu brennen.

Isabella sank auf die Knie und wagte nicht, nach oben zu sehen. Lucian zog seinen Mantel ebenfalls aus und hängte beide in den riesigen Schrank. Dann postierte er sich breitbeinig vor ihr und öffnete den Reisverschluss seiner Hose. Sein steifes Glied sprang Isabella ins Gesicht. Sie dachte an ihr Telefonat vom Montag und leckte sich über die Lippen. Als sie den kleinen Lusttropfen auf Lucians Penis sah, konnte sie sich nicht zurückhalten. Ihre Zunge glitt über seine Eichel und seinen Schaft. Sie liebkoste die ganze Länge seines Schwanzes und saugte dann an seinen Hoden, wie sie es ihm am Telefon beschrieben hatte. Überrascht stellte sie fest, dass Lucians gesamter Genitalbereich rasiert war. Es war ein Genuss, über die samtene, glatte Haut zu lecken und die weichen Bällchen mit der Zunge zu umspielen.

Lucian stöhnte genüsslich und ergriff ihre Haare. Mit sanftem Druck dirigierte er Isabella dahin, wo er sie haben wollte. Sein Schwanz war groß, und Isabella musste würgen, als er sich bis zu seinen Hoden in ihren Mund presste. Er griff fester in ihr aufgestecktes Haar und bewegte gierig sein Becken. Kurz zog er sich zurück, damit sie Luft holen konnte.

Mittlerweile liefen Isabella Tränen über die Wangen. Sie konnte nicht glauben, dass Lucian sie so erbarmungslos benutzte. Ihr Körper strafte ihre Gedanken allerdings Lügen. Sie war derartig erregt und nass, dass der Tanga, von Feuchtigkeit durchtränkt, in ihre Spalte rutschte und dort unangenehm am Fleisch rieb.

Lucians Stimme war so heiser, dass Isabella sie nicht wiedererkannte. „Saugen!“

Nur dieses einzige Wort brachte er über die Lippen, und Isabella tat es. Sie saugte fest an seiner Eichel, während sie im gleichen Rhythmus mit einer Hand seinen Schwanz massierte.

Lucians Körper versteifte sich. Seine Beinmuskeln, an denen sich Isabella festhielt, waren hart wie Stahl. Ein tiefes Grollen kam aus seiner Kehle. Noch einmal versenkte er sich in Isabellas Mund und entlud seinen Samen auf ihre Zunge.

Sie schluckte ohne weiter darüber nachzudenken, und saugte dann wieder an seiner Eichel. Das Grollen wurde lauter und Isabella saugte auch den letzten Tropfen aus Lucians Schwanz heraus.

Er entzog sich ihr und blieb vornübergebeugt ein paar Augenblicke stehen. Sein Atem wollte sich nur schwer beruhigen. Isabella war so von seinem Anblick fasziniert, dass sie auf dem Boden kniend verharrte.

Nach drei, vier tiefen Atemzügen richtete Lucian sich auf, schloss seine Hose und ergriff Isabellas Oberarm, um ihr hoch zu helfen. Doch statt sie in den Arm zu nehmen, wie sie es erwartet hatte, ging er zu einer Treppe, die in den Keller führte, und schleifte Isabella mit.

Isabella wäre die Kellertreppe hinuntergefallen, wenn Lucian sie nicht aufgefangen hätte. Als würde er aus einer Trance erwachen, sah er sie entsetzt an. Sein Griff um ihren Arm lockerte sich, und als sie an ihm vorbeigegangen war, ließ er sie los und legte seine Hand auf ihren Rücken. So drängte er sie bestimmend, aber sanft in einen Raum, der vollkommen dunkel war. Lucian ließ Isabella am Eingang stehen, ging selbst mit sicherem Schritt in den Raum und zündete unzählige Kerzen an. Mit jedem neuen Lichtschein konnte Isabella mehr von dem sehen, was sie erwarten würde. Sie sah all das, was sie von den Fotos kannte, die ihr Leben verändert hatten. An der hinteren Wand stand ein Andreaskreuz. Sie sah eine Büßerbank, einen schmalen Tisch mit vier Pfosten und etlichen Ringen, diverse Peitschen hingen an den Wänden, als wären es Schmuckstücke. Lucian brauchte lange, bis er alle Kerzen entzündet hatte. Isabella nahm an, dass er ihr Zeit geben wollte, um alles auf sich wirken zu lassen. Statt sich zu beruhigen, machte sich jedoch eine starke Unruhe in ihr breit. Ihre Gedanken begannen, sich im Kreis zu drehen. *Was wird er mit mir tun? Wird er mich mit einer Peitsche schlagen? Er wird mich mit Sicherheit fesseln, aber an welches Gerät?*

Lucian betrachtete sie aufmerksam. Nahm er ihre Angst wahr? *Natürlich tut er das. Er weiß, was er tut. Du kannst ihm vertrauen. Und du hast das Codewort. Du willst es. Du willst ihn.* Mit diesen Gedanken beruhigte Isabella ihre flatternden Nerven, und als Lucian die Hand nach ihr ausstreckte, ging sie ohne zu zögern auf ihn zu.

Seine Stimme war nicht mehr so hart, wie im Auto, aber er würde keinen Widerspruch dulden. „Zieh deine Stiefel aus. Man kann deine Strümpfe nicht sehen.“

Missmutig tat sie, was er sagte. Hatte sie sich doch für die falschen Schuhe entschieden? Aber sie mochte diese Stiefel, fühlte sich in ihnen sexy. Ein leiser Widerstand gegen diese Behandlung machte sich in ihr breit, doch sie sollte bald nicht mehr in der Lage sein, überhaupt noch zu denken.

Als sie wieder aufsah, stand Lucian direkt vor ihr. „Gib mir deine Hände.“

Interessiert beobachtete sie, wie Lucian mit geübten Fingern zwei Schlaufen um ihre Handgelenke legte und kunstvoll so verknotete, dass sich ein Steg zwischen den Gelenken bildete. Immer wieder prüfte er, ob er zwischen ihren Gelenken und den Schlaufen genug Platz ließ. Dann nahm er sein Kunstwerk und hob Isabellas Arme über ihren Kopf. Seine Hände sanken nach unten, ihre jedoch nicht. Überrascht sah sie nach oben und keuchte leise auf. Ihre Hände hingen an einer Art Fleischerhaken.

Panik überkam sie. Lucians Hände strichen über die Spitze ihrer Korsage, bis zu ihrem nassen Höschen, über ihre Schenkel, zu ihrem Po und an den Seiten wieder hinauf. Ihre Panik löste sich mit jeder Liebkosung mehr in Luft auf. Lucian kniete sich neben sie und ergriff ein Fußgelenk. Sie musste ihren Fuß durch eine weitere Schlaufe stecken, und er befestigte sie an einem Ring, der im Boden verankert war. Warum hatte sie ihn vorher nicht gesehen? Sie hatte sich m Raum umgesehen, und doch war ihr der Ring im Boden nicht aufgefallen. Was hatte sie noch übersehen? Ihre Atmung beschleunigte sich.

Mit dem anderen Bein verfuhr Lucian genauso, und Isabella stand mit weit gespreizten Beinen vor ihm. *Wie in meinem Traum.*

Lucian ging um Isabella herum und betrachtete sie wie auf einer Fleischbeschau. Wäre nicht sein begehrlicher Blick gewesen, Isabella hätte sich in Grund und Boden geschämt. Jetzt stand er hinter ihr, und seine warme Hand legte sich hart auf ihren Venushügel. Sie drückte sich tief in ihr Geschlecht, und Isabella keuchte auf. Der Slip rieb an ihrer feuchten Hitze. Da spürte sie plötzlich etwas Kaltes, Metallisches an ihrem Schenkel. Sie sah hinab und erblickte, wie Lucian den Slip mit einer Klinge zerschnitt.

*Du Schuft, der hat $80 gekostet! Das zahle ich dir heim.*

Als er ihr Geschlecht von dem lästigen Stück Stoff befreit hatte, glitten seine Finger ihren Po entlang. Mit Entsetzen bemerkte Isabella, dass Lucian hinter ihr kniete und ihre Pobacken auseinanderzog. Sie verkrampfte sich und presste ihren Hintern zusammen. Da traf sie ein brennender Schmerz. Isabella konnte nicht einmal aufschreien, nur erschrocken tief Luft holen. Er hatte sie mit der flachen Hand auf den Hintern geschlagen. Empörung machte sich in ihr breit. Dann hörte sie ein zischendes Geräusch, und erneut traf sie ein leichter Schmerz. Sie versuchte, sich umzudrehen, sich ihm zu entwinden, doch sie konnte weder sehen, was Lucian da in der Hand hatte, noch entkam sie ihm.

„Du verweigerst dich mir also.“ Lucians Stimme klang hart.

Ein weiterer Schlag folgte, und Isabella stöhnte vor Schmerz auf. Seine großen, warmen Hände strichen zart über die getroffene Stelle. Isabella konnte sich nicht erklären, weshalb sie sich so behandeln ließ. Immer wieder jagte Schmerz durch ihren Körper, gefolgt von seinen streichelnden Händen. Tränen liefen ihr über die Wangen, und das Codewort blinkte wie eine Signalleuchte in ihrem Kopf auf. Warum schlug er sie, und warum nahm sie es hin? Mein Gott! Sie keuchte sogar. Und dann nahm sie noch etwas anderes wahr. Da, wo Lucian ihren Körper traf und seine Hände sie anschließend streichelten, breitete sich eine tiefe Wärme aus. Mit jedem weiteren Schlag trieb er diese Wärme tiefer in ihren Körper. Schlag auf Schlag folgte, und ihr Stöhnen wurde lauter. Pure Hitze durchströmte ihren Leib, und als Lucian die Peitsche wegwarf, brannte Isabellas Haut vor Lust und Verlangen.

Lucian ließ seine Hände über ihren geröteten Po gleiten, und die Wärme seiner Hände wanderte direkt nach vorne, in ihr Zentrum. Isabella drängte ihren geschundenen Po an seine Hand und schnurrte wie ein Kätzchen. Er löste die Häkchen ihrer Korsage und befreite ihre Brüste. Nun stand sie in Strümpfen, mit über den Kopf gebundenen Armen und gespreizten Beinen vor Lucian und fühlte sich schön und begehrenswert und lüstern. Sie bestand nur noch aus Empfindungen, ihr Hirn war wie leer gefegt. Ihr Körper bäumte sich in Lucians Richtung, und sie wollte, dass er sie berührte, seine Lippen auf ihrem Busen, seine Finger in ihrem Schoss oder sein praller Schwanz. Ihr Blick glitt an ihm herab, und sie entdeckte eine beachtliche Beule in seiner Hose. Sie leckte sich erneut die Lippen, die durch ihn geschwollen waren.

Lucian stand vor ihr und tat nichts, außer sie zu betrachten. Was sollte das? Sie würde dieses unerbittliche Ziehen in ihrer Mitte nicht mehr lange aushalten.

Er legte den Kopf schräg weidete sich an ihrer Not.

„Bitte, berühr mich", flehte sie. „Ich muss deine Hände auf meinem Körper spüren."

Langsam trat er auf sie zu, mit erhobener Hand und Glut in den Augen. Doch wenige Millimeter, bevor er ihre Haut berührte, stoppte seine Hand, zog ihre Konturen nach und ließ sie frustriert aufstöhnen. Isabella wand sich, drängte ihm entgegen, und Lucian vergrößerte seinen Abstand zu ihrer Haut. *Bitte, bitte, fass mich an. Ich muss dich fühlen, sonst drehe ich durch.* Fast hätte sie ihn noch einmal angefleht.

Lucian sah die verzweifelte Gier in ihren Augen und trat so dicht an sie heran, dass sein Hemd ihre Brüste berührte. Ihr heißer Atem streifte seinen Hals, als er mit dem Fuß einen Hebel im Boden betätigte, der die Ringe verankerte. Ihre Beine waren frei. Er ließ ihr keine Zeit, über ihre wundersame Befreiung nachzudenken. Seine Hose glitt zu Boden, er hob Isabella hoch, setzte sie auf seine Hüften und drang mit einem einzigen Stoß in sie ein. Isabella hing an dem Haken über ihrem Kopf, und er brauchte nur das Tempo anzugeben. Seine Hände umschlangen ihren Po, und die Hitze der Schläge brannte auf seinen Händen.

Er ritt sie wild und hemmungslos, und mit jedem Eindringen wurde der Druck in ihrem Inneren größer. Isabella versank in seinem Blick, der sie gefangen hielt, und gab jeglichen Widerstand auf. Sie unterwarf sich ihm, gab sich vollkommen hin. Ihr Geist schaltete ab. Ihre Atmung wurde so hechelnd, dass sie kaum Luft bekam, und dann geschah etwas Merkwürdiges. Alles um Isabella herum verschwamm. Sie nahm Lucians Stöße nur noch aus der Ferne war, fühlte sich in Stille eingetaucht. Ihre Augen und der Mund waren weit aufgerissen, doch kein Ton entrang ihrer Kehle. Sie fühlte, wie Welle um Welle ihren Körper erschütterte und sie hilflos ausgeliefert war. Es dauerte eine Ewigkeit, bis sich Isabellas Lungen wieder mit Luft füllten. Lucian presste sie an sich und pumpte unaufhaltsam in sie hinein. Sie spürte, wie etwas Gewaltiges auf sie zuraste, und konnte nichts tun, als sich zu ergeben. Ihr Innerstes explodierte. Isabella hatte das Gefühl, sich vollständig aufzulösen, und dann wurde alles schwarz um sie herum.

Von weit her drang Lucians Stimme an ihr Ohr. Isabella versuchte, die Augen zu öffnen, konnte aber nur in den hellen Schein einer Kerze blinzeln. Sie spürte, dass sie auf dem Boden lag und Lucian sie an sich presste. *Wieso lag sie auf dem Boden? Wie war das passiert? Was war überhaupt mit ihr passiert?*

„Da bist du ja wieder." Lucian küsste sie sanft. „Du hast mir einen Schrecken eingejagt."

„Was ist denn los?" Ihre Stimme klang dünn und erschöpft.

„Du bist ohnmächtig geworden."

Isabella sah Lucian ungläubig an, hob zittrig ihre Hand und berührte zart seine Wange. Erschöpft schloss sie die Augen, ein seliges Lächeln auf den Lippen.

Lucian war unendlich erleichtert, als Isabella wieder erwachte. Seinen Schuldgefühlen tat das allerdings keinen Abbruch. Er brachte Isabella in sein Schlafzimmer und legte sie behutsam in sein Bett. Sie schlief sofort erschöpft ein. Zärtlich strich er über ihr zerzaustes Haar und ihre geröteten Wangen. Sie sah bezaubernd aus.

Mit leisen Schritten verließ er den Raum und ging ins Wohnzimmer. An der Bar genehmigte er sich einen doppelten Whisky und füllte das Glas aufs Neue. Er ging zum Fenster und spähte, in Gedanken versunken, in die Dunkelheit der Nacht. Als Isabella in seiner Umklammerung zusammensackte, hatte ihn das in die Wirklichkeit zurückkatapultiert. Er hatte nicht gut auf sie geachtet. Seine eigene Gier hatte ihn übermannt. Soweit hätte es nie kommen dürfen. In all den Jahren als Dom, war ihm so etwas noch nicht passiert. Er hatte die Kontrolle verloren, hatte nicht anders gekonnt, als sich in sie zu versenken. Er hatte sie zu hart genommen, war zu gierig in sie eingedrungen. Bei der Wucht seiner Stöße hatte er ihr vermutlich auch wehgetan.

Seufzend legte er die Stirn an die Fensterscheibe, aber auch die Kühle des Glases konnte seine Gedanken nicht besänftigen.

Ihre Fähigkeit zur Hingabe hatte ihn vollkommen überwältigt. Sie war so voller Unschuld, alles war neu und aufregend für sie. Lucian war längst klar, dass die Höhepunkte mit ihm ihre ersten waren.

Was ihn wirklich beunruhigte, war sein Verlangen nach ihr. Es war doch nur Sex? Sie verbrachten ein paar schöne Stunden miteinander und lebten weiter ihr Leben. Doch Lucian sehnte sich nach ihrer Wärme, nach ihrer Nähe, und jetzt lag diese wundervolle Frau oben in seinem Bett.

Er leerte sein Glas und ging mit großen Schritten zur Treppe, nahm immer zwei Stufen auf einmal und konnte nicht schnell genug wieder bei ihr sein.

## 10

Nur langsam kam Isabella wieder ins Hier und Jetzt zurück. Bilder huschten durch ihren Kopf, Bilder von Lucian und ihr. Sie schmunzelte, als sie die Augen langsam öffnete. Isabella lag in einem großen Bett, mit seidenen Laken und weichen Kopfkissen, eingekuschelt in einer Decke, die nach Lucian roch. Tief sog sie seinen Duft in ihre Lungen, doch Lucian war nicht da. Der freie Platz neben ihr war kalt. *Ein Badezimmer, ich brauche dringend ein Badezimmer.* Sie schlüpfte aus dem Bett und hatte gleich bei der ersten Tür Erfolg. Nach einer ausgiebigen Dusche und Morgentoilette trat sie nackt auf den Balkon am Schlafzimmer und bewunderte die Aussicht. Gestern Abend hatte Isabella nicht bemerkt, dass Lucians Haus knapp dreißig Meter vom Meer entfernt lag. Links und rechts standen große, alte Bäume. Dadurch hatten die Nachbarn keinen Einblick, was für die Harbor Hills erstaunlich war. Meist waren die Grundstücke so klein, dass sich die Nachbarn gegenseitig auf die Tische schauen konnten. Isabella sog die klare Meeresluft in ihre Lungen, zog dann Lucians Bademantel, der hinter der Zimmertür hing, an und verließ das Schlafzimmer.

Im Flur hörte sie ein Klappern von unten. Isabella folgte den Geräuschen und blieb auf der Hälfte der Treppe stehen. Lucian hantierte in der Küche. Sie setzte sich auf eine Treppenstufe und beobachtete ihn. Er trug eine schwarze Stoffhose, sein Oberkörper war nackt, und bei jeder Bewegung sah sie das Muskelspiel unter seiner Haut. Sein langes Haar hatte er wieder mit einem Lederband zusammengebunden. *Er ist so schön.*

Lucian deckte den Frühstückstisch, presste Orangen aus, kochte Kaffee, machte Eier mit Speck, und es fühlte sich für Isabella ganz normal an, dass sie an diesem Frühstück teilnehmen würde.

Als Lucian fertig war, sah er zu ihr herauf. „Guten Morgen, mein Schatz. Hunger?“

Dieser Schuft hatte die ganze Zeit gewusst, dass sie ihn beobachtete, und ja, sie hatte schon wieder Hunger, nach diesem unglaublichen Mann, nach seinen Berührungen und seiner alles in Besitz nehmenden Gier. Isabella ging zu ihm und versank in einem zärtlichen Kuss.

„Das sieht alles köstlich aus. Du scheinst noch mehr Qualitäten zu haben.“

„Was habe ich denn noch für Qualitäten, außer dass ich ein hervorragendes Frühstück zubereiten kann?“

Isabella setzte sich an den Tisch und trank eine Tasse Kaffee.

„Wann musst du heute in die Galerie?“

*Gar nicht*, dachte Isabella, aber sie würde Lucian nicht sagen, dass sie sich freigenommen hatte, um bei ihm sein zu können. „Gegen elf Uhr, warum?“

„Ich muss heute kurz ins Geschäft, die Lieferung aus Frankreich durchsprechen, doch danach habe ich keine Termine. Vielleicht könntest du Jesse anrufen, dass du freinimmst, und wir gehen schön essen. Mir ist nach Strandspaziergang und Hummer.“ Lucian sah sie hoffnungsvoll an.

Diese Nähe machte ihr Angst und das Verlangen, ihre Zeit nur noch mit ihm zu verbringen. Sie hatte doch ein eigenes Leben. Fünf Jahre war Isabella allein gewesen und jetzt konnte sie sich nicht eine Minute ohne ihn vorstellen. Wo sollte das hinführen? Für Lucian war es doch nur Sex, oder? Eines Tages würde er ihr das Herz brechen. Was wurde dann aus ihr? Nein, sie musste ihre Selbständigkeit bewahren, durfte sich nicht von ihm abhängig machen. „Ich muss in …“ Isabella brach ab und schüttelte den Kopf. Sie belog sich selbst. Nichts wollte sie mehr, als mit ihm zusammen zu sein. „Ja. Mir ist auch nach Strand und Meer.“

Lucian hielt ihre Hand, beugte sich zu ihr und gab ihr einen unendlich zärtlichen Kuss. „Dann können wir wenigstens den Tag miteinander verbringen. Heute Abend muss ich in den Club. Damian übernimmt die Geschäftsführung, und da muss ich noch einiges klären.“

„Nimmst du mich mit?“, fragte sie hoffnungsvoll. Bei dem Gedanken, in diesen Club zu gehen, verspürte sie ein aufgeregtes Kribbeln im Bauch.

„Das halte ich für zu früh“, sagte Lucian sanft, aber bestimmend.

„Du hast mich letzte Nacht angekettet und geschlagen und mir dann die Seele aus dem Leib gevögelt. Was kann in diesem Club noch passieren, was du nicht längst getan hast?“ Isabella war selbst entsetzt über ihre vulgäre Aussprache, aber dass er sie wie ein kleines Mädchen bevormundete, ging ihr gehörig gegen den Strich.

„Wir wären nicht allein“, sagte Lucian ruhig und mit einem Lächeln im Gesicht.

„Oh“, war alles, was Isabella hervorbrachte, und ihre Wangen begannen, feuerrot zu glühen. Sie lachten beide und genossen ihr erstes gemeinsames Frühstück.

Nachdem sie in Isabellas Wohnung gefahren waren, damit sie sich endlich etwas anziehen konnte, standen sie jetzt in Lucians Laden. Überwältigt sah Isabella sich um. Es gab Käse aus der Schweiz und Frankreich, Schinken aus Spanien und Italien, Unmengen exotischer Gewürze, von denen sie noch nie gehört hatte, Schokolade aus der Schweiz, Pralinen aus Belgien, eine Auswahl Wein aus der ganzen Welt, schottischen Whisky und deutsches Bier. Ein kleiner, klimatisierter Raum beherbergte Zigarren und Tabak. Es gab nichts, was es nicht gab, und wenn Lucian es nicht hatte, dann konnte er es besorgen.

Eine zierliche, blonde Frau bot ihr auf einem silbernen Tablett herrlich duftende Pralinen an. „Probieren Sie! Die sind gerade aus Frankreich eingetroffen."

Isabella steckte sich eine in den Mund. Der zarte Schmelz zerging auf der Zunge und brachte eine wahre Geschmacksexplosion zu Tage. Sie schmeckte Nugat, eine leichte Kaffeenote und einen Likör, den sie nicht benennen konnte. „Hmmmm! Das ist himmlisch."

Die blonde Frau lächelte wissend. „Jeden Tag muss ich mich zwingen, nicht mehr als zwei zu essen. Darf ich Ihnen welche einpacken?"

In diesem Moment kam Lucian zusammen mit einem großen, stämmigen Mann aus dem Lager zurück.

„Na, Lydia, verführst du Isabella?"

„Von denen möchte ich eine ganze Schachtel, und wenn du das nächste Mal nach Frankreich fliegst, dann komme ich mit. Dein Laden ist das reinste Schlemmerparadies." Euphorisch griff Isabella eine weitere Praline vom Tablett.

„Danke! So war das auch gedacht. Lydia, packst du uns bitte eine kleine Auswahl der Pralinen zusammen? Und vergiss die belgischen nicht." Lucian schlang grinsend einen Arm um Isabellas Taille und leckte einen Schokoladenrest von ihren Lippen.

„Der Laden ist fantastisch. Ich verstehe gar nicht, dass ich noch nie hier war, aber ich habe es auch nicht so mit dem Essen. Meistens vergesse ich es sogar und stopfe dann wahllos irgendwelche Sachen in mich rein."

„Das sollten wir ändern. In Zukunft werden wir öfter zusammen essen gehen müssen oder wir kochen zusammen."

Isabella gab ihm einen flüchtigen Kuss. Es fühlte sich schön an, zwanglos über ihre Zukunft zu sprechen. Sie genossen die Zeit, die sie hatten, und dann … mal sehen, wo der Weg sie hinführte. Isabella schmunzelte, als sie an ihre Großmutter denken musste. Sie wäre stolz auf Isabella.

„Was hast du?", fragte Lucian.

„Ach, nichts. Ich musste an meine Großmutter denken. Dieser Laden wäre ganz nach ihrem Geschmack gewesen, voller Schätze und kulinarischer Verführungen. Sie liebte gutes Essen und französische Weine."

„Eine weise Frau, deine Großmutter."

„Ja, das war sie."

Lydia kam zurück und reichte Isabella eine Schachtel, die bestimmt fünfhundert Gramm wog. „Meine Güte, wenn ich das alles esse, platze ich ja."

„Ich bin ja auch noch da", lachte Lucian und küsste sie auf den Scheitel.

„Bis Montag, Lydia. Branden, wir sehen uns. Bis nachher!" Dieser Branden murrte etwas und Lydia winkte ihnen hinterher.

„Wo siehst du ihn wieder?", fragte Isabella und kannte die Antwort eigentlich schon.

„Heute Abend im Club."

„Bitte, kann ich mit?", flehte sie.

„Du willst Sex vor Publikum?", sagte Lucian ganz ruhig.

„Wer sagt denn, dass ich Sex haben muss? Ich will mir das alles anschauen."

Sie konnte das verräterische Zucken um Lucians Mundwinkel sehen. „Du willst anderen beim Sex zuschauen?"

„Gott, Lucian, es wird ja wohl noch was anderes in deinem Club geben als Sex."

„Stimmt, eine Bar und ein Büro."

Isabella blieb der Mund offen stehen. Vorerst ließ sie das Thema auf sich beruhen, aber sie wollte mit. In ihrem Inneren malte sie sich Szenen aus, die sie dort erleben könnte, dachte an die Bilder aus ihrer Galerie und konnte eine grenzenlose Neugier in sich finden, keine Furcht oder Zweifel. Sie wollte dort nicht unbedingt Sex, aber sie wollte wissen, was in so einem Club vor sich ging.

Lucian musste schmunzeln, als er Isabella dabei beobachtete, wie sie im Sand saß und die Hosenbeine ihres teuren Anzuges hochkrempelte. Der Atlantik war eiskalt, doch das hielt sie nicht davon ab, mit nackten Füßen durchs Wasser zu laufen. Sie war einzigartig, manchmal ausgelassen wie ein Kind, dann wieder verschlossen und wehmütig und dann plötzlich voller Leidenschaft. Er kannte sie als knallharte Geschäftsfrau, als liebende Hure und mit ihrem kindlichen Schmollmund und er mochte alle Seiten an ihr.

Isabella winkte ihm zu und riss ihn aus seinen Gedanken.

Schweigend gingen sie eine Weile nebeneinander her, sie durchs Wasser watend, er auf dem hart gewordenen Sandboden. Lucian ergriff irgendwann ihre Hand. Er hatte sich lange nicht so entspannt und ruhig gefühlt.

Isabella bückte sich ab und zu und sammelte Muscheln, die sie in ihrer Hosentasche verbarg.

„Isabella?"

„Hmmm."

„Was hast du empfunden, gestern bei der Session?"

„Was meinst du?", fragte sie, setzte sich in den Sand und klopfte auf die Stelle neben sich.

„Als ich dich geschlagen habe. Du mochtest das nicht, und doch hast du das Safewort nicht benutzt."

„Es ist mir schwergefallen, überhaupt zu denken." Sie sah auf das Wasser hinaus und wurde ernst. „Erst war ich wütend und empört. Ich wollte nicht, dass du mich schlägst, wollte von dir gestreichelt werden. Und dann kam plötzlich diese Hitze, die alles andere überdeckt hat. Ich gebe zu, ich wollte, dass du aufhörst, aber nicht, weil es wehtat, sondern weil ich es demütigend fand."

„Aber du hast es nicht gesagt."

„Nein! Weil mein ganzer Körper in Flammen stand und ich nur noch dich wollte. Ich konnte nicht denken, geschweige denn mich an ein einzelnes Wort erinnern." Sie grinste frech. „Warum fragst du? Habe ich etwas falsch gemacht?"

Lucian sah sie überrascht an. „Nichts war falsch. Ich wollte nur wissen, ob es dir Spaß gemacht hat."

Isabella musste lachen. „Spaß ist das falsche Wort. Es hat mich rasend gemacht. Diese Hitze hat mich regelrecht verzehrt, aber ich wollte deine Hände, nicht die Peitsche, und dann wurde der Schmerz plötzlich anders."

„Es war eine Gerte, keine Peitsche", grinste Lucian.

„Oh, du Schuft. Du hast mich geschlagen wie ein Pferd." Sie lachte und ließ sich gegen seine Schulter fallen. Es tat ihr gut, so zwanglos mit ihm reden zu können. „Wie ist das für dich? Was empfindest du dabei? Warum machst du das?"

„Ich könnte jetzt einfach sagen, weil ich Sadist bin, aber das ist nicht das, was du hören willst. Nicht wahr?"

„Ein bisschen mehr darf es ruhig sein."

Lucian lachte und zog sie enger an sich. „Es ist ein unglaubliches Machtgefühl, wenn du dich mir anvertraust. Deine Lust und deine Gier zu steigern, berauscht mich, erregt mich."

„Aber warum das Schlagen? Ich kann nicht verstehen, warum der Schmerz die Lust steigert."

„Du versuchst, das zu analysieren. Dabei kann ich dir nicht helfen. Ich stehe auf der anderen Seite. Warum du den Schmerz magst, musst du selbst herausfinden. Vielleicht solltest du mal mit einer anderen Sub darüber reden. Aber ich glaube nicht, dass du das Warum finden wirst. Es ist einfach so. Manche Menschen mögen Lustschmerz und andere fügen diesen Schmerz gern zu." *Wenn man den Menschen findet, sollte man ihn festhalten*, schoss es Lucian durch den Kopf, und er verstärkte seine Umarmung noch mehr.

„Dann muss ich auf jeden Fall heute Abend mit in den Club."

„Du wirst vorher keine Ruhe geben?"

„Nein."

Ihm war nicht wohl bei der Sache. Dieses Gefühl rührte nicht daher, dass er ihr den Club nicht zeigen wollte, sondern weil er keine Zeit für sie haben würde. Sie kannten sich erst seit einer Woche, und doch wollte er sie auf keinen Fall teilen oder gar verlieren. Im Club gab es so viele Verführungen.

*Du gehörst mir*, jagte es immer wieder durch seinen Kopf. Und genau da lag das Problem. Sie gehörte ihm nicht. Isabella war eine erwachsene, unabhängige Frau, und wenn sie in einen S/M Club gehen wollte, stand es ihm nicht zu, es ihr zu verbieten.

„Dann sollten wir einkaufen gehen. Ich kann mir nicht vorstellen, dass du angemessene Kleidung im Schrank hast."

„Was soll das heißen?", fragte Isabella gespielt empört. In ihren Augen blitzte es triumphierend.

„Du kannst natürlich auch die Dessous von gestern anziehen." Lucians Grinsen war boshaft.

„Das kann ich nicht. Du hast ja meinen Slip zerschnitten. Ich tendiere im Allgemeinen dazu, meine Wäsche mehr als einmal zu tragen, und teuer war sie außerdem. Solltest du das öfter machen, werde ich in Zukunft Wäsche im Supermarkt kaufen, die du zerschnippeln kannst, nach Lust und Laune."

„Weißt du, dass du richtig süß bist, wenn du dich aufregst?"

Isabella warf eine Muschel nach ihm. „Und wenn du mich nicht ernst nimmst, erlebst du noch dein blaues Wunder, Lucian Green." Doch Isabella krümmte sich vor Lachen, und nicht einmal ihre Stimme klang verärgert. Es war ein wunderbares Gefühl, so ausgelassen zu sein.

# 11

Am Abend stand Lucian in Isabellas Wohnzimmer und wartete, dass sie endlich aus dem Bad kam. Er hatte eine ungefähre Vorstellung davon, wie sie in dem roten Samtkleid aussehen würde. Das Oberteil hatte eine schwarze Kordelschnürung, und der kurze Rock würde gerade so ihren Hintern bedecken.

Es war ihm nicht recht, dass Isabella so, ohne ihn, durch den Club spazieren würde, doch sie war nicht davon abzubringen. Er verstand diese Gefühlsregung nicht. Bei keiner seiner unzähligen Frauen hatte er je einen Besitzanspruch empfunden. Was war besonders an Isabella, dass er sie nicht teilen wollte?

Als sie aus dem Badezimmer kam, verschlug es ihm die Sprache. Sie war atemberaubend. Das schwarze Haar hatte sie hochgesteckt, nur ein paar Locken umspielten ihr Gesicht, gaben ihr etwas Unschuldiges, das ihre Augen nicht widerspiegelten. Die schwarzen Wildlederstiefel reichten bis zu den Oberschenkeln. Man sah etwas Haut, bevor der Rock begann. Seine Finger zuckten. Er wollte die zarte Haut zwischen ihren Schenkeln berühren. „Mir läuft das Wasser im Mund zusammen, wenn ich dich so sehe. Ich kann dich unmöglich alleine im Club rumlaufen lassen.“

Isabella grinste boshaft. „Deshalb wird mich ja auch Jesse begleiten.“

*Gut, Jesse war wenigstens keine Konkurrenz, aber er war auch nicht sehr energisch, wenn es darum ging, sich gegen einen Dom durchzusetzen.* Lucian presste sich an sie, und Isabella konnte genau seine Erregung an ihrem Schoß fühlen.

„Hast du nicht einen geschäftlichen Termin?“ Sie genoss es sichtlich, Lucian zu provozieren, und rieb ihren Unterleib an ihm.

„Du bist eine Hexe. Man sollte dich auf einem Scheiterhaufen verbrennen.“ Sein Lächeln war lüstern und spöttisch zugleich, als er sich von ihr löste und zum Fahrstuhl ging.

Sie fuhren mit dem E-Type Richtung Rosdale. Isabella roch das Meer und war überrascht, als Lucian auf einen geschotterten Weg einbog, der mitten in einen Wald führte. Als sich die Bäume teilten, sah sie ein backsteinernes Fabrikgebäude. Die unteren Fenster waren erleuchtet, und links und rechts neben dem Eingang brannten Fackeln. Isabella fühlte sich in eine andere Welt versetzt, und das war ja auch die Absicht der Inszenierung.

Sie war aufgeregt, und das Herz schlug ihr bis zum Hals, als Lucian ihr die Tür öffnete und aus dem Wagen half. Verstohlen sah sie zu dem Ziegelbau hinüber, der ihr düster und geheimnisvoll erschien.

Lucian ergriff ihre Hand, zog die Fingerspitzen an seine Lippen und küsste sie. „Sei bitte vorsichtig. Tu nichts, was du nicht willst."

Trotz dieses letzten Satzes, der wie ein Befehl klang, streichelte sie ihm sanft über die Wange. „Mach dir keine Sorgen. Ich will mir nur alles ansehen. Spielen werde ich nur mit dir." Sie war sich des Untertons in ihrer Stimme durchaus bewusst, und als Lucian ein gieriges Knurren ausstieß, musste sie lachen.

„Lass uns reingehen. Damian wartet bestimmt auf mich."

Doch Isabella blieb stehen und sah zu dem gigantischen Gebäude, vor dem sie standen.

„Das war mal eine Ziegelfabrik. In den 60er Jahren wurde sie geschlossen, und als ich sie kaufte, war es mehr eine Ruine als ein Haus."

„Es sieht toll aus, irgendwie geheimnisvoll."

„Das Wichtigste bei meiner Entscheidung waren die Möglichkeiten im Innenausbau. Ich hatte ziemlich konkrete Vorstellungen, was ich haben wollte. Es gab nicht viele Objekte, die mir diesen Spielraum ließen."

Isabella folgte Lucian in den Club. Im Eingangsbereich waren die Wände nur zum Teil verputzt. Überall waren Lücken, durch die man die alten Ziegelwände sehen konnte. Was Isabella allerdings noch mehr faszinierte, waren die alten Öllaternen, die zuhauf an den Wänden angebracht waren und den Raum in ein angenehmes, warmes Licht tauchten.

„Die sind ja fantastisch", brach es aus ihr heraus, und ihre Augen funkelten begehrlich.

„Ich habe gewusst, dass sie dir gefallen werden. Wenn ich mich nicht irre, haben wir noch welche im Lager."

Isabella lächelte entzückt und widmete sich dann ihrer Erkundungsreise. Rechts neben dem Eingang befand sich eine Flügeltür und links eine, auf der Privat stand. „Du kannst ruhig gehen, ich komme schon klar." Isabella drehte sich in der Lobby, mit in den Nacken geworfenem Kopf, im Kreis und bestaunte die alte Gewölbedecke. Die Deckenhöhe betrug mindestens zehn Meter, und an der hinteren Wand war eine Treppe aus Stahl und Glas, die in die obere Etage führte. Der Kontrast der verschiedenen Materialien gefiel Isabella sehr.

Lucian beobachtete sie und freute sich über ihre Begeisterung. Er ging erst, als er Jesse erblickte, der ihm grüßend zunickte.

„Na, gefällte es dir?", fragte Jesse grinsend. Diese kindliche Begeisterung sah man selten bei ihr.

Isabella strahlte Jesse an. „Es ist der helle Wahnsinn. Mit dem Architekten sollten wir auch mal zusammenarbeiten. Diese halb verputzten Wände gefallen mir gut."

„Lass uns was trinken, und dann zeige ich dir alles. Es ist noch nicht viel los."

Isabella folgte Jesse durch die Flügeltür und fand sich in einer Art Lounge wieder. Schwarze Ledersessel bildeten kleine Sitzgruppen mit flachen Tischen. Auf der rechten Seite befand sich eine Bar, mit wirklich ausgesuchten Weinen und Spirituosen, was Isabella nicht wunderte, nachdem sie Lucians Laden kennengelernt hatte. Der Raum war nur ein Durchgang zu den hinteren Zimmern. Dennoch war er gemütlich, und der Stil vom Eingangsbereich, mit den halb verputzten Wänden, wurde fortgesetzt. Isabella bestellte sich einen Cocktail und beobachtete den niedlichen Barkeeper. Seine Bewegungen waren geschmeidig und professionell. Als Isabella und Jesse zu einer der Sitzgruppen gingen, fühlte sie Johns heißen Blick auf sich.

Jesse grinste. „Du wirst hier alles durcheinanderbringen."

„Ach, Unsinn.

Das ist alles so aufregend. Dieses Gebäude hat eine tolle Atmosphäre." Sie nippte an ihrem Cocktail. „Nun erzähl mal, was wird mich hier erwarten?"

„Was dich hier erwartet kann ich dir nicht sagen. Jeder erlebt den Club auf seine Weise. Und was er zu bieten hat, werde ich dir nicht erzählen, sondern zeigen." Jesse wollte aufstehen, doch Isabella war nicht bereit, sich dem Ganzen zu stellen.

„Warte. Ich würde gern noch was trinken und mit dir reden."

Jesse holte einen Cocktail für Isabella und ein Bier für sich.

„Ich habe Lucian gefragt, warum einem dieser Schmerz gefällt, und er sagte mir, dass ich mit einem anderen Sub darüber reden soll. Kannst du mir diese Frage beantworten?"

Jesse konnte sich lebhaft vorstellen, wie schwer ihr diese Frage fiel. Umso trauriger machte es ihn, dass er ihr keine Antwort geben konnte. „Tut mir leid, Süße, aber ich kann dir nicht sagen, warum ich den Schmerz mag, genauso wenig, wie ich dir sagen kann, warum ich schwul bin. Es ist einfach so. Genieß es doch einfach. Höre auf deinen Körper und deine Gefühle, überschreite keine Grenzen, wenn du es nicht willst, und vertraue auf Lucians Erfahrung."

„Hm? Nun hänge ich weiterhin in der Luft", seufzte sie.

„Vertraust du Lucian immer noch?"

„Ja."

„War es schön?"

Isabella wurde rot und schlug die Augen nieder. „Ja."

„Dann ist doch alles in Ordnung. Komm, ich zeige dir den Club."

Isabella ging hinter Jesse durch die Lounge in die hinteren Räume.

Eigentlich war es ein einzelner riesiger Raum, den man gekonnt mit Natursteinwänden so aufgeteilt hatte, dass sechs gleiche Nischen entstanden.

In jeder Nische befanden sich Metallringe an der hinteren Wand, verschiedene Hocker oder Tische oder auch extra angefertigte Stühle. Die Möbel waren grob gearbeitet, aber immer dick gepolstert und mit weichem Leder bezogen. Man hatte bewusst eine mittelalterliche Atmosphäre geschaffen, düster und schummrig. Isabella sah auch das Andreaskreuz neben dem imposanten Kerzenleuchter wieder. Als sie an Lucian dachte, zogen sich ihre Muskeln schmerzhaft zusammen. Vor ein paar Wochen noch hätte dieser Raum sie abgestoßen und mit Angst erfüllt. Heute malte sie sich aus, was Lucian alles mit ihr machen würde. Dann fiel ihr etwas auf. „Hier ist ja alles offen. Jeder kann den anderen beobachten." Das war es also, was Lucian gemeint hatte. Es gab hier keine Privatsphäre.

Jesse schmunzelte über ihr Schamgefühl. „Es kann sehr stimulierend sein, anderen beim Sex zuzusehen oder selbst beobachtet zu werden."

Isabella hob die Augenbrauen. Würde ihr das gefallen?

Jesse ergriff ihre Hand und führte sie weiter.

Aus einer der Nischen kamen Geräusche, und Isabella blieb zögernd stehen. Sollte sie wirklich einem anderen Paar bei seinem Spiel zusehen?

Jesse zog sie sanft mit sich.

Sie sah einen Mann und zwei Frauen, eine brünett und eine blond. Der Mann war ein Riese. Sein Schädel war rasiert, sein Oberkörper nackt, und die schwarze Latexhose schmiegte sich wie eine zweite Haut an seine muskulösen Beine. Seine Erektion war deutlich unter der dünnen Hose zu sehen. Er war so muskelbepackt, dass Isabella unweigerlich an einen Bodybuilder denken musste. Seine Ausstrahlung war unbarmherzig und brutal.

Die blonde Frau kniete vor ihm, und die Brünette stand hinter ihr und hielt die Hände der Blondine auf deren Rücken gefangen. Sie war den beiden vollkommen ausgeliefert, und die Mischung aus Angst und Erregung stand deutlich in ihr Gesicht geschrieben. Der Muskelprotz öffnete den Reißverschluss seiner Hose und befreite seinen gigantischen Schwanz. Isabella schnappte nach Luft. Das war mit Abstand das größte Ding, was sie je gesehen hatte. Mit fasziniertem Entsetzen sah Isabella zu, wie der Kerl seinen Schwanz in den geöffneten Mund der Blondine presste. Beide, die Blondine und Isabella, würgten, ob seiner Größe. Die bizarre Szene fesselte Isabella so sehr, dass sie nicht mitbekam, wie Jesse sich von ihr entfernte. Der Mann legte plötzlich seine Hände um den Hals der Blonden, und während er unaufhaltsam sein Glied in ihrem Mund versenkte, würgte er sie.

Und dann sah er Isabella direkt in die Augen.

Eine Welle der Angst ging über sie hinweg. Sie sah sich nach Jesse um, aber der war weg. Voller Panik wollte Isabella die Flucht ergreifen und vor diesem brutalen Mann fliehen, als warme Hände sich auf ihre Oberarme legten und sie festhielten. *Lucian! Lucian würde sie beschützen. Er würde nie zulassen, dass dieser Kerl sie anfasste.*

„Es ist ein Spiel", flüsterte er in ihren Nacken. „Master Simon und Ann kennen sich seit Jahren. Er weiß genau, wie weit er gehen kann." Isabellas Erregung war ihm nicht entgangen.

Mit Widerwillen wandte Isabella ihren Blick wieder der Szene zu. Dieser Simon hatte die Frau losgelassen, und sie rang gierig nach Luft. Sein Schwanz ragte wie eine boshafte Drohung vor ihrem Gesicht auf. Als der Kerl sich allerdings umwandte und auf Isabella zukam, übermannte sie der Fluchtinstinkt. „Nein! Lucian, bitte, lass mich gehen."

Doch Lucian bewegte sich nicht, und Isabella spürte seine Lippen an ihrem Ohr. „Er wird dich nicht berühren."

Lucians Worte beruhigten sie etwas, aber ihr Herz schlug immer noch in ihrem Hals, statt in ihrer Brust. *Ich vertraue Lucian, ich vertraue Lucian, ich vertraue Lucian …*

Der Kerl blieb genau vor ihr stehen, sah sie eindringlich an und setzte ein fieses Lächeln auf. Dann bewegte er seine Hand in ihre Richtung, doch Lucian behielt recht, er berührte sie nicht.

Ähnlich, wie Lucian es letzte Nacht getan hatte, ließ er mit wenigen Zentimetern Abstand seine Hand über die Rundungen ihres Körpers gleiten. Isabella konnte die Wärme spüren, die seine Hand ausstrahlte. Sie hatte Angst vor diesem Mann, und doch reagierte ihr Körper mit kleinen Lustschauern, immer da, wo die Hitze in ihre Haut strömte. Als seine Hände allerdings in Richtung ihrer Schenkel glitten, sah sie ihm drohend in die Augen. Ihr ganzer Körper sträubte sich gegen ihn, und die Tatsache, dass sein Schwanz nackt und steif zwischen ihnen aufragte, machte es für Isabella nicht leichter, doch sie hielt seinem Blick stand.

„Sie ist nicht unterwürfig genug. Du solltest sie züchtigen, Lucian."

Abrupt drehte er sich um, schritt zu seiner Gespielin zurück und ließ eine zitternde Isabella zurück. Sie konnte sich nur auf den Beinen halten, indem sie sich an Lucians Brust lehnte.

Lucian ergriff sie an den Oberarmen und drängte sie in eine weiter entferntere Nische.

Als Isabella ihn ansah, war seine Miene eiskalt, und seine Stimme jagte ihr Gänsehaut über den Körper. „Hat er recht? Soll ich dich züchtigen?"

Isabella konnte nur den Kopf schütteln. Sie zitterte am ganzen Leib, und ihre Gedanken drehten sich im Kreis. *Lucian hatte doch immer gesagt, sie seien gleichberechtigt. Hätte ich mich etwa von einem Fremden berühren lassen sollen? Das kann ich nicht. Ich kann mich keinem Fremden unterwerfen.* Bei diesem Gedanken traten Isabella Tränen in die Augen, ihre Lippen bebten, und ihr Blick war flehend. Lautlos liefen ihr die Tränen über die Wangen.

Er war zu weit gegangen. Isabella konnte Spiel und Realität nicht mehr unterscheiden. Zärtlich strich er ihr über die Wange und fing eine Träne von ihr auf. „Ich will nur deine Lust, Isabella, nicht deinen Willen brechen.“ Sanft schloss er seine Arme um sie und streichelte über ihren Rücken.

Mit jedem Schluchzen erzitterte ihr ganzer Körper.

„Ist schon gut, mein Schatz. Dir wird nichts geschehen.“

Isabella schmiegte sich an seine Brust und beruhigte sich allmählich. Diese Gefühlsausbrüche waren ihr peinlich. Lucian musste sie für eine totale Heulsuse halten. Als sie zu ihm aufschaute, sah sie aber nichts als Wärme und Hingabe in seinen Augen. Das war nicht mehr der Dom, nein, das war ihr Lucian.

„Ich hab’s versaut, stimmt’s?“

„Du hast nichts versaut. Du wirst lernen, das Spiel von der Realität zu unterscheiden. Ich weiß, dass das alles neu für dich ist, und dass ich mir dein Vertrauen erst verdienen muss.“

Isabella trat einen Schritt zurück, reichte ihm ihre aneinandergepressten Handgelenke und blickte ihm tief in die Augen. „Ich vertraue dir, Lucian, aber ihm nicht.“ Sie deutete mit dem Kopf hinter sich, auch wenn sie völlig die Orientierung verloren hatte und überhaupt nicht wusste, wo sich der brutale Typ befand.

Lucian griff nach ihren Händen und zog sie zu sich heran, um sie zu küssen.

Isabella spürte seine Erektion an ihrem Unterleib. Als er sich von ihrem Mund löste, ging ihr Atem schneller.

„Ich will dich, Lucian. Nimm mich, auf deine Weise“, flüsterte Isabella, mit vor Erregung belegter Stimme.

Lucians Augen glühten, als er sich zu ihrem Hals herunterbeugte, um sie leicht zu beißen. „Ich werde dich aber fesseln müssen und vielleicht ein wenig deinen wundervollen Po bearbeiten, wenn du es auf meine Weise haben willst.“

Bei seinen Worten packte er heftig ihren Hintern und presste seine Erektion gegen ihren Unterleib. Seufzend flüsterte sie: „Alles, was du willst, wenn du mich nur von dieser Gier erlöst.“

Wortlos und mit diesem durchdringenden Blick, den sie so mochte, nahm er ihre Handgelenke, drehte Isabella zu einer Büßerbank um und zog sie auf das Gerät. Ihre Hände und die Fußgelenke machte er mit Lederschlaufen an den Beinen des Bocks fest. Diese Haltung war demütigend, aber Isabella war von ihrer Gier so berauscht, dass ihr die Erlösung wichtiger war als ihr Stolz. Er schob ihren ohnehin zu kurzen Rock bis über ihre Hüfte, ihren Slip bis in ihre Kniekehlen und knetete ihre Pobacken. Bei seinem ersten Schlag mit der flachen Hand schrie Isabella überrascht auf. Seine Finger glitten über die Stelle, wo er sie getroffen hatte, und dann zwischen ihre Schenkel. Sie war so feucht, dass sein Zeigefinger sofort in sie eindrang.

„Verdammt, Isabella! Du bist zu gierig. Ich muss dir eine Lektion erteilen."

Sie merkte, wie Lucian sich von ihr entfernte, und versuchte, ihren Kopf so weit zu drehen, dass sie ihn sehen konnte, doch er war auf der anderen Seite. Wen Isabella jedoch sah, war Jesse. Er lehnte an der gegenüberliegenden Wand und sah ihnen zu. Zum Glück hatte sie keine Zeit, über diese Situation nachzudenken, denn ein weiterer Schlag traf ihren Hintern. Der Schmerz war anders, intensiver, größer. Es erschien ihr immer noch unglaublich, dass Schmerz Lust hervorrufen konnte. Mit dem letzten klaren Gedanken, den sie fassen konnte, erkannte Isabella, dass dieser Schmerz ihr Weg war, ihren Kopf, ihr Denken auszuschalten. Sie hörte Andys Worte: „Du kannst dich nicht gehen lassen …" Dann entglitt ihr die Realität, und sie befand sich in einer Welt der Empfindungen. Schmerz mischte sich mit Lust, Glühen wurde zu loderndem Feuer. Lucian bearbeitete immer eine Seite im Wechsel und erhöhte allmählich die Wucht seiner Schläge. Ein heißes Prickeln breitete sich über Isabellas Po und die Oberschenkel aus. Diese Hitze fuhr in ihren Körper und in ihr Geschlecht. Mit jedem weiteren Schlag wurde Isabellas schmerzhaftes Stöhnen zu einem Keuchen, als sie begann, den Schmerz in reine Lust umzuwandeln. Sie reckte ihm lüstern ihren Hintern entgegen und war enttäuscht, als Lucian das Schlagwerkzeug zu Boden fallen ließ. Seine Hände brannten wie Feuer auf ihrem geschundenen Hinterteil, und Isabella wand sich, um der Hitze zu entfliehen. Lucian umfasste ihre Hüften und drängte sich langsam in ihre feuchte Spalte. „Oh Gott, ja." Isabella biss sich auf die Unterlippe. Es konnte nicht wahr sein, dass sie derartig die Kontrolle verlor. Lucian drang tief in sie ein und nahm sie in Besitz. Seine Hände strichen gierig über ihren Rücken und über ihren Po, und Isabella wand sich unter seinen langsamen Stößen. Sie wollte mehr.

„Lucian, bitte."

„Was willst du, mein Schatz?" Seine Stimme klang rau und verlangend, doch Isabella wusste, wenn sie ihm nicht sagte, was sie wollte, würde er sie ewig so weiter quälen. Alle Hemmungen fielen von ihr ab, und sie schrie: „Fick mich, verdammt!"

Und Lucian tat es. Als er heftig in sie hineinstieß, lachte er triumphierend.

Er nahm sie hart und schnell. Isabella war so erregt, dass sie nicht lange brauchte, bis sich ihr Höhepunkt ankündigte.

## 12

Jesse beobachtete fasziniert, wie sich Isabella ihrer Lust hingab. Sie war seine beste Freundin, und so sollte er sie nicht sehen, doch es erregte ihn. Er war nicht in der Lage zu gehen, und während er den beiden bei ihrem Spiel zusah, begann er, sein steifes Glied zu massieren.

Immer wieder stieß Lucians Schwanz in Isabella, und als sie kam, schlugen die Wellen der Lust auch über Lucian zusammen. Jesse entlud sich in ein Taschentuch und wollte verschämt das Weite suchen, als Lucian sich zärtlich über Isabellas Rücken beugte. Seine Lippen küssten ihren Nacken, als er die Fesseln an ihren Armen löste. Mit einer erstaunlichen Fürsorge nahm Lucian Isabella in die Arme, strich ihr über den Rücken und ließ sachte die Wellen ihres Höhepunktes ausklingen.

Jesse konnte es kaum glauben. Lucian war als Master nicht für sein Feingefühl bekannt. Zärtlich strich er über Isabellas Nacken, und sie seufzte befriedigt. In diesem Moment wurde Jesse klar, dass er mehr vor Augen hatte, als Master und Sub. Vielleicht wussten die beiden es nicht, aber was Jesse erblickte, war Liebe.

Schmerzlich wurde ihm bewusst, dass es genau diese Zärtlichkeit war, die ihm bei Damian fehlte. Jesse konnte den Anblick nicht ertragen und hatte plötzlich das Gefühl, sich in etwas sehr Privates gedrängt zu haben. Normalerweise hatte keiner der Spielenden etwas gegen Publikum, aber das hier war kein Spiel mehr.

Jesse wandte sich um und ging in die Lounge, um sich einen Drink zu genehmigen.

Er musste mit Damian reden. Isabella und Lucian hatten ihm als verdeutlicht, dass es mit ihm nicht so weiterging. Sollte er Damian verlieren, war das halt so.

Als Isabella sich wieder beruhigt hatte und aufsah, war Jesse fort. Sie schmiegte sich in Lucians Umarmung und genoss seine Wärme. Er ließ sie kurz los, um ihre Beine zu befreien und ihren Slip hochzuziehen. Sein Lächeln war zärtlich und sein Kuss innig und sanft.

„Möchtest du was trinken?"

„Gerne." Ihre Kehle war von ihren Schreien ganz ausgetrocknet. Sie gingen Hand in Hand zur Bar, setzten sich und Isabella bestellte ein Wasser.

Der Barkeeper lachte.

„John, darf ich dir Isabella vorstellen. Sie wird alles bekommen, was sie will." John reichte ihr die Hand, und Isabella lächelte verlegen zurück. Der Gedanke, dass er wusste, was sie gerade getan hatten, fiel ihr schwer. Sie hatte sich einfach von ihrer Gier forttreiben lassen, und jetzt musste sie die Konsequenzen tragen. Wenn sie nicht gewollt hätte, hätte Lucian sie auch nicht hier im Club genommen. Es war ihre Entscheidung gewesen, und wenn sie ehrlich zu sich selbst war, hatte sie es genossen.

„Es ist mir ein Vergnügen", sagte John. „Selbstverständlich bekommt sie alles, was sie will." War da ein Unterton in seiner Stimme? Er lächelte sie an, als er ein San Pellegrino auf die Theke stellte. „Bitte sehr, die Dame."

Isabella leerte das Glas Wasser in einem Zug. *Das tut gut! Und was mache ich jetzt mit diesem frechen Barkeeper?* Sie stellte das Glas vor John ab und sah ihn provozierend an. „Jetzt hätte ich gern einen White Russian, wenn es keine Umstände macht."

John lachte, machte sich an die Arbeit und stellte den gewünschten Cocktail auf einer Serviette vor Isabella und einen Whisky vor Lucian. Sie nippte an ihrem Cocktail und hob eine Augenbraue. „Hmm, sehr lecker. Ich werde Sie im Auge behalten, John. Machen Sie sich auf einen Cocktailmarathon gefasst."

„Wird mir ein Vergnügen sein, Isabella." Sie grinsten sich an, bis Lucian ein leises Räuspern hören ließ und Isabella verlegen wegsah. Sie entdeckte Jesse in einer dunklen Ecke der Lounge, nahm ihr Glas, gab Lucian einen Kuss auf die Wange und ging zu ihrem besten Freund. Jesse wirkte traurig und einsam. Sie setzte sich neben ihn und sah ihn fragend an. „Was ist los?"

Jesse starrte vor sich hin, und Isabella dachte schon, er würde ihr nicht antworten.

„Lucian liebt dich", sagte er tonlos.

„Sei nicht albern. Wir kennen uns erst seit einer Woche." Doch Isabellas Herz schlug schneller bei dem Gedanken, es könnte auch für Lucian mehr sein als ein Abenteuer. Ihre eigenen Gefühle gingen tiefer, als es für eine Affäre gut war.

Jesse hing seinen eigenen Gedanken nach.

„Und es macht dich traurig, dass du glaubst, er liebt mich?", hakte sie nach.

„Es geht um Damian. Ich habe euch beobachtet, und diese Nähe und Zuneigung zwischen euch vermisse ich bei Damian und mir."

„Du hast nicht mit ihm gesprochen?", fragte sie mitfühlend.

„Damian redet nicht über Gefühle."

„Du leidest! Hast du in letzter Zeit mal in den Spiegel geschaut? Du bist nur noch Haut und Knochen."

Jesse hob den Blick, und Isabella sah, wie Damian auf sie zukam. Vor

Jesse blieb er stehen, und sein Blick war hart. „Komm! Ich will dich."

Damian wartete keine Antwort ab, sondern ging. Jesse stand auf und wollte ihm folgen, doch Isabella griff nach seiner Hand. „Jesse, du musst das nicht tun, wehre dich."

Jesse befreite sich von ihr und folgte Damian. Isabella blieb kopfschüttelnd alleine zurück.

Lucian stellte sein Glas auf den kleinen Glastisch und setzte sich zu ihr. „Was ist mit Jesse? Haben die beiden Stress?" Lucians Stimme war leise, einfühlsam.

„Jesse leidet unter der ständigen Dominanz deines Bruders. Er steht das nicht mehr lange durch."

„Er muss sich wehren. Wenn er alles hinnimmt, muss er sich nicht wundern, dass Damian übertreibt. Wahrscheinlich lotet er Jesses Grenzen aus."

„Damian dominiert Jesse den ganzen Tag. Findest du das in Ordnung?"

Isabella hatte Angst vor Lucians Antwort. Wenn er es als normal erachtete, hatten sie keine Zukunft.

Lucian ergriff Isabellas Hand. „Jesse ist keine starke Persönlichkeit, und Damian nutzt das aus. Jesse muss ihm klar machen, bis hierhin und nicht weiter."

Wütend sprang Isabella auf. „Jesse ist stark. Er ist mein Freund und er war immer für mich da. Wie kannst du es wagen?"

„Isabella, bitte. Ich möchte mich nicht wegen den beiden mit dir streiten. Ich beobachte die zwei schon lange, und mir ist auch klar, dass Damian übertreibt."

„Warum unternimmst du dann nichts?"

„Würdest du wollen, dass sich jemand in unsere Beziehung einmischt?"

Mit diesem Satz nahm er ihr allen Wind aus den Segeln. „Haben wir denn eine Beziehung?" Ihre Stimme war für ihre Verhältnisse viel zu leise und zittrig.

Er nahm sie zärtlich in die Arme. „Na, das möchte ich doch sehr hoffen", versuchte er mit einem Lachen die Tragweite seiner Worte zu entschärfen, aber er hatte es gesagt. Bis zu diesem Moment war ihm selbst nicht klar gewesen, wie sehr er Isabella mochte. Lucian Green, der Master, der Einzelgänger und bekennender Single, wollte eine Beziehung.

Er trat einen Schritt zurück, ließ Isabella aber nicht los. Seine grünen Augen funkelten. „Lass uns sehen, wohin es uns führt. Ich will dich zu nichts drängen."

Hatte er wirklich Angst, sie könnte ihn ablehnen? Es schmeichelte Isabella, dass er sich seiner Sache nicht sicher war. Sanft berührte sie seine

Wange und streckte sich zu ihm hoch, um ihn zu küssen. „Ich will dich auch“, flüsterte sie zärtlich.

Lucian hielt sie lange im Arm und konnte sein Glück kaum fassen. Eine unglaubliche Ruhe umfing ihn, als gäbe es nur Isabella und ihn auf der Welt. Für einen Moment war das auch so, bis ein schriller Schmerzensschrei durch das Haus hallte.

Lucian rannte sofort los, Isabella folge ihm. Sie fanden Jesse an einen Balken gekettet. Über seiner Brust war die Haut aufgeplatzt, und er blutete. Damian stand vor ihm und holte erneut mit einem Rohrstock aus. Master Simon, der von der anderen Seite kam, fing den Schlag in letzter Sekunde ab, drehte Damian den Arm auf den Rücken und entwand ihm den Stock. Damians Blicke waren wild, und er wehrte sich vehement gegen den festen Griff. Master Simons Stimme war ruhig, ließ aber keinen Widerspruch zu. „Du wirst dich beruhigen. Hast du mich verstanden?“

Isabella rannte zu Jesse und versuchte verzweifelt, die Ketten zu lösen. Sie zerrte und riss an ihnen, konnte sie aber nicht öffnen. Lucian legte ihr eine Hand auf die Schulter und half, Jesse zu befreien.

Jesses starrer Blick haftete auf Damian. Mit einem Finger strich er sich über die Brust, hob ihn an und sah das Blut. Mit langsamen Schritten ging Jesse auf Damian zu und strich den blutigen Finger über dessen Lippen. Damian erstarrte, alle Gegenwehr fiel von ihm ab. Der Master hatte seine starken Arme von hinten um ihn gelegt und machte ihn dadurch bewegungsunfähig.

Isabella sah fassungslos, wie Jesse seine andere Hand in Damians Hose zwängte, dessen hartes Glied umfasste und zudrückte. Aus Damians Kehle entrang sich ein schmerzverzerrtes Keuchen.

„Du wirst mich nie wieder demütigen“, sagte Jesse ganz ruhig und presste dann seine Lippen auf Damians. Da war nichts Zärtliches, nur Dominanz und Unterwerfung.

Master Simon ließ Damian los und zog sich ein paar Schritte zurück.

Lucian ergriff Isabellas Hand und zog sie ebenfalls nach hinten. „Lassen wir die beiden allein.“

„Aber …“

Auch Master Simon wandte sich um und ging.

Isabella ließ sich von Lucian wegführen. Wortlos gingen sie zur Bar und setzten sich.

„Was war los?“, fragte John besorgt.

„Ich würde sagen, Jesse hat endlich seine Grenzen aufgezeigt. Gibst du Isabella bitte einen Drink?“

John gab Eis in zwei Gläser und goss Whisky ein. Ohne zu sehen, was sie trank, kippte Isabella das Glas hinter. Natürlich musste sie husten und Lucian klopfte ihr auf den Rücken.

„Ich möchte wissen, was da hinten vor sich geht“, flüsterte sie benommen.

„Was glaubst du wohl? Die beiden leben ihre Fantasien aus. Lass Jesse genießen. Er hat lange genug gebraucht, um seine dominante Seite zu entdecken.“

Isabella verstand nicht, was sich ereignet hatte.

„Geht das denn, zwei dominante Partner?“

„Damian ist nicht dominant. Vielleicht ist er deshalb so sadistisch, weil er seine devote Seite nicht akzeptieren kann.“

Als sie alleine waren, ergriff Jesse Damians Haar und riss seinen Kopf nach hinten. Er sah ihm in die Augen, als er mit der anderen Hand seine Hose öffnete. Damians Atmung ging schnell, und Jesse nahm die Gier in seinem Blick wahr.

Seine Stimme war fest und klar. Er hatte eine Entscheidung getroffen. „Auf den Boden mit dir.“ Um seinen Worten Nachdruck zu verleihen, drückte er Damians Kopf nach unten. Der sank in die Knie. Jesse befreite sein Glied, drückte es in Damians Mund und stieß heftig zu. „Du wirst mich jetzt befriedigen. Solltest du dich wehren, wirst du selbst den Rohrstock kennenlernen.“ Mit weit aufgerissenen Augen, begann Damian, an Jesses Schwanz zu saugen, und Jesse beobachtete, wie sich Damians Lippen um seinen Schaft schlossen, sah das Heraus- und Hineingleiten in den Mund seines Geliebten.

Damian sah in Jesses ungläubiges Gesicht, sah seine Lust und die Erkenntnis in seinen Augen aufflackern. Er fügte sich widerspruchslos in seine Rolle, genoss seine eigene Demut und Jesses Kraft und Überlegenheit. Das war es, was Damian die ganze Zeit gewollt hatte. Jetzt konnte er nicht mehr zurück. Sollte Lucian von ihm denken, was er wollte. Jesse war das Einzige, was für ihn zählte.

Immer wieder presste sich Jesse in Damians Mund, und dann fühlte er, wie sich seine Hoden zusammenzogen. Er hielt sich an Damians Haar fest, presste sich tief in ihn und entlud sich. Als die Wellen der Ekstase abflauten, sank er zu Boden und schloss Damian in die Arme, dankbar, befriedigt und voller Zuneigung. Er hatte keine Ahnung, wie lange sie so verharrten, bis Damian endlich aufhörte zu schluchzen. „Komm, Damian, lass uns nach Hause gehen.“

Damian schnieft und sagte kleinlaut: „Ich kann nicht, ich bin der Geschäftsführer.“

„Ich kläre das mit Lucian. Der wird das schon verstehen.“ Jesse erhob sich und zog sich an.

Damian hockte immer noch auf den Knien und starrte den Boden an. Seine Worte waren kaum zu hören. „Jesse! Ich könnte es nicht ertragen, wenn du mich verlässt.“ Jesse ging zu ihm, reichte ihm die Hand, um ihm hoch zu helfen.

„Ich weiß, komm jetzt!“

# 13

Als sie durch die Lounge in Richtung Ausgang gingen, starrten die Gäste sie an. Mittlerweile war es voller geworden, und Jesse hatte keine Ahnung, wer ihre kleine Auseinandersetzung alles mitbekommen hatte. Jesse legte beschützend seinen Arm um Damians Schultern. Es hatte sich mehr geändert als ihr Liebesleben.

Isabella stürmte auf Jesse zu, und der Blick, den sie auf Damian richtete, hätte töten können. „Jesse, geht es dir gut?" Sein weißes T-Shirt färbte sich rot über der Brust, und sie konnte den Blick nicht von den Flecken abwenden.

„UNS geht es gut. Wo ist Lucian?", fragte Jesse mit fester Stimme.

„Er wollte nachsehen, ob sonst alles in Ordnung ist. Sein Geschäftsführer hat ja besseres zu tun."

Jesse sah sie unfreundlich an. „Lass gut sein, Bell."

Mit diesen Worten ließ er Isabella stehen und ging mit Damian zum Büro des Clubs. Jesse klopfte an und trat sofort ein, Damian folgte ihm.

Lucian saß hinterm Schreibtisch, sah die beiden skeptisch an, als sie den Raum betraten und stand auf. Man konnte fast glauben, Damian wäre in der letzten Stunde geschrumpft. Seine Augen waren gerötet, und seine Schultern hingen kraftlos nach unten.

„Kannst du den Laden heute schmeißen? Damian sollte nach Hause gehen." Jesse begegnete Lucians Blick und ließ sich nicht aus der Ruhe bringen. Er musste sich um seinen Freund kümmern, und das gab ihm alle Stärke, die er brauchte.

„Ich hab mir so was schon gedacht. Sieh zu, dass du bis nächsten Freitag wieder fit bist."

Damian musste sich räuspern, bevor er sprechen konnte. „Ich bin morgen wieder da, das wird schon wieder."

„Ihr solltet euch Zeit nehmen. Klärt die Dinge zwischen euch. So einen Vorfall möchte ich nicht noch einmal erleben." Lucians Worte waren freundlich, und er sah Damian besorgt an, legte seine Hand auf dessen Schulter.

„Du hast in Jesse einen guten Partner, versau es nicht."

Damian nickte, und Jesse wusste nicht, was er dazu sagen sollte. Ausgerechnet aus Lucians Mund hatten diese Worte für ihn noch mehr Gewicht.

An Jesse gewandt, sagte Lucian: „Bring ihn nach Hause. Ich weiß, du wirst dich gut um ihn kümmern."

Lucian verließ ein paar Minuten später das Büro und suchte nach Isabella. Hätte er das geahnt, hätte er Monice nicht nach Hause geschickt, nachdem sie die Übergabe erledigt hatten.

Isabella saß an der Bar und sprach wild gestikulierend mit John. Es war nicht zu übersehen, dass sie immer noch aufgebracht war. Im Gegenteil, sie schien jetzt richtig wütend zu sein. „... wie konnte er Jesse dann so verletzen?“, hörte Lucian sie fragen.

„Manchmal ist der Weg zueinander sehr schmerzhaft.“

Isabella drehte sich zu Lucian um, als sie seine Stimme vernahm. „Wenn du mich jemals so schlägst, siehst du mich nie wieder.“ Sie meinte das todernst. Ihre Augen funkelten, und sie konnte sich einfach nicht beruhigen.

Lucian legte einen Arm um ihre Taille und wollte sie an sich drücken, doch Isabella versteifte sich. „Ich kann das nicht verstehen, Lucian. Er hat Jesse ernsthaft verletzt. Das ist doch keine Liebe. Wie kann Jesse das einfach so hinnehmen?“

„Das hat er nicht.“

Isabella unterbrach ihn. „Jesse hat mich abserviert. Er hat mich einfach stehenlassen.“

Lucian verstand nicht recht, weshalb Isabella plötzlich so wütend war. Als er seine Runde gemacht hatte, hatte sie sich ganz ruhig mit John unterhalten.

„Geht es darum? Du bist wütend, weil Jesse dich hat stehenlassen?“

Isabella schnappte nach Luft. War sie jetzt hier die Dumme? Es versetzte ihr einen Stich, dass Lucian nicht verstehen wollte, was in ihr vorging. Jesse war ihr Freund. Es hatte sie zutiefst erschüttert, als sie ihn angekettet und blutend gesehen hatte. Das war zu viel. Das war nicht ihre Welt.

Isabella ließ sich vom Barhocker gleiten und, ohne den Blick von Lucian abzuwenden, sagte sie: „John, rufst du mir ein Taxi?“

John sah Lucian fragend an. Der nickte nur und hatte das Gefühl, ein Eisenring würde sich um seine Brust schließen. Unbewegt starrte er Isabella an.

Sie ging, ohne ein weiteres Wort, an Lucian vorbei zum Ausgang. Ihr begannen die Knie zu schlottern, Tränen brannten in ihren Augen, aber sie würde sich nicht verleugnen. Nie im Leben würde sie sich einer solchen Gefahr aussetzen und war der Sex auch noch so toll.

„Du solltest ihr hinterhergehen. Das Taxi kommt in zehn Minuten.“ John hatte Lucian nie so niedergeschlagen gesehen. Es war auch nur ein Augenblick, dann hatte Lucian seine Gefühle wieder hinter dem harten Panzer verschlossen.

„Es ist besser so."
„Sie ist verwirrt. Jesse ist ihr Freund. Wenn dir was an ihr liegt, dann erkläre es ihr."
Noch während sich die Frage stellte, wie viel ihm an Isabella lag, rannte er los.
Isabella stand zitternd vor dem Club. Sie hatte die Arme um sich geschlungen, ihr ganzer Körper bebte. Als Lucian sie erreichte, sah er, dass sie weinte.
„Mein Gott, Isabella. Es tut mir so leid." Er schloss sie in seine Arme, und diesmal wehrte sie sich nicht. Sie schluchzte an seine Brust gelehnt und atmete seinen Duft ein.
„Fahr nicht. Lass uns reden."
Isabella schüttelte den Kopf. „Ich kann jetzt nicht reden. Mir gehen zu viele Dinge im Kopf rum. Lass mir etwas Zeit."
Lucian krampfte sich das Herz zusammen. Würde er sie verlieren, noch bevor es begonnen hatte?
„Ich habe Angst", flüsterte sie. „Ich bin immer selbständig und unabhängig gewesen. Dass ich so etwas eines Tages hinnehmen könnte, macht mir Angst."
„Ich würde dir das nie antun, das musst du mir glauben."
Das Taxi kam und Isabella löste sich aus Lucians Umklammerung.
„Ich brauche Zeit für mich, Lucian. Vielleicht ging das alles zu schnell mit uns."

Hilflos sah er dem Wagen hinterher. Wie hatte dieser Tag, der so wundervoll begonnen hatte, ein so erbärmliches Ende nehmen können?
Lucian wandte sich um, ging zum Club zurück und blieb auf halber Strecke stehen. Er sah sich das Gebäude an, in dem sich sein Club befand. Hinter jedem Fenster sah man jetzt Licht. Pärchen und Gruppen gaben sich ihren Fantasien hin. Das war seine Welt, seit mehr als zehn Jahren, doch in dem Augenblick, als Isabella wegfuhr, hatte das alles jede Bedeutung verloren. Der Eisenring um seine Brust schnürte sich fester zusammen. Er bekam kaum Luft, und Lucian beugte sich nach vorne und stützte die Hände auf seine Knie. *Tief Luft holen*, war das Einzige, was er im Moment denken konnte. Sein Gehirn war wie leer gefegt.
Er hätte Isabella nie so dicht an sich lassen dürfen.
Lucian sog die kalte Nachtluft in seine Lungen und richtete sich dann auf. Es war gut, dass sie jetzt weg war. Er konnte sein gewohntes Leben weiterführen und seine Gelüste ausleben. Warum tat es dann so weh?
In der Tür zum Club stand Simon und beobachtete ihn. Er sagte kein

Wort, als Lucian an ihm vorbeiging, und dafür war Lucian ihm dankbar. Sie waren seit fast 20 Jahren befreundet, und Simon wusste, wann es besser war, den Mund zu halten.

Lucian drehte noch eine Runde durch den Club. Die Räume in den oberen Etagen waren belegt. Er hatte hinter den Zimmern einen Gang bauen lassen und mithilfe durchlässiger Spiegel konnte man alles beobachten. Dabei ging es nicht nur um einen weiteren Lustgewinn, es war auch eine Frage der Sicherheit.

In einem der Zimmer entdeckte er Ann. Sie spielte mit einem unerfahrenen Dom. Chris war erst seit einem halben Jahr Mitglied im Club. Lucian beobachtete, wie Ann ihn geschickt führte. Sie zeigte ihre Erregung deutlich und benutzte gekonnt das Codewort. Chris war bei ihr in guten Händen.

Im nächsten Raum vergnügten sich drei Frauen. Die lesbische S/M Szene war um ein Vielfaches härter, aber die Frauen waren sehr erfahren. Lucian machte sich keine Sorgen.

Simon stand am Fuß der Treppe und wartete auf ihn.

„Alles in Ordnung?"

„Ja. Scheint so, als hätten wir heute keine Schwierigkeiten mehr."

„Ich meinte eigentlich dich. Du hast sie gehen lassen."

Lucian steuerte das Büro an und war nicht sonderlich überrascht, dass Simon ihm folgte. Er ließ sich in einen Sessel fallen und starrte vor sich hin. Simon nahm ihm gegenüber Platz, ließ ihn nicht aus den Augen und wartete darauf, dass Lucian zu reden begann.

„Vielleicht habe ich mich getäuscht. Das hier ist nicht ihre Welt. Es wäre besser, wir wären uns nie begegnet."

„Du weißt, dass das Schwachsinn ist, was du da sagst."

„Sie hat das Vertrauen verloren."

„Dann bau es wieder auf."

„Sie will mich nicht mehr sehen."

„Hat sie das gesagt?"

Lucian antwortete nicht.

„Isabella ist eine intelligente Frau. Nicht du warst es, der Jesse verletzt hat. Sie wird das begreifen. Gib ihr Zeit."

„Ha! Das hat sie auch gesagt. Du weißt, worauf das hinausläuft. Nein, es ist besser, sie gehen zu lassen."

Simon erhob sich und ging zur Tür. Die Hand auf der Klinke, wandte er sich noch einmal um. „Wenn du glaubst, dass du das kannst, wünsche ich dir noch eine schöne Nacht."

# 14

Die Nacht wurde nicht schön, sondern lang. Erst nach acht Uhr konnte Lucian den Club verlassen. Ziellos fuhr er durch die Stadt, bis er schließlich vor der Galerie anhielt. Eine Stunde saß er im Wagen und konnte sich nicht entschließen auszusteigen. Er wollte sie nicht bedrängen. Die paar Stunden waren mit Sicherheit nicht genug, damit Isabella sich ihrer Gefühle sicher war. Gerade wollte er seinen Wagen starten, als die Haustür geöffnet wurde. Clarence stand in der Tür und sah zu ihm hinüber. Lucian stieg aus, ging zu ihm und sah schweigend in die alten, wissenden Augen.

„Ms. Isabella war sehr traurig, als sie heute Nacht nach Hause gekommen ist. Ich hatte Ihnen gesagt, Sie sollen ihr nicht wehtun."

Lucian antwortete nicht. Der alte Mann hatte recht, er hatte versagt, auf der ganzen Linie versagt.

Er wollte sich schon abwenden und gehen, da griff Clarence nach seinem Arm und zog ihn in die angenehm warme Lobby. „Ich habe das Gefühl, du brauchst was zur Stärkung, mein Junge."

Lucian musste bei den Worten *mein Junge* schmunzeln. Er fühlte sich schon lange nicht mehr wie ein Junge. Manchmal glaubte er, alle Unschuld unwiderruflich verloren zu haben, vor allem in Isabellas Gegenwart.

Er folgte Clarence in ein kleines, gemütliches Büro neben der Eingangstür. Ein Monitor zeigte das Innere des Fahrstuhls, und Lucian bekam rote Ohren. Clarence goss ihnen zwei Gläser ein und deutete mit einem der Gläser auf den Sessel ihm gegenüber. Lucian ließ sich erschöpft seufzend in den Sessel fallen. „Mir ist aufgefallen, dass Sie immer nur nachts hier sind", stellte Lucian schwach lächelnd fest. „Warum sind Sie in ihrem Alter für die Nachtschicht zuständig?"

Clarence seufzte, und seine Stimme zitterte etwas. „Die Tage ohne Daphne sind halbwegs zu ertragen, aber die Nächte sind die Hölle. In ihrem Haus zu sein, gibt mir das Gefühl, in ihrer Nähe zu sein."

„Sie sprechen von Isabellas Großmutter?"

„Wir waren über zwanzig Jahre zusammen. Ich war bei ihrem letzten Atemzug dabei, und jetzt ist das Leben leer und öde für mich. Hier zu sein, bedeutet für mich, bei ihr zu sein, und so kann ich mich noch ein bisschen um Isabella kümmern. Sie ist so einsam und zerbrechlich." Clarence lächelte. „Sie ist genauso schön wie Daphne."

„Wieso wohnen Sie nicht hier, wenn Sie zwanzig Jahre zusammen waren? Das Haus gehörte doch Isabellas Großmutter?"

„Weil es keiner wusste. Daphne war in den fünfziger, sechziger und siebziger Jahren eine große Schauspielerin. Was glauben Sie, was es für einen Skandal gegeben hätte, wenn herausgekommen wäre, dass sie auf ihre alten Tage einen abgewrackten Pförtner liebte.“ Clarence schüttelte den Kopf. „Nein, nein. Das hätte ich nicht gewollt. Es war schwer genug, ihre Neigungen geheim zu halten.“

Lucian biss sich auf die Zunge. Sie wussten beide, wovon sie sprachen.

„Weshalb war Isabella verzweifelt, als sie nach Haus gekommen ist? Sie wollte nicht mit mir reden.“ Clarences Stimme war fest. Sein Beschützerinstinkt war erwacht.

„Isabella hat im Club etwas gesehen, was sie nicht verarbeiten konnte, und ich hatte kein Verständnis für sie. Es hatte nichts mit uns zu tun, aber sie hat es auf mich projiziert.“ Lucian schwieg. Er kam sich wie ein Trottel vor, dass ihm erst jetzt die Zusammenhänge klar wurden.

„Sie haben Isabella mit in einen Club genommen? Ich glaub es nicht! Das war doch viel zu früh“, fauchte Clarence wütend.

Resigniert sagte Lucian: „Sie wollte es unbedingt. Mir war nicht wohl bei der Sache, aber sie ließ sich nicht überzeugen.“ Er schämte sich, dass er sich schwach gezeigt hatte und ihr nicht widerstehen konnte.

Ein verschmitztes Lächeln erhellte das Gesicht des alten Mannes. „Ja, ja. Man kann den Steenfrauen nichts abschlagen. Wenn sie etwas unbedingt wollen, bekommen sie es auch.“

„Das scheint mir auch so.“ Die beiden Männer lachten kurz auf, doch Lucians Miene wurde unvermittelt wieder ernst. „Es tut verdammt weh, sie verloren zu haben, bevor es richtig begonnen hat.“

„Isabella ist ein kluges Mädchen. Wenn es nichts mit Ihnen zu tun hatte, wird sie es auch so sehen.“

Lucian kippte seufzend seinen Whisky hinter und stand auf. „Ich hoffe, Sie haben recht, Clarence. Ich sollte gehen. Sie hat mich um Zeit gebeten, und wenn ich hier rumlungere, denkt Isabella noch, ich will Sie auf meine Seite ziehen.“ Lucian grinste. „Ich danke Ihnen, Clarence.“

Clarence klopfte Lucian freundschaftlich auf die Schulter. „Aber das haben Sie doch, Mr. Green. Ich stehe ganz auf Ihrer Seite. Isabella wird ihrem Herzen folgen. Sie ist in vielerlei Hinsicht wie ihre Großmutter.“ Clarence lachte schallend. „Und das noch mehr, als ich dachte.“

Isabella stand am Fenster und sah Lucians Wagen wegfahren. Sie war ihm dankbar, dass er sie nicht drängte. Ihre Gefühle und Gedanken drehten sich im Kreis. *Nicht Lucian, sondern Damian hat Jesse verletzt. Aber sie sind Brüder! Lucian hat nicht verstanden, warum ich so wütend war, aber er hat auch nicht gutgeheißen, was Damian getan hat.*

*Gestern Nacht hast du über Liebe nachgedacht und jetzt …?*

Das Gefühl der Einsamkeit schnürte ihr die Brust zusammen. Manchmal konnte sie kaum atmen. Vor vier Jahren, als die Depressionen begannen, hatte sie sich ähnlich gefühlt. Sie musste verhindern, dass sie in dieses Loch fiel. Beim letzten Mal hatte sie fast ein Jahr gebraucht, um da wieder rauszukommen. *Ich muss mich dringend ablenken, sonst dreh ich durch.*

Lustlos ging sie in die Galerie. *So wird wenigstens die Buchhaltung fertig.*

Als sie die Abrechnung fertig hatte, war es Nachmittag. Sie nahm sich die Mappen der potentiellen Künstler vor und überlegte, wen sie aufsuchen sollte. Ihr letzter Termin war gründlich in die Hose gegangen.

*Peter S. Baker. Das macht keinen schlechten Eindruck.* Die Mappe enthielt Zeichnungen und Drucke von Gemälden. Akte! Sollte sie sich schon wieder auf so etwas einlassen? Aber seine Arbeit war gut. Kurzerhand griff Isabella zum Telefon.

„Ja? Baker."

„Hier ist Isabella Steen. Sie hatten vor zwei Monaten eine Auswahl Ihrer Bilder in meine Galerie geschickt. Ich würde mir Ihre Arbeit gern anschauen. Wann hätten Sie Zeit für mich?"

„Wäre es Ihnen am Mittwoch recht?", fragte der Mann mit einer tiefen, samtenen Stimme.

Isabella sah in ihren Kalender. „Am Nachmittag könnte ich bei Ihnen vorbeikommen. Ist die Adresse Bayside Dr. noch aktuell?"

„Ja, das ist sie. Auf der linken Seite, wenn Sie aus New York kommen. Sie werden es nicht bereuen."

Er hatte aufgelegt, bevor Isabella auf die Zweideutigkeit in seiner Stimme antworten konnte. „Na das kann heiter werden."

Isabella warf einen Blick in die Galerie. Es war ihr nicht möglich, Lucian anzusehen. Zu weh tat die Erinnerung an ihn, an das, was sie mit ihm erlebt hatte, und die Nähe, die sie bei ihm gespürt hatte. Am Montag, sobald Jesse da war, würde sie es abhängen lassen. Wenn sie ihn immer vor Augen hatte, konnte sie nicht klar denken. Er weckte eine Gier in ihr, die jegliches Denken unmöglich machte. Sie durfte sich nicht davon beeinflussen lassen.

Resigniert seufzend sah sie auf die Mappe in ihrer Hand. „Mal schauen, was Mr. Baker am Mittwoch noch zu bieten hat, außer einem losen Mundwerk."

Lucian erwachte mit schmerzendem Nacken. Er war auf dem Sofa eingeschlafen, nachdem er sich eine halbe Flasche Whisky gegönnt hatte. Was für ein beschissener Schlamassel. Erst brachte er Isabella vollkommen durcheinander und dann soff er sich den Verstand weg. Er musste unbedingt sein Gleichgewicht wieder finden.

Mit steifen Gliedern ging er ins Bad und stellte die Dusche an. Das warme Wasser tat gut. Minutenlang stand er einfach da und genoss die Wärme, die in seinen Körper eindrang. Gedankenversunken griff er zum Duschgel und seifte seinen Oberkörper ein. Er sah Isabella vor sich, wünschte, es wären ihre Hände, die über seine Brust und seinen Bauch strichen. Sein Schwanz richtete sich auf, noch bevor er seine Hände in diese Richtung bewegte.

„Oh Gott, Isabella." Verzweiflung schwang in seiner Stimme mit, als seine Hände um seine Schwanzwurzel und seine prallen Hoden glitten. Während er seinen Schaft mit kräftigem Händedruck massierte, entstand ein Bild vor seinem geistigen Auge. Er sah ihr Lächeln vor sich, wenn sie ihn provozierend und keck von unten herauf ansah. Den Kopf leicht schräg geneigt und mit funkelnden Augen, würde sie ihn anlächeln. Sie würde den Kopf senken, und ihr Blick würde lüsterner und gieriger, wenn sich ihre Lippen um seine Eichel schlössen. Lucian stöhnte, als seine Finger die dicke Krone seines Schwanzes bearbeiteten.

Im Kopf hörte er ihr Stöhnen und Keuchen, wenn er in sie eindrang, sah, wie sich ihr Gesicht in Ekstase veränderte. Lucian verstärkte den Druck seiner Hand und beschleunigte den Rhythmus. Das warme Wasser prasselte auf seine Haut, rann den Rücken hinab, an seinen Schenkeln vorbei. Er stützte sich mit einer Hand an den Fliesen ab, bearbeitete seinen Schwanz in wilder Gier und wusste, es war nur ein billiger Ersatz für Isabellas Leidenschaft und Hingabe. Er schrie ihren Namen, als sich sein Samen entlud und vom Wasser davon gespült wurde.

Schwer atmend ließ Lucian das Wasser der Dusche auf sein Gesicht prasseln. Es spülte seine Lust auf diese Frau nicht weg, aber die Tränen.

Er durfte sie nicht verlieren. Er wollte ihr noch so viel zeigen, ihr noch so viel Lust bereiten. Und vor allem wollte er mit ihr noch Zeit verbringen, viel Zeit, Wochen, Monate, Jahre. Er wollte mit ihr reden, bei ihr sein, ihre Nähe spüren.

Wie hatte das geschehen können?

Es war absurd, aber Lucian Green hatte sich verliebt. Diese Erkenntnis trieb ihm erneut Tränen in die Augen.

## 15

Das Wochenende wurde endlos. Isabella hatte sich ein paar alte Filme angesehen und gegrübelt. Zu einem Entschluss war sie nicht gekommen. Sie vermisste Lucian schmerzlich, aber ihre Angst, sich selbst zu verlieren, war größer. Es war ihr nicht einmal möglich gewesen, in ihr Atelier zu gehen und das Bild von ihm zu betrachten.

Stattdessen hatte sie, in eine Decke gewickelt, auf dem Sofa gelegen und sich einen schnulzigen Film nach dem anderen reingezogen. Jedes Mal hatte sie weinen müssen, und sie redete sich ein, dass es wegen des Films war und nicht wegen Lucian Green. Sie hätte zu Clarence hinunter gehen können, aber was hätte sie ihm gesagt? „Clarence, ich habe einen dominanten Mann kennengelernt und habe Angst, mich selbst zu verlieren." Tausend Mal hatte sie überlegt, wie sie es unverfänglich verpacken sollte, aber es war ihr nichts eingefallen. Und dabei hätte sie gern mit ihm gesprochen. Sie kannte Clarence seit Kindertagen, aber erst in letzter Zeit verspürte sie eine gewisse Vertrautheit mit ihm. Manchmal dachte sie, sie könne ihm alles erzählen, und dann stand sie an der Tür ihres Aufzugs und traute sich nicht. Es war einfacher, sich die Seele aus dem Leib zu heulen, als über Gefühle zu sprechen. In der letzten Woche war sie offener und zugänglicher gewesen, doch jetzt schloss sich der Panzer langsam wieder.

Sie lag bereits seit vier Uhr wach im Bett und starrte die Decke an. Ihr Kopf war entweder leergefegt oder die Gedanken drehten sich im Kreis. Erschöpft und wie zerschlagen trottete sie ins Bad und duschte.

Arbeit war die beste Therapie, und so saß Isabella bereits um sieben Uhr an ihrem Schreibtisch. Stoisch, mit gesenktem Kopf, war sie an Lucians Bild vorbeigegangen, direkt in ihr Büro.

Als sich die Tür der Galerie öffnete, blicke Isabella von ihren Unterlagen auf und sah einen strahlenden Jesse.

So glücklich hatte er die letzten Wochen nicht ausgesehen.

„Hallo, Bell. Hattest du auch ein schönes Wochenende?"

„Wohl kaum." Ihre Antwort war patzig, und plötzlich war sie wütend darauf, dass es Jesse so gut ging. Wie konnte er es wagen?

Jesse ging um den Tresen und setzte sich mit Schwung auf ihren Schreibtisch. „Was ist denn los, meine Schöne? Stress im siebten Himmel?"

Ihre Stimme war eisig. „Wir haben uns gestritten, wegen euch."

Ihr Blick war so kalt und ihre Mine so vollkommen ungerührt, dass Jesse das Lachen im Hals stecken blieb. Sie lief gerade zu ihrer alten Hochform auf, und das gab ihr ein Gefühl der Sicherheit. Obwohl sie ihn viel lieber angeschrien hätte, sagte sie nichts.

„Wieso habt ihr euch wegen uns gestritten?"

„Weil ich nicht verstehe. Wie kannst du dir das antun lassen? Er hat dich bis aufs Blut geschlagen, und du nimmst das hin. Wieso trenn…"

„Ich habe das nicht hingenommen. Dieser Vorfall hat mich wachgerüttelt. Damian und ich haben uns ausgesprochen. Ich weiß, warum er ausgerastet ist, und ich habe ihm verziehen. So etwas wird nie wieder vorkommen."

„Das glaubst du ihm? Das kann nicht dein Ernst sein? Wenn diese Grenze erst einmal überschritten ist, hört das nicht einfach auf." Ihre Stimme triefte vor Unverständnis. „Wie kannst du ihm verzeihen?"

Jesse ergriff sanft Isabellas Hände und sah sie eindringlich an. „Weil wir uns lieben. Deshalb kann ich ihm verzeihen. Und es wird nicht wieder passieren, weil Damian nicht dominant ist. Das war das ganze Problem. Er wird mich nicht schlagen, weil er das gar nicht will und nie wollte."

Isabella starrte Jesse ungläubig an. „Damian hat sich dir unterworfen?"

„Für dich muss immer alles Schwarz oder Weiß sein. Die Liebe ist vielschichtiger, Isabella."

Jetzt kam er wieder mit diesem Mist. Liebe war Schwarz oder Weiß. Entweder man liebte oder nicht. Dazwischen gab es nichts. „Das ist mir alles zu kompliziert. Mein Leben war strukturiert, bevor mir die Liebe begegnet ist."

Hatte Isabella mitbekommen, was sie gesagt hatte? Jesse war sich nicht sicher. Die Situation war heikel. Isabella konnte sich von einem Augenblick zum anderen verschließen, und dann war es schwierig, zu ihr durchzukommen. Ihre Wut auf ihn war immer noch besser als ihre Traurigkeit. Was für Jesse zählte, war, dass sie Lucian eine Chance gab. Sie war glücklich gewesen in den vergangenen Tagen. Er durfte nicht zulassen, dass sie alles aufgab.

„Wie bist du mit Lucian verblieben?"

„Ich habe um Zeit gebeten. Ich muss mir über meine Gefühle klar werden. Mein Kopf springt von einem Gedanken zum andern, völlig konfus. Lucian wollte nicht, dass ich in den Club gehe. Ich fühlte mich wie ein kleines Kind, als er sagte, es wäre zu früh. Du kennst mich. Wenn mir jemand was verbietet, will ich es umso mehr, aber diesmal hätte ich hören sollen. Erst dieser Simon und dann die Sache mit dir … Ich hatte jahrelang keinen Sex, und jetzt gleich so extrem. Vielleicht habe ich mir zu viel zugemutet."

„Ich habe euch beobachtet, Bell, und ich habe nur ein Paar gesehen, das so miteinander umgegangen ist wie ihr."

„Wer?", fragte Isabella, mehr aus Reflex als aus Neugier.
„Monice und Daniel. Sie war die Geschäftsführerin. Daniel hat einen Job an der Westküste angenommen. Sie ziehen nach L.A. und werden heiraten."
Eine Weile schwiegen sie.
Dann kam Isabella ein anderer Gedanke. „Wie geht es mit euch weiter? Du bist doch gar nicht dominant?"
Jesse schmunzelte. Er hatte an diesem Wochenende Seiten an sich entdeckt, die er selbst nicht für möglich gehalten hätte. „Scheinbar bin ich das doch. Es ist nicht einfach für mich. Ich muss diese Seite an mir erst einmal kennenlernen. Damian hat sehr darunter gelitten, dass er devot ist. Er bewundert Lucian sehr und wollte immer so sein wie er. Es scheint allerdings so, als wäre das nicht sein Naturell."
„Das hat Lucian auch gesagt."
„Lucian ist ein guter Menschenkenner. Ich wünschte nur, er hätte mal mit Damian darüber gesprochen. Dann wäre uns viel erspart geblieben."
„Er mischt sich nicht gerne in die Angelegenheiten seines Bruders ein."
Jesse fand es süß, wie Isabella Lucian verteidigte, auch wenn es ihr nicht bewusst war. Er sah an ihren traurigen Augen, wie sehr sie ihn vermisste. Sie litt unter dem Streit mit ihm. Jesse war sich sicher, dass sie wieder zueinander finden würden. Irgendwie hatte er das Gefühl, die beiden waren füreinander bestimmt.
Isabellas Frage riss ihn aus seinen Gedanken. „Ist Lucian auch devot?"
„Hundertprozentig nicht. Lucian ist die Dominanz in Person."
„Und wenn er die Kontrolle verliert? Wird er mich verletzen? Ich kann das nicht riskieren, Jesse."
Darum ging es also. „Lucian lebt seit Jahren seine Neigungen aus. Er hat sich nie verstellt. Es geht um Vertrauen, Bell. Um dein Vertrauen in ihn und in dich selbst."
„Ich hab Angst", flüsterte sie kaum hörbar.
„Ich weiß, Bell."
Isabella brauchte Zeit. Zeit um das, was sie am Freitag gesehen hatte, zu verarbeiten und um zu begreifen, dass es nichts mit Lucian und ihr zu tun hatte.

Lucian hatte das ganze Wochenende damit verbracht, die Ausbauten in seinem neuen Restaurant zu kontrollieren. Es ging gut voran. Sie lagen im Zeitplan, und die Eröffnung konnte in drei Wochen stattfinden. Am Vormittag hatte er einen Koch eingestellt, der die Küche leiten sollte. Ein witziger, kleiner, drahtiger Franzose. Lucian versuchte zu schmunzeln, als er an ihn dachte, doch es gelang ihm nicht. Unruhig lief er wie ein gefangener Tiger in seiner Wohnung auf und ab. Er seufzte. Isabella! Was sollte er nur tun? Immer wieder sah er ihr stoisches Gesicht vor sich, als sie aus dem Club gerannt war.

Er würde ihr Zeit lassen, aber nicht bis in alle Ewigkeit. Eine Woche würde er sich gedulden, und dann würde er zu ihr gehen und sie zwingen, mit ihm zu reden.

Am Abend war er rastlos. Simon hatte einen geschäftlichen Termin und hatte Lucians Einladung für diesen Abend ausschlagen müssen. Er wollte nicht allein sein, konnte die kreisenden Gedanken in seinem Kopf nicht mehr ertragen. Es lief immer wieder auf eins hinaus. Sollte sich Isabella von ihm abwenden, würde es ihm das Herz brechen.

Seit einer Stunde stand er vor der Galerie und wartete. Als er sah, wie Jesse die Galerie verließ, stieg er aus. „Jesse?"

Jesse wandte sich mit klopfendem Herzen um und sah verwirrt in Lucians Gesicht. Lucian war ein attraktiver, ein schöner Mann, aber so hatte Jesse ihn noch nie gesehen. Sein Blick war tieftraurig, er sah aus, als wäre er in den letzten drei Tagen um Jahre gealtert.

„Lucian!"

„Wie geht es Damian? Und dir?", fragte Lucian, doch sein Blick ging an Jesse vorbei, hin zur Galerie.

„Warum kommst du nicht mit? Damian hat gekocht, und Wein ist auch genug da. Dann kannst du dich selbst davon überzeugen, dass es ihm gut geht."

„Damian hat gekocht? Was denn?"

Jesse grinste. Damian war ein hervorragender Koch, und Lucian wusste das.

„Filet Mignon."

Mehr brauchte Lucian nicht zu hören. Damians Filet Mignon war ein Traum, und alles war besser, als diesen Abend allein zu verbringen. „Wir treffen uns bei euch zu Hause."

Jesse konnte nicht fassen. Er sah, wie Lucian in den E-Type einstieg und mit einem Lächeln auf dem Gesicht losfuhr.

Damian fiel aus allen Wolken, als Jesse das Apartment betrat und Lucian ihm folgte.

Seine Stimme zitterte etwas, als er seinen Bruder umarmte und ihn fragte: „Lu, was machst du denn hier?"

„Jesse hat mich mit einem Filet Mignon bestochen."

Lucian warf Jesse einen vielsagenden Blick zu. Der grinste nur. Es war erstaunlich. Damian war nicht dominant, er selbst hatte sich am Wochenende zu einem kleinen Dom entwickelt und Lucian log seinen

Bruder an, um nicht allein zu sein. Seit Pauls Ausstellung schien die Welt Kopf zu stehen.

Damian warf Jesse einen unsicheren Blick zu und verschwand dann in der Küche. Lucian legte Jesse die Hand auf die Schulter. Noch am Freitag hätte Jesse eine solche Geste aus der Bahn geworfen, aber heute war es nur die Hand eines Freundes.

„Danke, Mann, dass du mich nicht verraten hast."

„Ist schon gut. Lass uns essen."

Während sie das wunderbare Essen genossen, sprachen sie wenig. Lucian beobachtete die beiden und war überrascht, wie entspannt sie miteinander umgingen.

„Wie geht es euch so?"

Damian verschluckte sich. Seit Lucian zur Tür hereingekommen war, fürchtete er sich vor dieser Frage, doch Jesse war ganz ruhig, das war er schon das ganze Wochenende. „Wir haben die Dinge zwischen uns geklärt." Er streckte sich, legte seine Serviette beiseite. „Ich werde dann mal duschen gehen."

Damian sah seinen Bruder lange schweigend an. „Wie lange weißt du es schon?"

„Was meinst du?"

„Das ich nicht dominant bin."

„Das wusste ich schon immer."

Damian holte tief Luft. „Und warum hast du nie mit mir gesprochen?"

„Es ist dein Leben. Du musstest deine Neigungen selbst herausfinden. Ich konnte mich schlecht in dein Liebesleben einmischen."

„Du bist mein Bruder, mein Freund. Du warst Vater und Mutter für mich. Du hättest mit mir reden müssen." Damians Stimme überschlug sich.

Lucian seufzte. „Vielleicht hätte ich das tun sollen, aber es war deine Entscheidung. Wieso gibst du mir die Schuld?"

„Weil ich so sein wollte wie du." Er schrie, Tränen brannten in seinen Augen. „Du warst mein Vorbild. Ich habe dich bewundert und verehrt. Es ist mir unerträglich, vor deinen Augen versagt zu haben." Damians Stimme brach.

Lucian wusste nicht, was er darauf sagen sollte. Er sah Damian vor sich, als er dreizehn Jahre alt war. Tränenüberströmt klammerte sich der kleine Kerl an ihn und wusste nicht, wie es weitergehen sollte. Auch Lucian hatte nicht gewusst, wie er es schaffen sollte, seinem Bruder die Eltern zu ersetzen. Irgendwie hatte er es geschafft. Er hatte gearbeitet wie ein Tier, hatte Damian die beste Ausbildung ermöglicht, hatte seine Zukunft gesichert. Aber bei alldem hatte er einen entscheidenden Punkt nicht berücksichtigt. Liebe! Es war ihm nicht möglich gewesen, seinem Bruder die Liebe zu geben, die er in diesem Alter gebraucht hätte. Lucian war immer sehr verschlossen gewesen. Schon als Kind hatte er seine Probleme lieber mit sich allein ausgemacht, statt um Hilfe zu bitten. Und das hatte er auch von Damian erwartet, doch Damian war nicht wie er. Damian war weicher, sensibler, und Lucian hatte das nicht gesehen.

Damian stand auf und räumte das Geschirr zusammen. „Es ist besser, wenn du gehst."

„Es tut mir leid. Ja, ich hätte mehr für dich da sein sollen, ich hätte dir meine Liebe mehr zeigen müssen. Aber ich war genauso überfordert wie du. Du hast mich nicht enttäuscht. Ich bin stolz, dass du den Mut gefunden hast, dich dem zu stellen."

Damian setzte sich erschöpft auf seinen Stuhl zurück. „Das hatte nichts mit Mut zu tun. Es war reine Verzweiflung. Ich spürte, dass ich Jesse verliere, wenn ich mich nicht oute."

Lucian drehte sein Glas in der Hand, sah die rote Flüssigkeit und erinnerte sich an das Blut auf Jesses Brust. „Ist schon komisch. Wir sollten besser wissen als andere Menschen, was es bedeutet, sein wahres Ich zu verleugnen", sagte Lucian traurig. „Vergessen wir die Lektion unseres ersten Outings so schnell?" Und dann sah er Isabellas entsetzten Blick, ihre Angst und Verunsicherung. Wenn er mit Damian früher geredet hätte, wäre das alles nicht passiert. Dann hätte er sie nicht verloren. Es war allein seine Schuld.

„Lu?"

Lucian blickte zu Damian auf.

„Was ist los mit dir?" Damian kannte seinen Bruder besser, als er sich selbst. Das Lächeln auf seinem Gesicht konnte die Einsamkeit und Verzweiflung in seinen Augen nicht verbergen.

„Sie hat mich verlassen." Lucian blickte wieder in sein Rotweinglas.

„Wer? Isabella?"

Lucian nickte. Sein Gesicht war eine marmorne Maske, unbewegt, kalt, emotionslos. Ein sicheres Zeichen für Damian, das Lucian heftige Gefühle vor ihm verbarg. „Sie ist fort, und ich weiß nicht, wie ich das ertragen soll."

„Was findest du an ihr? Sie ist zickig und gefühlskalt und arrogant." Als Damian das sagte, bemerkte er, dass all diese Eigenschaften auch auf Lucian zutrafen, wenn man ihn nicht so kannte wie er. Alle sahen nur den berechnenden Geschäftsmann oder den kontrollierten Dom, doch Damian kannte einen anderen Lucian, der sich nachts aus dem Haus schlich, zum Grab ihrer Eltern ging und sie um Rat fragte. Oder den Lucian, der nächtelang am Bett seines Bruders saß und über ihn wachte, wenn er krank war.

Es war dieser Lucian, der jetzt mit fester Stimme sagte: „Das ist nur eine Fassade. Sie ist nicht so." Das Grün in seinen Augen wurde dunkler, als er begann, Isabella zu beschreiben. „Sie hat eine Fähigkeit zur Hingabe, die ist unglaublich. Isabella ist eine starke, selbstbewusste Frau, und gleichzeitig so verletzlich. Sie bringt mich zum Lachen, Damian. Sie kann wild und hemmungslos sein, und im nächsten Augenblick steigt ihr die Schamesröte ins Gesicht. Sie ist so gegensätzlich, so aufregend. Ich bin unzähligen Frauen begegnet, aber keiner wie ihr. Sie kann Hure und Heilige sein, Kind und erwachsen. Isabella ist die eine für mich."

„Mein Gott, Lu, du bist verknallt."

„Nein, das ist er nicht. Er ist verliebt. Zum ersten Mal in seinem ist Lucian Green verliebt." Jesse stand im Türrahmen.

Lucians Blick ging durch ihn hindurch, in die Ferne, hin zu Isabella. „Ja.", hauchte er. „Und ich weiß nicht, wie ich damit klarkommen soll."

Jesse setzte sich neben Lucian. „Sie vermisst dich. Sie wird zurückkommen."

„Aber sie vertraut mir nicht mehr."

„Sie vertraut sich selbst nicht mehr. Isabella ist keine Frau, die vor einem Problem davonläuft. Wenn sie mit sich im Reinen ist, wird sie zu dir kommen. Beweis ihr, dass du ihr Vertrauen nicht missbrauchst."

Jesse warf Damian einen vielsagenden Blick zu. „Ihr müsst ehrlich und offen miteinander sein. Das Einzige, was Isabella dir nie verzeihen wird, ist lügen."

„Wie lange wird sie brauchen, um sich zu beruhigen?", fragte Lucian hoffnungsvoll.

„Nicht lange", grinste Jesse. „Heute Morgen wollte sie, dass ich dein Bild abhänge, und am Nachmittag sagte sie, ich soll es lassen, wo es ist."

Lucian stand auf. „Ich werde dann mal gehen. Zu Isabella bitte kein Wort", fügte er noch hinzu.

„Das versteht sich von selbst, aber du fährst nirgendwohin. Du hattest vier Gläser Wein. Ich habe dir das Gästezimmer fertig gemacht."

Lucians Augen funkelten wütend, doch Jesse hielt seinem Blick stand.

„Deine resolute Art gefällt mir. Allerdings solltest du dir nicht angewöhnen, mich zu bevormunden. Heute nehme ich dein Angebot jedoch gerne an." Lucian setzte sich wieder und goss sich noch ein Glas Rotwein ein.

„Prost Jungs, auf die Liebe."

Im Nu war es Mittwoch, und Isabella war bereits zwei Stunden unterwegs zu diesem Mr. Baker. Sie fuhr in südliche Richtung in die Atlantic Highlands. Als sie den Bayside Dr. erreicht hatte, konnte sie zwischen den Häusern den Atlantik sehen. „Keine schlechte Wohngegend für einen unbekannten Künstler, Mr. Baker.“ Isabella konzentrierte sich auf die linke Seite, und als das Navigationsgerät bekanntgab: „Sie haben ihr Ziel erreicht“, sah sie ein großes, schmiedeeisernes Tor. Sie fuhr in die Einfahrt und drückte den Knopf der Gegensprechanlage. Mit einem summenden Geräusch bewegte sich eine Kamera oberhalb des Tores, und sie lächelte in diese Richtung. Das Tor öffnete sich, und Isabella fuhr den Schotterweg zum Haus entlang. Ein moderner Bau aus Beton und viel Glas tauchte vor ihr auf. Hinter dem Haus erstreckte sich das funkelnde Meer. Es war atemberaubend schön hier. Nie im Leben hätte Isabella mit einem solchen Schmuckstück gerechnet. Sie parkte den Wagen vor der Tür des Hauses und ließ den Schlüssel stecken. Schließlich kannte sie diesen Mr. Baker nicht, und vielleicht war es nötig, schnell zu verschwinden. Langsam, sich immer wieder umblickend, ging sie zur Tür und klingelte. Sie hatte das Gefühl, hier vollkommen allein zu sein, und als sie feste Schritte hinter der Tür hörte, begann ihr Herz, wild zu schlagen. Als die Tür geöffnet wurde stockte ihr der Atem. Ein fast zwei Meter großer, breitschultriger Hüne in Jeans und abgewetztem Holzfällerhemd grinste sie amüsiert an. Isabella wich einen Schritt zurück. „Master Simon.“

Der lachte auf. „Nein, nein. Einfach nur Simon reicht völlig. Komm rein, Isabella.“

Isabella sah sein Lachen und die strahlenden, freundlichen Augen. Ihr Herz raste noch von dem Schreck, doch die Anspannung fiel von ihr ab. Grinsend ging sie an Simon vorbei und betrat das Haus. „Seit wann wusstest du, dass ich es bin?“, fragte sie, um das Schweigen zu durchbrechen.

„Nun, ich hatte deine Stimme sofort erkannt. Habe mich schon auf dein Gesicht gefreut und … es hat sich gelohnt.“ Ihm saß der Schalk im Nacken, und Isabella war überrascht, einen völlig anderen Simon vor sich zu haben, als am vergangenen Freitag.

„Und wieso nennst du dich Peter S. Baker?“

„Eigentlich heiße ich Simon Peter Baker. Ich signiere meine Bilder allerdings mit P. Baker. Also habe ich mich auch mit Peter S. Baker vorgestellt.“ Simons Stimme war ernst, fast melancholisch geworden. „Möchtest du einen Kaffee?“

„Mit viel Milch bitte.“

Sie sah sich in dem großen, offenen Wohnbereich um. Der Architekt hatte gekonnt mit den Kontrasten der Materialien gearbeitet. Die große

Glasfront gab einen atemberaubenden Blick auf den Atlantik preis. Gegenüber der offenen Edelstahlküche stand ein Esstisch aus Stahl und Glas mit acht Stühlen. Ob Simon eine große Familie hatte? Hatte er überhaupt eine Frau und Kinder? Isabella wusste rein gar nichts über ihn.

„Mein Vater hat das Haus 2003 angefangen zu bauen, kurz vor seinem Autounfall. Ich habe es in den letzten Jahren fertiggestellt. Es ist zwar sehr weit draußen, aber man kann gut hier wohnen."

Simon verblüffte sie. Am Freitag hatte sie noch Angst vor ihm gehabt, und jetzt lernte sie eine ganz andere Seite von ihm kennen. Eine nette Seite.

„Im Club spielen wir alle eine Rolle. Man entflieht seinem Alltag, lebt seine Fantasien aus. Es kommt oft vor, dass das zwei vollkommen voneinander getrennte Welten sind."

Konnte er ihre Gedanken lesen? Doch Isabella verstand, was er sagte. Als Dom war er ihr kalt und brutal vorgekommen. Dieser Simon war warmherzig und bodenständig. Sie begann, ihn zu mögen. Verlegen lächelte sie, sah sich um. „Wo ist dein Atelier? Ich bin schließlich geschäftlich hier."

„Na dann komm mal mit."

Sie gingen über eine frei schwebende Betontreppe in die zweite Etage.

Das Dachgeschoss war komplett verglast. Überall standen Tische und Stühle mit Farben und Materialien herum. *Fast wie bei mir.* Eins war allerdings nicht so wie bei ihr. Isabella fand sich in einer Fülle von Gemälden und Zeichnungen wieder. „Wie viele sind das?"

„Ich habe nicht die leiseste Ahnung. Ich male seit zwanzig Jahren. Als dieser Paul im Club war und begonnen hat, Fotos zu machen, hat Lucian drauf bestanden, dass ich dir die Mappe zuschicke. Ich hatte nicht damit gerechnet, dass du dich meldest."

Lucians Namen zu hören, hatte Isabella einen kleinen Stich versetzt. Unberührt davon, sie war schließlich Profi, fuhr sie fort. „Deine Arbeit ist fantastisch. Aus dieser Fülle könnte ich locker drei Ausstellungen organisieren."

„Ich bin gar nicht so scharf auf die Öffentlichkeit", sagte er etwas grummelig.

Isabella bemerkte, dass Simon nicht unbedingt gern im Mittelpunkt stand. Das bestätigte umso mehr seine Worte in der Küche. Als Dom hatte er eine derartige Präsenz, dass sie unweigerlich vor ihm zurückschreckte, doch jetzt war er wie ein großer Teddybär.

Isabella verschaffte sich einen Überblick, was bei der Fülle an Gemälden, Zeichnungen und Drucken gar nicht so einfach war. Sie hatte wohl eine

Stunde lang in seinen Arbeiten gewühlt, bis sie einen groben Entwurf im Kopf hatte. „Mit den Aktbildern würde ich beginnen. Nach dem Erfolg von Pauls Fotografien könnte man gut daran anknüpfen." Isabella sah sich um. Sie suchte etwa zwanzig Bilder aus verschiedenen Jahren heraus. Man konnte gut erkennen, wie sich Simons Bilder mit seiner Sexualität weiterentwickelt hatten. Die Akte, am Anfang noch scheu und behutsam, wurden immer provozierender, erotischer. Waren die Frauen zu Beginn zaghaft, so präsentierten sie sich auf den zuletzt entstandenen Bildern schamlos und freizügig. Isabella bemerkte, dass sie mit den Bildern viel lockerer umgehen konnte, als mit den Fotos von Paul. Seitdem hatte sich viel in ihrem Leben verändert. Sie hatte sich verändert.

Als sie zwei Stunden später das Atelier verließen, hatte Isabella die nächste Vernissage schon im Kopf. In der unteren Etage wanderte ihr Blick zum Atlantik, und Isabella ging automatisch in diese Richtung, blieb vor der Glasfront stehen und sah zum Meer. Es war windig und kalt, die See war aufgewühlt und unruhig. *Genau wie ich,* dachte sie und sah Lucians Gesicht vor sich.

Sie spürte, wie Simon hinter sie trat. Er sagte kein Wort, starrte einfach, wie sie, übers Meer.

„Ich vermisse ihn", brach es plötzlich aus ihr heraus.

„Ich weiß." Mehr sagte er nicht. Er öffnete die Schiebetür und ging auf die Terrasse. Isabella folgte ihm. „Du bist nicht gerade gesprächig."

„Du hast keine Frage gestellt."

„Würdest du sie denn beantworten?"

„Wahrscheinlich nicht. Die Antworten auf deine Fragen kannst du nur in dir selbst finden."

„Woher weißt du das alles?"

„Du bist nicht die erste Frau, die ihre devote Sexualität entdeckt. Ich glaube, es ist leichter, dominant zu sein. Man muss nur sich selbst vertrauen. Es liegt in der Natur des Mannes, das hat es Damian auch so schwer gemacht."

„Das klingt ziemlich mittelalterlich. Es gibt auch dominante Frauen in der heutigen Gesellschaft."

„Die hat es schon immer gegeben. Aber bist du dominant?"

Isabella sagte lange nichts. Sie kannte die Antwort und Simon auch. Ihr Leben und ihre Sexualität waren zwei verschiedene Welten. Die Frage war: Hatte sie den Mut beide auszuleben. „Und Jesse? Ist er beides?"

„Vermutlich. Doch du lenkst ab. Du kannst Lucian vertrauen."

Isabella starrte noch lange übers Meer. Sie hatte Lucian einmal vertraut, und dann hatte sein Bruder ihren besten Freund blutig geschlagen. Doch es war sein Bruder gewesen, nicht Lucian selbst, und sie hatte seinen wütenden Blick gesehen. Lucian billigte nicht, was sich abgespielt hatte. „Ich glaube, ich sollte fahren. Auf der Herfahrt habe ich zwei Stunden gebraucht."

Simon nickte und begleitete sie zu ihrem Wagen.

„Ich ruf dich an, es gibt in nächster Zeit viel zu besprechen. Den Aufbau in der Galerie macht eine Fremdfirma, und die Lichtinstallation übernimmt dann Jesse. Wir werden ungefähr einen Monat brauchen. Du solltest dir Gedanken machen, in welchem Rahmen du die Präsentation halten möchtest." Isabella stieg ein, schloss die Tür und öffnete das Fenster. „Wir hören voneinander."

Simon senkte den Kopf zu ihr herunter. „Ich bin sicher, dass wir uns am Freitag im Club sehen. Bis dann." Mit Schwung stieß er sich vom Wagen ab und ging zum Haus.

## 16

Isabella fuhr direkt zu Lucian. Erst gegen neun war sie da. Es brannte kein Licht, doch sie stieg trotzdem aus und ging zum Haus. Auf ihr Klingeln hin regte sich nichts. Sie lehnte sich an die massive Holztür und schloss die Augen. „Oh Gott, Lucian, wo bist du? Ich brauche dich.“ Enttäuscht ging sie zurück zum Auto, als Lucians E-Type die Auffahrt entlangfuhr. Er hielt hinter ihrem Wagen, stieg aus und kam auf sie zu. Einen Schritt vor ihr blieb er stehen und musterte sie. Isabella schlug das Herz bis zum Hals. Er sah so gut aus, und sie hatte ihn so sehr vermisst. Seine grünen Augen brannten sich tief in ihre Seele.

Ohne ein Wort zu sagen, schlang Lucian seine Arme um sie. Er vergrub sein Gesicht in ihrem Haar und sog ihren Duft ein. Minutenlang verharrten sie so. Nach seinem Gespräch mit Jesse und Damian, war ihm klar gewesen, wie sehr er sie brauchte, aber erst ihr Anblick hatte ihm verdeutlicht, wie verloren er sich ohne sie gefühlt hatte. Als er in ihren Augen sah, dass Isabella zu ihm zurückgekommen war, durchflutete ihn eine Welle des Glücks. Er würde sie nie wieder gehen lassen.

„Komm rein.“

Lucian ging in die Küche, öffnete eine Flasche Wein, nahm zwei Gläser mit und setzte sich im Wohnzimmer in einen der Sessel, von denen aus man das Meer sehen konnte. Es war offensichtlich, dass Lucian reden wollte. „Lange hätte ich nicht mehr warten können“, eröffnete er das Gespräch unverfänglich.

Isabella war nicht wohl in ihrer Haut. Mit etwas Abstand kam sie sich sehr kindisch vor. „Am Freitag … das ist mir alles plötzlich zu viel geworden.

Fünf Jahre lang hatte ich keine Beziehung und auch keinen Mann, und der letzte war nicht gerade die Erfüllung. Ich habe Angst, mich zu binden, habe Angst vor Nähe und dann noch diese ganze Sache mit der Dominanz und Unterwerfung. Du hattest recht, als du sagtest, es ist zu früh für mich, in den Club zu gehen. Und dann habe ich überreagiert. Es tut mir leid.“

Lucian sah sie lange schweigend an. Isabella dachte schon, er würde nie antworten, und sie war drauf und dran, aufzustehen und erneut wegzulaufen.

„Dir muss nichts leidtun.“ Lucian sah hinaus in die Dunkelheit, als er weiter sprach. „Ich hatte noch nie eine Beziehung. Mein ganzes Leben lang bin ich von einem Abenteuer zum nächsten. Nachdem Damian erwachsen war, wollte ich nie wieder die Verantwortung für einen anderen Menschen tragen. Ich habe selten mit einer Partnerin mehrfach gespielt. Man kann nicht behaupten, dass ich ein Experte im Umgang mit Menschen bin. Schon seit Jahren wusste ich, dass Damian devot ist. Ich hätte mit ihm darüber sprechen müssen. Aber ich habe mir eingeredet, es geht mich nichts an."

Isabella beobachtete Lucian. Er blickte weiter hinaus in die Nacht, sah sie nicht an. Wie einsam musste dieser Mann sein, der niemanden je an sich herangelassen hatte. *Genau so einsam wie du, du dumme Nuss.*

„Lucian!"

Er reagierte nicht.

„Lucian, bitte sieh mich an." Ihre Blicke trafen sich, doch Lucian wirkte unendlich weit weg. „Ich bin hier, weil ich mit dir zusammen sein will. Ich will dich als meinen Freund, als meinen Partner und als meinen Dom. Du hast am Freitag von Beziehung gesprochen. In einer Beziehung wird es immer Dinge geben, an denen man sich reibt."

Lucian stand auf und kam zu ihr, quetschte sich mit in ihren Sessel und nahm sie in den Arm. „Es wird nicht leicht mit mir."

„Das habe ich nicht erwartet."

Minutenlang genossen sie einfach nur die Nähe des anderen. Lucian vergrub sein Gesicht in ihrem Haar und drängte die Tränen weg. Er würde nicht wie eine verdammte Heulsuse neben ihr sitzen. Er schlang die Arme um sie, zog sie fest an sich und holte ein, zwei Mal tief Luft. Sie war bei ihm, sie war zu ihm zurückgekommen. Jetzt würde alles gut.

„Ich war heute bei Simon", sagte Isabella plötzlich.

Lucian rückte von ihr ab, um sie besser beobachten zu können.

„Ich hatte am Samstag einen Termin mit einem Peter S. Baker vereinbart und nicht die leiseste Ahnung, dass es sich um ihn handelte."

„Lass mich raten! Simon hat es in vollen Zügen genossen?"

„Ich war so geschockt, dass ich ihn mit Master Simon angesprochen habe."

Lucian lachte herzhaft und befreit auf. „Aber seine Bilder sind gut, oder?"

„Sie sind fantastisch. Ich konnte nicht glauben, dass er nie eine Ausstellung gemacht hat. Mit den Akten will ich beginnen, und dann mal sehen." Nach einer kurzen Pause sagte Isabella. „Er war so anders als im Club."

„Er hat dir Angst eingejagt."

„Ich fand seine Brutalität abstoßend."

„Simon und Ann spielen schon lange miteinander. Wenn ich mich recht erinnere, haben dich ihre Male sehr fasziniert."

„Welche Male?", fragte Isabella überrascht. Sie konnte sich an keine Male auf ihrer Haut erinnern.

„Bei der Vernissage, das letzte Bild."
„Sie war die gefesselte Frau? Ich habe sie nicht erkannt. Paul hat die Identität der Personen gekonnt verschleiert."
„Das war eine Bedingung für die Fotos. Diskretion ist in der Szene wichtig. Ann ist Anwältin."
„Anwältin, wow! Da kann ich mir gut vorstellen, dass sie nicht möchte, dass jemand ihre Neigungen kennt."
„Wo sind deine Tabus? Wie weit willst du gehen?"
Isabella sah ihn verwirrt an. „Was meinst du?"
„Es gibt zwischen Dom und Sub Tabus. Das sind die Sachen, die der Sub oder auch der Dom nie tun würden. Und es gibt fließende Grenzen. Je nach Stimmung können die höher oder niedriger sein. Als Dom muss ich deine Tabus kennen."
„Ich weiß nicht. Frag mich einfach. Was willst du wissen?"
„Was ist mit Analverkehr?"
Wieso stellte er ausgerechnet so eine Frage als erstes? Isabella wurde knallrot. „Hab ich noch nie gemacht."
„Also vielleicht?"
Isabella nickte scheu, schüttelte dann den Kopf und nickte wieder. „Ich weiß es nicht", flüsterte sie leise und beunruhigt.
„Was ist mit Frauen? Hast du Erfahrungen mit dem eigenen Geschlecht?"
„Nein. Ich meine … Nein, ich habe keine Erfahrung. Sagen wir, vielleicht." Sie dachte an die Frau auf den Fotos, umhüllt von roter Seide. Oft waren Isabellas Finger den eleganten Schwung ihres Halses entlanggefahren.
Lucian schmunzelte. Diese Reaktion war ein eindeutiges Ja. „Und andere Männer?"
Isabella hob die Augenbrauen. „Wie meinst du das?"
„Wenn du den Wunsch hast, von zwei oder mehreren Männer gleichzeitig befriedigt zu werden, werde ich dir das ermöglichen."
Isabella überlegte. Würde ihr das gefallen? Sie hatte ja schon Probleme, mit Lucian fertig zu werden und dann gleich zwei. Doch sie musste zugeben, die Situation mit Master Simon hatte ihr nicht nur Angst gemacht.
„Wenn du damit keine Probleme hast, könnte ich es vielleicht versuchen. Das mit der Unterwerfung ist ein Problem für mich. Ich glaube nicht, dass ich mich jemand anderem als dir unterwerfen könnte. Aber es hat mich angemacht, als Jesse uns beobachtet hat. Bei anderen zuzuschauen, hat mich auch erregt, aber ich bin nicht sicher, ob ich mitmachen möchte."
„Ich werde dich nie zwingen, dich jemandem zu unterwerfen. Du hast

jederzeit das Safewort. Ich will, dass deine Lust allein mir gehört. Es wird immer deine Entscheidung sein, wie weit du gehen willst." Seine Stimme war rau, als er das sagte, und Isabella musste sich eingestehen, dass es ihr nicht unangenehm war. Das Gespräch mit ihm, erregte sie.

„Was ist mit Spielzeug?", fragte Lucian, als Isabella nichts weiter sagte.

„Was für Spielzeug?"

„Vibratoren, Dildos, Nippelklemmen und dergleichen."

„Ja und ja und keine Ahnung."

Lucian lachte, und sein Schwanz begann unangenehm zu drücken.

„Was sind deine Tabus?" Isabella sah ihn aufmerksam an.

„Natursekt und Exkremente lehne ich ab."

„Oh Gott!" Ihr Blick war entsetzt. „Da habe ich ja Glück gehabt. Auf so eine Idee wäre ich gar nicht gekommen."

„Und ich hinterlasse keine dauerhaften Male." Lucians Stimme war ernst.

Isabella dachte wieder an den blutigen Striemen auf Jesses Haut. „Das ist ein gutes Tabu." Sie kuschelte sich an Lucian und fühlte Feuchtigkeit in ihrem Schritt. Allein, darüber zu reden, machte sie scharf. Ach, Unsinn! Sie war bereits scharf auf ihn gewesen, als er aus dem Wagen gestiegen war.

Lucian strich zärtlich über ihre Wange. „Du willst mir die Ehre erweisen, dein Dom zu sein?"

„Ja, das will ich." Isabellas Stimme zitterte. Es war pure Erregung, die ihren Körper erfasste.

Lucian strich mit einem Finger über ihre Lippen, und dann küsste er sie. Mit einer geschmeidigen Bewegung stand er auf, hob Isabella auf seine Arme und trug sie die Treppe hinauf in sein Schlafzimmer. Als er sie vor seinem Bett auf die Füße gestellt hatte, begann er ganz langsam ihren Blazer, dann ihre Jeans und ihre Unterwäsche auszuziehen. Nackt und vor Erregung zitternd, stand sie vor ihm, doch Lucian betrachtete sie nur. Dann hob er sie erneut hoch und legte sie sanft auf seinem Bett ab. Er sah ihr in die Augen, als er sich selbst auszog.

*Wie, wenn man eine Praline auswickelt,* dachte sie lüstern und voller Hunger. Genüsslich leckte sie sich über die Lippen. Sein Hemd fiel zu Boden und gab den Blick auf seinen muskulösen Oberkörper frei. Seine Finger glitten über den Bund seiner Hose, öffneten den Reißverschluss, und dann fiel auch sie zu Boden. *Trägt dieser Kerl eigentlich nie Unterhosen?*, fragte sie sich im Stillen, doch ihre Erregung wuchs unaufhörlich bei seinem Anblick. „Öffne dein Haar für mich", flüsterte sie.

Er streifte das lederne Band ab und glitt mit den Fingern durch sein langes Haar. Es umspielte seine Schultern, und er sah wild und verwegen aus.

Wie ein geschmeidiger Panther kroch Lucian auf das Bett und ließ seine Zunge über Isabellas Brüste gleiten. Ihre Nippel reckten sich ihm sofort entgegen. Sie seufzte, als seine Finger über ihren Venushügel strichen. Er quälte sie mit Zärtlichkeiten, strich unerträglich sanft über ihre Haut. Sie wollte mehr, mehr Härte, mehr Wildheit, mehr von ihm, mehr, als nur seine Hände. Sie wollte alles, was er ihr geben konnte.

Isabella drückte ihre Hand auf seine Brust, rollte sich mit einer schnellen Bewegung unter ihm hervor und drängte ihn auf den Rücken. Sie spürte einen leichten Widerstand, doch dann fügte Lucian sich und sah sie abwartend an. Isabella saß auf seinen Hüften, sein praller Schaft unter ihr, und sie begann genüsslich, ihr Becken zu kreisen. Ihre Nässe verrieb sie auf seinem Schwanz, während sie sich zu ihm beugte und ihn küsste. Seine Lippen waren so weich und warm. Ihre Zunge strich sachte über seine Unterlippe und einem Impuls folgend, biss sie sacht hinein. Lucian presste stöhnend sein Glied an ihr feuchtes Geschlecht. Isabella rutschte etwas höher und präsentierte ihm ihre Brüste. Gierig saugte er an ihren Warzen, und Isabella hielt es kaum aus. Sie musste ihn in sich spüren. Als sie mit ihrem Becken abwärts glitt, lag sein Schwanz genau richtig. Sie spürte seine Eichel an ihrer Scham und ließ ihn wenige Millimeter in sich gleiten. Lucian stöhnte auf und wollte nach ihren Hüften greifen, um sich in sie zu versenken, doch Isabella ergriff seine Handgelenke und presste sie neben seinem Kopf auf die Matratze. Sie sah dabei tief in Lucians Augen, sah seinen Widerstand und seine Lust, die miteinander rangen.

„Gib dich mir hin. Dieses eine Mal, gib dich mir hin."

Sie stützte sich auf seinen Handgelenken ab und ließ seinen Schaft langsam in sich gleiten. Lucian atmete schwer durch den geöffneten Mund. Isabella begann, ihn mit langsamen Bewegungen zu reiten, beobachtete seine Atmung, seinen Blick, die Bewegungen seiner Lippen. Als sie das Tempo erhöhte, biss er sich auf die Unterlippe. Sein Becken fand ihren Rhythmus, und Lucian parierte jeden ihrer Stöße. Sie nahm ihn tief in sich auf, streckte ihren Rücken durch und griff hinter sich, um seine Hoden zu kneten. Mit der anderen Hand zwirbelte sie eine ihrer Brustwarzen. Sie hatte Lucian genau im Blick, als er die Augen schloss und seinen Kopf in die Matratze presste. Isabella erhöhte noch einmal das Tempo und spürte, wie Lucian sich versteifte. Seine Hände zerknüllten das Laken, und er presste sich tief in sie hinein, als ein gewaltiger Orgasmus über ihn rollte. Isabella ritt ihn weiter, dehnte seinen Orgasmus bis ins Unerträgliche aus. Jeder ihrer Stöße entlockte ihm einen Schrei der Ekstase. Und Isabella nahm alles in sich auf, jede Nuance seines Gesichtes, jedes Zucken seines Schwanzes, jedes Stöhnen und jeden Tropfen seines Samens, den sie aus ihm herauspresste.

Es dauerte lange, bis die Wellen über Lucian sich beruhigten. Sie strich mit der Zunge sacht über seine Brustwarzen und mit den Händen über seinen Bauch. Immer wieder zog sie ihre Scheidenmuskeln zusammen, was ihm ein erschöpftes Stöhnen entlockte. Als Lucian die Augen öffnete, strahlte sie ihn triumphierend an. „Jetzt bist du mein", flüsterte sie leise. Obwohl sie selbst keinen Höhepunkt erreicht hatte, fühlte sie eine tiefe Befriedigung in sich. Sie hatte ihm Lust bereitet, und ihn dabei zu beobachten, hatte einen besonderen Reiz für sie gehabt.

„Ich bin schon lange dein, mein Engel."

Mit einem Lächeln breitete Lucian seine Arme aus, und Isabella sank an seine Brust. Seine Arme umschlossen sie, und er presste Isabella fest an sich.

So miteinander verbunden schliefen sie ein.

In der Nacht wurde Isabella wach. Lucian hatte sich fest an ihren Rücken gepresst, ein Bein über ihre Beine und einen Arm um ihren Oberkörper geschlungen. Sie spürte unangenehm, wie Lucians Samen aus ihr herauslief, und versuchte, sich aus seiner Umklammerung zu lösen.

„Wo willst du hin?", fragte er im Halbschlaf.

„Ich muss nur schnell auf die Toilette."

Brummend hob er seinen Arm an, damit sie aus dem Bett konnte. Wenige Minuten später kuschelte sie sich wieder in die Wärme seiner Umarmung, und Lucian nahm sie sofort wieder gefangen.

„Weißt du eigentlich, dass du die erste Frau in diesem Bett bist?"

Sein Mund lag dicht an ihrem Ohr. Er hatte keine wirkliche Frage gestellt. Lucian wollte einfach, dass sie wusste, dass sie für ihn etwas ganz Besonderes war. Isabella drückte genüsslich ihren Po an sein Becken und schlief wieder ein.

# 17

Isabella erwachte, weil ihr die Sonne ins Gesicht schien. Sie konnte sich nicht bewegen und brauchte eine Weile, bis sie begriff, dass Lucian sich fast um sie gewickelt hatte. Er erwachte, als sie versuchte, sich zu befreien.

„Hmmm… wo willst du hin?“

Isabella lachte. „Wie spät ist es eigentlich?“

Lucian drehte den Kopf, um auf den Wecker zu schauen. „9:15 Uhr.“

„Verdammt, ich werde zu spät kommen.“

Lucian zog sie allerdings näher zu sich, anstatt sie gehen zu lassen. „Zwei Dinge: Erstens bist du die Chefin. Du kannst kommen, wann du willst.“ Bei diesen Worten suchten seine Finger nach ihrem Geschlecht. „Und zweitens kannst du gar nicht weg.“

„Und warum kann ich nicht weg?“, fragte sie grinsend.

Lucian schlug die Augen auf und grinste zurück. „Weil ich hinter dir geparkt habe.“ Isabella brach in schallendes Gelächter aus. Seine Unaufmerksamkeit nutzte sie, um aus dem Bett zu springen. Mit einem frechen Grinsen, schon auf dem Weg zum Bad, sagte sie: „Dann muss ich wohl den E-Type nehmen“, und schloss mit einem Lachen die Tür hinter sich.

Lucian rollte sich auf den Rücken und verschränkte die Arme hinter dem Kopf. Er wusste nicht, wann er sich das letzte Mal so wohl und ausgeglichen gefühlt hatte. „Noch nie“, sagte er zu sich selbst, schwang die Beine aus dem Bett und ging ins zweite Bad.

Isabella hatte schnell geduscht, sich angezogen und rannte die Treppe hinunter, um Kaffee zu kochen. Lucian stand in der Küche und goss Kaffee und Milch in eine Tasse. „Bitte sehr, die Dame, ein großer Milchkaffee.“ Er schob ihr mit der Tasse einen Schlüssel über den Tresen. „Und meine Autoschlüssel.“

Isabella blieb der Mund offen stehen. „Das ist lieb von dir, aber ich besitze gar kein Auto. Das da draußen ist ein Mietwagen, und ich muss ihn heute wieder abgeben. Du musst mich also doch rauslassen.“

„Dann muss ich mich wohl anziehen.“ Mit einem Grinsen im Gesicht kam Lucian hinter dem Tresen hervor und war splitterfasernackt und erregt.

Isabella leckte sich die Lippen und streckte eine Hand nach ihm aus. Lucian legte seine Hand in ihren Nacken und küsste sie gierig. Schnurrend drückte sie sich gegen seinen nackten Leib. „So ein Frühstück hätte ich gern öfter.“ Ihre Hand glitt an seinem Bauch hinunter, zu seinem prachtvollen Schwanz und umschloss ihn. „Hmmm… wenn ich doch nur nicht wegmüsste.“

„Ruf Jesse an“, keuchte Lucian und presste sich in ihre Hand.

„Das geht nicht, Lucian. Ich muss anfangen, die Logistik für Simons Ausstellung auszuarbeiten. Ich wollte das Weihnachtsgeschäft mitnehmen, da bleibt nicht mehr viel Zeit.“

Lucian rückte von ihr ab, kam aber nicht weit, da Isabellas Hand seinen Schwanz umfasste. „Dann wirst du mich aber loslassen müssen.“ Grinsend sah er auf ihre Hand hinunter. Seine Stimme war erregt und doch belustigt. Isabella lief das Herz über. „Ich liebe dich, Lucian.“

Im gleichen Moment, als diese Worte aus ihrem Mund geschlüpft waren, bereute sie sie auch schon. Entsetzt ließ sie ihn los. Das hätte sie nicht sagen sollen. Das sollte er gar nicht wissen. Sie kannten sich seit zwei Wochen, hatten gerade erst wieder zueinandergefunden, und jetzt setzte sie ihn so unter Druck.

Isabella begann zu stottern. „Vergiss das wieder. Das wollte ich nicht sagen. Es ist…“

Lucian unterbrach sie, indem er ihr zärtlich seine Fingerspitzen auf die Lippen presste. „Glaubst du, ich würde dich nicht lieben?“ Seine Stimme war sanft und voller Zuneigung. „Isabella, ich liebe dich seit unserer ersten Begegnung. Du bist mitten in mein Herz gedrungen, als du so verloren und einsam vor diesem Bild gestanden hast. Ich wollte es nicht wahrhaben, konnte die Empfindungen nicht deuten, die du in mir hervorgerufen hast. Als ich dachte, ich hätte dich verloren, das tat so weh, dass ich nicht mehr klar denken konnte. Ich liebe dich auch, Isabella.“ Er grinste frech, und das liebte sie auch an ihm. Sein Kuss war zärtlich, voller Zuneigung und … ja, voller Liebe. Als er sich von ihr löste, sah er sie hoffnungsvoll an. „Bleibst du doch bei mir?“

Sie konnte sich das Lachen nur mühsam verkneifen. „Es tut mir wirklich leid“, seufzte sie an seinem Hals. Viel lieber wäre sie jetzt mit ihm zurück ins Bett gegangen und hätte sich seinen Händen und seinen Liebkosungen hingegeben, aber sie besaß auch eine Verantwortung der Galerie und Jesse gegenüber. Sie musste gehen. „Ich kann nicht bleiben.“

Theatralisch seufzte Lucian, ließ die Schultern resigniert hängen, aber grinste. „Na gut, dann werde ich wohl auch zur Arbeit gehen.“ Er rannte die Treppe hinauf, um sich eine Hose zu holen.

„Sehen wir uns heute noch?“, fragte er, als er wiederkam.

„Ich habe heute Abend noch ein Geschäftsessen.“

Lucian strich eine Strähne ihres langen schwarzen Haares aus ihrem Gesicht.

„Dann morgen Abend. Wir gehen in den Club und leben eine deiner Fantasien aus."

Isabellas Herz fing in einer Mischung aus Aufregung und Begehren an zu klopfen. „Dann bis Freitag."

„Ich bin um neun bei dir."

Sie gingen gemeinsam nach draußen, und Lucian fuhr seinen Wagen in die Garage. Bevor Isabella einsteigen konnte, umarmte und küsste er sie noch einmal. „Ich freu mich auf Freitag, mein Schatz."

Zwei Stunden später kam sie abgehetzt in der Galerie an. Der Verkehr war mörderisch, und beim Abgeben des Wagens hatte sie ewig warten müssen.

Jesse sah überrascht hoch, als Isabella durch die Eingangstür kam. „Hey, Bell. Lange Nacht gehabt?" Er grinste sie an, und dass Isabella rot wurde, bestätigte seinen Verdacht. Er schlang ungestüm die Arme um sie und hob sie hoch. „Du warst bei Lucian, hab ich recht?"

Isabella kreischte „Bist du verrückt? Lass mich runter." Als sie wieder auf ihren Füßen stand, strich sie sich verlegen über das Haar. Sie wusste, dass es vollkommen zerwühlt war. „Wie kommst du darauf?", fragte sie, aber das Dauergrinsen konnte sie nicht verbergen.

„Du siehst glücklich aus, das ist alles."

„Das bin ich auch." Sie ging zu ihrem Schreibtisch und legte ihre Tasche ab. „Ich gehe mich kurz frisch machen, und dann müssen wir über eine neue Ausstellung sprechen."

„War dein Termin gestern erfolgreich?"

„Ich bin gleich wieder da. Sei nicht so neugierig. Gieß mir lieber einen Kaffee ein."

Isabella kämmte ihre Haare und steckte sie mit chinesischen Stäbchen auf. Als sie sich im Spiegel sah, musste sie Jesse recht geben, sie strahlte förmlich. Isabella verließ das kleine Bad.

Jesse saß erwartungsvoll auf ihrem Schreibtisch. „Erzähl schon. Wie sind die Bilder?"

Isabella versuchte, ernst zu bleiben, um sich selbst den Spaß nicht zu nehmen. „Sagt dir der Name Peter S. Baker etwas?"

Jesse überlegte, schüttelte dann aber den Kopf. „Nicht, dass ich wüsste. Ist er ein so komischer Kauz?"

Isabella musste sich etwas von Jesse wegdrehen, um ihr unterdrücktes Lachen zu verbergen. „Ich komme da gestern hin, ein tolles Haus übrigens, viel Glas und Beton und direkt am Wasser. Einfach traumhaft, dieses Haus. Ich steige also aus und habe ein komisches Gefühl, weil alles so ruhig ist. Man konnte nur die Brandung des Meeres hören, und ich hatte ein bisschen Angst. Die Autoschlüssel habe ich sicherheitshalber stecken lassen. Man hört ja so vieles …" Isabella amüsierte sich köstlich, wie Jesse ganz aufgeregt auf ihrem Tisch rumrutschte. „Ich gehe also zur Tür, klingle und höre Schritte an die Tür kommen. Mein Herz rast, und ich schlucke schon, bevor die Tür sich überhaupt öffnet. Ein Hüne von Mann steht plötzlich vor mir" Isabella legte eine theatralische Pause ein.

„Und? Nun sag schon!"

„Ich bin tatsächlich einen Schritt zurück gewichen und habe mit zitternder Stimme seinen Namen gesagt."

"Oh Gott, Isabella. Mach es nicht so spannend."

Isabella versuchte, die Miene des gestrigen Tages zu imitieren. „Master Simon."

Jesse riss die Augen weit auf und sah sie ungläubig an. Sie brauchten mehrere Minuten, um sich wieder zu beruhigen, und beiden liefen Tränen übers Gesicht. „Simon konnte sich das Lachen auch nicht verkneifen", warf Isabella zwischen zwei Lachern ein. „Ich muss ein wirklich blödes Gesicht gemacht haben." Als sie wieder Luft bekam, wurde sie ernsthafter. „Er ist so ganz anders gewesen, lieb und sanft."

„Ja. Simon ist ein Meister in seinen Rollenspielen."

„Ich kann mir nicht vorstellen, dass ich ihn je wieder als Master Simon ernst nehmen kann."

*Na, wenn du dich da nicht täuschst.* „Und du willst eine Ausstellung mit ihm machen?"

„Seine Bilder sind der Wahnsinn. In seinem Atelier befinden sich weit über hundert Bilder, Zeichnungen, Skizzen, Ölgemälde, alles, was das Herz begehrt. Er ist brillant und weiß es nicht. Ich will vor Weihnachten eine Ausstellung mit seinen Aktbildern machen. Februar oder März dann eine zweite, mal sehen, wie es läuft. Und dann …"

„Vor Weihnachten? Das sind nur noch anderthalb Monate", platzte Jesse entsetzt dazwischen.

„Ich weiß, aber wir sind wegen Pauls Fotografien in aller Munde, auf dieser Welle müssen wir weitersegeln. Und das Weihnachtsgeschäft können wir uns nicht entgehen lassen. Mir ist klar, dass das viel Arbeit ist, aber wir schaffen das. Heute Abend habe ich ein Essen mit Kallings. Da spreche ich die Installation mit ihm durch. Ich will wieder so ein Labyrinth. Am besten, ich gehe mit ihm ins El Mundo. Da kann ich gleich prüfen, ob sie als Catering in Frage kommen."

„Aber ich dachte, du wolltest umbauen? Eigentlich habe ich mich auf eine ruhige Vorweihnachtszeit eingestellt."

Isabella schnaufte verächtlich. „Der Umbau muss eben warten, und Weihnachten ist mir schnuppe, aber nicht das Weihnachtsgeschäft. Hast du heute Abend schon was vor? Du könntest mitkommen ins El Mundo."

„Ich müsste Damian fragen, aber eigentlich haben wir nichts geplant."

„Musst du dich immer noch bei Damian abmelden, wenn du was unternimmst?"

„Ich unternehme nichts, ich habe ein Geschäftsessen. Und wenn Damian sich was Schönes für heute Abend einfallen lässt, möchte ich nicht, dass er umsonst auf mich wartet."

Jesse telefonierte schnell mit Damian. „Geht klar, ich komme mit. Allerdings lasse ich dafür ein saftiges argentinisches Rindersteak sausen."

„Tut mir leid. Soweit habe ich nicht gedacht."

„So ist das halt in einer Beziehung. Wirst du schon noch lernen. Du hast also die Nacht bei Lucian verbracht?"

Die Nacht mit Lucian war so einmalig, dass sie nicht darüber sprechen wollte. Sie liebten einander. Isabella strahlte Jesse an und schwieg.

Es war nach Mitternacht, als Isabella sich von einem Taxi vor ihrem Haus absetzen ließ. Clarence war sichtlich erleichtert, sie zu sehen. „Isabella, da sind Sie ja. Ich habe mir solche Sorgen, als Sie letzte Nacht nicht zu Hause waren."

Isabella konnte nicht anders, als den lieben alten Clarence anzulächeln und über seine Wange zu streicheln. „Sie brauchen sich nicht um mich zu sorgen. Ich war die vergangene Nacht bei Mr. Green, und ich befürchte, dass das jetzt öfter passieren wird. Ich muss mich doch nicht jedes Mal bei Ihnen abmelden, oder?", fragte sie grinsend.

Clarence lächelte zurück. „Oh nein, Gott bewahre. Das müssen Sie nicht."

Isabella ging zum Fahrstuhl und wollte gerade den Code eingeben, da wandte sie sich um. „Ich bin überhaupt noch nicht müde. Würden Sie mir die Ehre erweisen und noch einen Kaffee oder ein Glas Wein mit mir trinken?"

„Die Ehre wäre ganz auf meiner Seite. Wenn Sie mit meinem kleinen Büro vorliebnehmen wollen."

Ein paar Minuten später saß Isabella in demselben Sessel, in dem Lucian vor ein paar Tagen gesessen hatte, und trank ein Glas Wein. „Wie lange kannten Sie meine Großmutter, Clarence?"

„Zweiundzwanzig Jahre, sechs Monate und achtzehn Tage."

Isabella musste schmunzeln, doch als sie die unendliche Traurigkeit in seinen Augen sah, beugte sie sich nach vorn und ergriff seine gefalteten Hände. „Es tut mir so leid, Clarence."

„Das muss es nicht, mein Kind. Wir verbrachten eine wundervolle Zeit miteinander. Ich bin sehr dankbar, dass ich an ihrer Seite war, als sie von uns ging."

Isabella stockte der Atem. Das hatte sie nicht gewusst.

„Ja, Ms. Isabella, Ihre Großmutter und ich waren ein Paar, und wir liebten einander wie es nur jemand kann, der alles im Leben schon erlebt hat."

„Wieso hat sie mir das nie erzählt? Wieso haben Sie mir das nie gesagt?"

„Ich wollte es nicht."

„Aber wieso? Wieso wollten Sie es nicht offiziell?"

„Ms. Isabella, Ihre Großmutter stand bis zum Schluss im Rampenlicht. Ich bin immer nur ein kleiner Pförtner gewesen."

„Sie wollen mir doch nicht sagen, dass meine Großmutter so engstirnig …"

Clarence hob abwehrend die Hand. „Nein, Ihre Großmutter war eine wunderbare Frau. Aber es gab eine Zeit, in der die Gesellschaft noch nicht so offen war wie heute."

Eine Weile hingen sie nur ihren Gedanken nach.

„Und Sie sind mit Lucian Green zusammen?" Clarences Lächeln war offen und freundlich.

„Ja. Er ist wundervoll. Ich hatte Angst, mich auf ihn einzulassen, aber, um es mit Großmutters Worten zu sagen: Wer nichts riskiert, der kann auch nichts gewinnen."

„Ihre Großmutter war eine kluge Frau."

„Ich liebe ihn." Selbst in ihren Ohren klang ihre Stimme ungläubig.

„Er ist ein guter Mann. Sie dürfen niemals Angst vor Ihren eigenen Gefühlen haben. Es gibt Zeiten, in denen man sich auf nichts anderes verlassen kannst als auf sein Herz." Isabella wurde rot, als sie daran dachte, was sie mit Lucian erlebt hatte. Das war alles so unglaublich, so berauschend.

„Nicht alles, was die Gesellschaft verabscheut, ist schlecht, Ms. Isabella. Vertrauen Sie auf Ihre Instinkte. Bei Lucian Green sind Sie in guten Händen."

Isabella konnte nicht glauben, was er gesagt hatte. „Woher …?" Sie brach ab. Vielleicht hatte sie ihn falsch verstanden.

„Ich habe es erkannt, als Sie ihn mir vorgestellt haben. Das, was er ist, ist mir nicht fremd, Ms. Isabella. Außerdem war er hier, an dem Morgen, an dem Sie sich gestritten haben. Wir haben eine ganze Weile geredet. Ich glaube allerdings, er wollte nur in Ihrer Nähe sein." Clarence lächelte über ihren ungläubigen Blick.

Isabella schüttelte den Kopf. „Aber …?"

Clarence hielt sanft ihre Hand. „Glauben Sie, dass die dominante Liebe eine Erfindung der Neuzeit ist? Das gab es schon immer."

„Und meine…?“
„War eine sehr hingebungsvolle Frau.“
Isabella sah Clarence lange an. „Das ist unglaublich. Zu schade, dass sie nicht mehr da ist und das miterleben kann. Sie wäre aus dem Lachen nicht mehr rausgekommen.“
„Da könnten Sie recht haben.“ Clarence lächelte sanft. „Sie hat Sie sehr geliebt, Ms. Isabella. Sie hat das Beste für Ihre Enkelin gewollt, und Lucian Green ist das Beste.“
Etwas überrumpelt stand Isabella auf und stellte das leere Weinglas auf den Schreibtisch. Als Clarence sich auch erhoben hatte, schlang sie einfach die Arme um seinen Nacken und küsste ihn auf die Wange. „Ich danke Ihnen, Clarence. Sie sind ein wirklicher Freund.“
„Ich habe Ihrer Großmutter versprochen, immer ein Auge auf Sie zu haben.“
„Ich wünschte, ich hätte das früher gewusst. Keine Ahnung, wie oft ich zu Ihnen kommen wollte, um mit Ihnen zu reden, aber ich habe mich nie getraut.“
„Ich bin immer für Sie da, Ms. Isabella.“
„Danke, Clarence.“

## 18

Freitag, einundzwanzig Uhr, und Isabella stand vor ihrem leeren Kleiderschrank. „Nie hat man das Richtige zum Anziehen." Seit einer halben Stunde stand sie in ihrem begehbaren Kleiderschrank, mit nichts als roter Spitzenunterwäsche am Leib, und durchforstete ihre Klamotten. „Alles spießig, alltäglich, zu geschäftsmäßig. Jesse hat völlig recht. Ich bin langweilig." Mittlerweile lag ein Berg Sachen auf dem Boden, und sie war versucht, dagegen zu treten, da klingelte es an der Tür. „Oh Gott, Lucian." Isabella hastete zum Fahrstuhl und ließ ihn rein. Als sich die Türen öffneten, warf sie theatralisch die Arme in die Luft. „Ich kann nicht mit. Ich habe nichts anzuziehen. Für derartige Anlässe muss ich meinen Kleiderschrank erst noch aufrüsten."

Lucian reichte ihr eine kleine Tüte. „Ich würde dich auch so mitnehmen, mein Schatz." Er beugte sich zu ihr, um sie zu küssen. „Aber ich habe dir etwas mitgebracht. Dafür musst du allerdings deine reizende Unterwäsche wieder ausziehen." Seine Hand glitt bereits in ihr Höschen, um es abzustreifen. Isabella presste sich gierig an seine Hand und wurde augenblicklich feucht, doch Lucian löste sich von ihr, ging zwei Schritte zurück und grinste. Ihr Blick war ausgesprochen missbilligend, ob seines Rückzugs.

„Wenn wir das fortführen, kommen wir zu spät zu unserer Verabredung."

Isabella holte den Hauch von einem Nichts aus der Tüte. „Wir haben eine Verabredung? Ich dachte, wir gehen in den Club. Und was ist das? Soll ich in einem Nichts aus Gummi rumlaufen?"

„Das ist Latex, mein Schatz. Und wir gehen ja in den Club, darum das Nichts, wie du so schön sagst."

Isabella zog ihren Slip und BH aus und versuchte umständlich dieses Kleid anzuziehen. Es war ärmellos und hatte vorne einen durchgehenden Reißverschluss. Als der Latex ihre Körperwärme absorbierte, wurde es weich und anschmiegsam wie eine zweite Haut. „Wenigstens bedeckt es ausreichend meinen Hintern, wenn ich schon nichts drunter habe." Isabella fühlte sich nackt, obwohl das Kleid bis zur Mitte ihrer Oberschenkel reichte.

„Ich habe direkt vor der Tür geparkt. Du vertraust mir doch, oder?"

Das tat sie. Isabella konnte sich aber nicht erklären, was es für einen Nutzen haben sollte, wenn sie mit nacktem Geschlecht durch die Gegend rannte, und sein Grinsen ärgerte sie. „Mit wem haben wir denn eine Verabredung?", fragte sie, während sie in ihre High Heels schlüpfte und ihren Mantel anzog.

Lucian legte eine Hand auf ihren Rücken und drängte sie sanft zur Fahrstuhltür. „Du bist zu neugierig. Lass dich überraschen."

Im Fahrstuhl fielen ihre Münder übereinander her. Fahrstühle hatten eine solche Wirkung. Doch dann fiel ihnen der Monitor in Clarences Büro ein, und sie lösten sich voneinander. Isabella lächelte verschämt, als sie aus dem Fahrstuhl traten, doch Clarence lachte schallend. „Ich wünsche Ihnen viel Spaß."

Als sie das Haus verließen, glitt ein kalter Wind unter Isabellas Kleid. Sie sog scharf die Luft ein, als die Kälte ihr erhitztes Geschlecht traf. Lucian lächelte wissend, und Isabellas Augen funkelten vorwurfsvoll. Sie warf einen Blick hinter sich, doch Clarence war schon im Büro verschwunden.

Die Fahrt zum Club dauerte eine dreiviertel Stunde, und Isabella plapperte die ganze Zeit über die erste Planung für Simons Ausstellung. „Simons Atelier steckt voller Schätze, und er weiß es nicht. Ich möchte wieder ein Labyrinth aufbauen lassen, und ich habe mir überlegt, bei dem Umbau nächstes Jahr ein paar feste Backsteinwände einbauen zu lassen. Die Reihenfolge seiner Bilder habe ich auch im Kopf. Schon seit ich sie zum ersten Mal sah." Sie hielt kurz inne, um ihre sprunghaften Gedanken zu ordnen. „Er war so ganz anders, da draußen in den Highlands. Das Böse von Master Simon werde ich ihm nie wieder abnehmen."

Lucian schmunzelte. *Das werden wir ja heute herausfinden.*

Im Club angekommen, ging Isabella zur Bar und bestellte ein Wasser. Ihre Kehle war vom vielen Reden ganz ausgetrocknet. John lachte: „Ich werde in Zukunft mehr San Pellegrino bestellen müssen."

„Ach, mach dich nicht lächerlich, wegen der paar Flaschen. So etwas muss ein guter Barkeeper einplanen." Sie lachten beide, und John mixte Isabella ihren obligatorischen Cocktail, nachdem sie das Wasser getrunken hatte.

Sie hatte es sich zur Aufgabe gemacht, jedes Mal einen anderen Cocktail zu bestellen, doch bis jetzt hatte er immer gewusst, wie er den Drink herstellen musste. Isabella lächelte John vielsagend an, als sie einen Schluck kostete. „Irgendwann krieg ich dich noch."

Seine blauen Augen leuchteten, als er lachte. „Ich liebe Herausforderungen."

Lucian gesellte sich zu ihr, strich ihr sanft über den Rücken und flüsterte ihr ins Ohr: „Du solltest keinen Alkohol trinken. Ich möchte, dass deine Empfindungen nicht beeinflusst werden."

Die Art, wie er das sagte, ließ Isabella einen Schauer der Erregung die Wirbelsäule hinauf kribbeln. Als Simon zu ihnen an die Bar trat, begrüße Isabella ihn überschwänglich. Obwohl er diesmal ganz in Leder gekleidet war, empfand sie nicht die Furcht vor ihm, die er bei der Session ausgestrahlt hatte. „Simon, wir müssen miteinander reden. Ich habe eine Menge Ideen, und ich muss wissen, was du davon hältst."

„Im Moment gar nichts. Ich bin zum Vergnügen hier." Seine Augen lächelten sie an, und Isabella knuffte ihn in die Seite. „Sei nicht so desinteressiert. Es geht um deine Ausstellung. Ich habe mir überlegt, in welcher Reihenfolge wir die Bilder präsentieren. Wir sollten die Entstehung berücksichtigen. Deine künstlerische Entwicklung ist deutlich zu sehen und …"

„Genug jetzt!"

John, der das Schauspiel mit halb geöffnetem Mund beobachtete, traute seinen Augen nicht. Isabella hatte keine Ahnung, auf welch dünnem Eis sie sich befand.

Lucian strich ihr sanft über den Arm, und sie bekam eine Gänsehaut, doch sie ließ sich nicht von ihm ablenken. Bestimmend richtete sie ihren Blick auf Simon. „Ich will doch nur wissen, ob du damit einverstanden bist."

Lucian hauchte ihr sanft in den Nacken, und sie drehte sich um und lächelte ihn an. Deshalb sah sie den Wechsel von Simon zu Master Simon nicht. Isabella sah nur, wie Lucian Simon zunickte, und fragte sich einen Augenblick, was das zu bedeuten hatte. Als sie sich zu Simon umwandte erstarrte sie. Master Simons Blick war eisig, seine Miene unbewegt und verschlossen, und sein Griff, der sich um Isabellas Oberarm schloss, war unbarmherzig. Er zerrte sie grob vom Barhocker und ging, sie am Arm mit sich ziehend, zur Treppe im Eingang und dann nach oben. Isabella begannen die Knie zu schlottern. Hilfesuchend schaute sie sich nach Lucian um. Der war hinter ihnen, aber sein Blick war genauso starr wie der von Master Simon. Wie hatte sie sich so täuschen können? *Ha, Master Simon nicht mehr ernst nehmen. Dass ich nicht lache.* Eine Mischung aus Angst und Erwartung ergriff von ihr Besitz. Lucian war bei ihr. Er würde sie nicht mit Simon alleine lassen. Und hatte sie nicht am Mittwochabend gesagt, sie würde auch mal mit zwei Männern … *Wie leichtsinnig von mir.*

Master Simon brachte sie in eines der oberen Zimmer. Er stieß die Tür mit dem Fuß auf und schubste Isabella hinein. In der Mitte des Raumes befand sich ein Tisch oder eine Bank. Sie konnte nicht genau sagen, was es war. An der Stirnseite befanden sich zwei Pfosten, überall waren Metallringe und Lederschlaufen an diesem Tisch. Unzählige Fesselmöglichkeiten gingen ihr durch den Kopf, und mit schreckgeweiteten Augen wandte sich Isabella zu Lucian um. Der schloss die Tür hinter sich und lehnte sich, mit vor der Brust verschränkten Armen, an die Wand. *Es ist ein Spiel, nur ein Spiel. Lucian wird nicht zulassen, dass mir was passiert.* Wie ein Mantra wiederholte Isabella die Worte in ihrem Kopf. Was sie am meisten schockierte, war die Tatsache, dass sie feucht wurde.

Und dann hatte Isabella keine Zeit mehr zu denken.

Master Simon ergriff erneut ihren Oberarm, wirbelte sie herum und presste ihren Oberkörper nach vorn. Unweigerlich musste sie sich auf diesen merkwürdigen Tisch legen. Master Simons Hand glitt zwischen ihre Schenkel, und Isabella presste sie reflexartig zusammen. Ein heftiger Schlag traf ihr Gesäß. Sie schrie auf.

Master Simons dröhnende Stimme hallte durch den Raum. „Spreiz deine Beine, und wehe dir, wenn du dich mir noch einmal verweigerst."

Widerwillig tat Isabella, was er von ihr verlangte. Sie spreizte die Beine und gab somit freien Blick auf ihr feuchtes Geschlecht. Master Simons kräftige Finger glitten über ihre Schamlippen und verteilten ihre Feuchtigkeit. Isabellas Wangen glühten vor Scham, doch sie konnte das Keuchen nicht verhindern.

„Dein Luder ist geil, Master Lucian. Ich glaube, sie verträgt mehr als nur zwei."

Oh Gott! Das konnte er unmöglich ernst meinen. Isabella sah sich nach Lucian um, konnte ihn aber nicht sehen, und Furcht ergriff ihr Herz. Würde Lucian sie mit mehreren Männern teilen?

Master Simon zog sie an den Armen zu sich hoch und drehte sich mit ihr zusammen um. Er hielt ihr von hinten die Arme auf den Rücken, und Lucian stand jetzt ganz dicht vor ihr. Auch seine Hand glitt unter ihren Rock, ertastete ihre Feuchtigkeit und drang kurz in sie ein. Isabella konnte das Keuchen nicht unterdrücken. Lucian zog seine nassen Finger aus ihrer Scham und leckte ihre Feuchtigkeit ab. Seine Augen funkelten gierig. „Du hast recht, Master Simon. Wir sollten ihr Linderung verschaffen, meinst du nicht auch?"

„Ha! Ich bin doch kein guter Samariter! Ich verschaffe mir Linderung und sonst keinem. Vielleicht solltest du nach unten gehen und nachsehen, wer noch alles da ist, um ihre Gier zu stillen."

Isabella wurde schwindlig vor Angst. „Oh Gott, Lucian, das kann nicht dein Ernst sein. Lass mich nicht allein."

„Schweig!"

Dieses Wort traf sie wie ein Peitschenhieb. Verängstigt und panisch biss sie sich auf die Unterlippe. Sie könnte das beenden, mit einem einzigen Wort hätte es ein Ende. Ihre Entscheidung, nur ihre Entscheidung. Und doch … So viel Angst sie auch hatte, stellte sie beschämt fest, dass die Situation sie erregte. War sie schon immer so lüstern gewesen? Sich in der Gewalt dieser beiden starken und dominanten Männer zu befinden, gab ihr ein Gefühl der Sicherheit. Aber noch mehr Männer … Nein! Das wollte sie nicht. Flehend sah sie zu Lucian.

Der funkelte Simon böse an. Er hatte vor der Session mit Simon gesprochen und mit ihm vereinbart, wie weit sie gehen wollten, und dieser Satz war hart an der Grenze. „Bist du nicht mehr Manns genug, mit einer einzelnen Sub fertig zu werden?“ Lucian presste sich an Isabella, sah ihr tief in die Augen und rieb dabei seine Erektion an ihrem Unterleib.

Sie konnte kaum klar denken. Diese beiden Männer würden sie benutzen, sich an ihrem Körper Lust verschaffen, und sie würde es genießen, dessen war sie sich sicher. Als Lucian den Reißverschluss ihres Kleides öffnete und ihren Körper befreite, schwanden ihr die Sinne. Glühend heiß raste ihr Blut durch ihre Adern und verteilte die Lust in ihrem Körper.

Master Simon stand plötzlich nicht mehr hinter ihr, doch das war ihr egal. Lucians Blick fesselte sie. Isabella versank im tiefen Grün seiner Augen. Er hob sie hoch und setzte sie auf dem Tisch ab. Es entging Isabella nicht, dass der Tisch genau die richtige Höhe besaß. Wäre Lucians Schwanz von seiner Hose befreit, könnte er augenblicklich in sie eindringen.

Seine Finger schlossen sich fest um ihr Kinn. „Ich kann deine Gedanken lesen, und du bist eindeutig zu lüstern. Übe dich in Geduld, Sub, oder willst du gezüchtigt werden?“

Isabella schüttelte den Kopf.

„Dann leg dich hin.“

Sie stützte sich mit den Händen ab und ließ ihren Oberkörper nach hinten sinken. Lucian ergriff sofort ihre Beine und befestigte sie aufrecht an den beiden Pfosten. Master Simon kam in ihr Blickfeld und hielt ihr einen schwarzen Seidenschal vors Gesicht. Sein Grinsen war heimtückisch, und Isabella klopfte das Herz bis zum Hals, als er ihre Augen verband. Sie spürte, wie Lederschlaufen um ihren Bauch, ihre Handgelenke und Oberarme gelegt wurden. Dann befestigten die Männer ihre Hände an dem Bauchgurt und die Oberarmschlaufen am Tisch. Isabella konnte sich kaum noch bewegen. Sie fühlte sich hilflos und ausgeliefert und war unglaublich erregt. Vier Hände auf ihrer Haut, zwei Münder, die gleichzeitig ihre Brustwarzen küssten und reizten. Isabella wollte sich in Wonne winden und konnte nicht. Sie war machtlos. Der Gedanke berauschte und beunruhigte sie in gleichem Maße. Als ein Mund hinab zu ihrem pulsierenden Geschlecht wanderte, wusste sie nicht, wer von beiden es war, doch als ihre Lippen von einem langen, gierigen Kuss in Besitz genommen wurden, erkannte sie Lucian. Und das bedeutete, dass Master Simon gerade seine Zunge auf ihre Perle gleiten ließ.

Und er machte seine Sache gut. Isabella musste, noch während Lucian ihren Mund liebkoste, nach Luft schnappen, als eine Welle der Lust über sie hinwegrollte. Simon bearbeitete geschickt ihre Perle mit Zunge und Zähnen, bis sie schrie. Was musste Lucian denken, dass sie unter der Zunge eines anderen zum Höhepunkt kam? Sie spürte seine Lippen an ihrem Hals, hörte seine atemlose Stimme an ihrem Ohr. „Hör auf zu denken. Genieße einfach. Ich bin bei dir."

Isabella holte tief Luft und nickte mit dem Kopf. Sie würde sich bemühen, auszublenden, dass sie gleichzeitig von zwei Männern gereizt wurde. Und schließlich war es Lucians Idee gewesen. Wenn er nichts dagegen hatte, sie zu teilen, warum sollte sie sich dann gegen die lustvollen Berührungen sträuben? Empfindungen! Es ging hier nur um ihre Empfindungen.

Einer der beiden, und sie wusste nicht wer, presste sich in ihre heiße, feuchte Grotte. Und während der eine Master sie mit seinen kraftvollen Stößen einem weiteren Orgasmus entgegentrieb, traf sie unvermittelt ein stechender Schmerz in der rechten Brust. Isabella keuchte, konnte die Empfindungen von Lust und Schmerz nicht mehr trennen. Der zweite Schmerzimpuls biss in ihre linke Brustwarze. Ein dumpfes Pulsieren durchdrang ihren Körper, von ihrem Busen ausgehend, bis zu ihrer heißen, nassen Scham. Das rhythmische Eintauchen des Schaftes in ihr Geschlecht steigerte sich ins Unermessliche. Bei jedem Stoß bewegten sich ihre Brüste, und das dumpfe Pulsieren drang immer tiefer in ihren Körper. Ihr Innerstes begann zu brodeln, und als sie am Abgrund stand und nicht wusste, ob sie springen sollte oder nicht, biss ein unerträglicher Schmerz in ihre Brustwarzen, als die Klemmen wieder entfernt wurden. Isabella schrie und stürzte über die Klippe. Sie fiel und fiel und fiel.

Ihr Körper war von einer derartigen Hitze erfüllt, dass sie nur noch keuchend Luft holen konnte. Ihre Atmung war rasselnd, gierig sog sie Luft in ihre Lungen. Der Seidenschal über ihren Augen wurde von Tränen der Wonne durchtränkt.

Als sich ihr Körper etwas beruhigt hatte, bemerkte sie, dass sie nicht berührt wurde. Sie vernahm auch kein Geräusch, nicht einmal das Atmen der beiden Männer konnte sie hören. Es war still, bis auf ihren eigenen keuchenden Atem und das Rasen ihres Herzens. War sie allein? Wo waren die beiden Master? Alles um sie herum fühlte sich unwirklich an. Nur das Pulsieren ihres Körpers war Realität. Eine tiefe Ruhe überkam sie. Sie hatte das Gefühl zu schweben, gefangen in Raum und Zeit.

Dann, ganz plötzlich, ein Klickgeräusch an ihrem Ohr. Der Schreck sandte eine Welle Adrenalin durch ihren Leib. Ihr Kopf sank nach hinten. Unangenehm überstreckte sich ihre Kehle, und sie hob den Kopf an. Da spürte sie etwas Samtenes, Warmes an ihren Lippen. Unvermittelt glitt ihre Zunge heraus und leckte über die Eichel des Schwanzes. Sie leckte die Lusttropfen ab und glitt den Schaft entlang. Der Master stützte ihren Kopf mit einer Hand und presste sich in ihren Mund. Er war groß und dick, größer als Lucian. Isabella sah vor ihrem inneren Auge die Szene mit Ann, als Master Simon sie gewürgt hatte, als er sich in ihren Schlund versenkte. Panik überrollte sie. Isabella begann zu würgen, verlangte verzweifelt nach Luft und warf den Kopf hin und her.

Der Master zog sich aus ihrem Mund zurück und ließ sie Atem holen. Warme, zarte Hände strichen über ihren Bauch und ihre Brust. *Lucian!* Er war da, war bei ihr, beschützte sie. Isabella entspannte sich, drängte die Panik zurück und ergab sich. Lucian würde nicht zulassen, dass Master Simon sie würgte. Angst und Lust fluteten sie gleichermaßen, und Isabella versank in einem Rausch. Sie begann, hemmungslos an dem Schwanz in ihrem Mund zu saugen, nahm ihn so tief auf, wie sie konnte. Sanft streichelten Finger über die Feuchtigkeit ihres Geschlechtes. Als Lucian in sie eindrang, rang Isabella nach Luft, doch Master Simon drängte tiefer in ihre Kehle. Sie wurde benutzt! Beide benutzen sie, um sich an ihrem Körper zu befriedigen, und Isabella konnte nicht mehr denken, nur noch fühlen.

Ihre Scham-Muskeln begannen, sich rhythmisch zusammenzuziehen, und als der Schwanz aus ihrem Mund herausglitt und warme Flüssigkeit über ihre geschwollenen Brüsten verteilte, presste sie ein „Ja, oh ja!“ über ihre Lippen.

Erneut katapultierte Lucian sie mit seinen gierigen Stößen über die Klippe, und Isabella fiel ins Bodenlose. Ihr Orgasmus rollte im Zeitlupentempo ihre Wirbelsäule hinauf und breitete sich in ihrem gesamten Körper aus. Keuchend, an den Fesseln zerrend, schrie sie auf und bekam einfach nicht genug Luft, um die Empfindungen in ihrem Körper zu verarbeiten. Sie war ein einziges Zucken und Beben. Plötzlich rasten Blitze durch ihr Geschlecht.

Isabella versuchte vergeblich, sich aufzubäumen. Blitz um Blitz jagte in ihr Geschlecht. Lucian wurde förmlich von ihren Scheidenmuskeln gemolken. Isabella bekam von seinem Orgasmus und seinen Schreien nichts mit. Sie wusste nur, dass sie diese Reizüberflutung nicht mehr lange aushalten würde. Eine Wellenflut von Orgasmen überspülte sie. *Oh Gott, das ist zu viel, zu viel, zu viiiieeel.* Die Fesseln hinderten sie daran zu entkommen, dem zu entfliehen, doch Isabella hielt es nicht mehr aus. Sie schrie und jammerte und flehte und mit ihrer letzten Kraft presste sie das Wort „Stopp“ heraus.

Ihr Herz raste, das Atmen fiel schwer. Nur allmählich hörten die Zuckungen in ihrer Scham auf. Ihre Fesseln waren bereits verschwunden, doch Isabella war nicht in der Lage, sich zu bewegen. Sie spürte, wie ihre Brust mit einem warmen, weichen Tuch gereinigt wurde und sanfte Lippen ihren Bauch küssten. Als ihr die Augenbinde abgenommen wurde, blinzelte sie in Lucians lächelndes Gesicht.

„Geht's wieder, mein Engel?"

Er wusste, dass sich in ein paar Minuten ihr Herzschlag und ihre Atmung beruhigen würden. Sein Lächeln war triumphierend.

„Arroganter Mistkerl! Wolltet ihr mich umbringen?" Ihr Ärger war gespielt und das nicht einmal gut. Sie sah sich in dem kleinen Raum um, aber Master Simon war nicht da. Lucian half ihr hoch und schloss sie in die Arme. „Oh ja, das tut gut. Ich bin vollkommen fertig." Lucians Grinsen wurde noch breiter, aber Isabella konnte es ihm nicht verübeln. Er hatte sie in ungeahnte Höhen getrieben, Grenzen überschritten, von denen sie nicht gewusst hatte. Erneut blickte sie sich um. „Wo ist Simon?"

„Ich habe ihn weggeschickt. Das Spiel ist eine Sache, aber die Intimität danach ist für mich allein. Jetzt gehörst du nur mir."

Isabella lächelte und kuschelte sich erschöpft an seine warme Brust. „Da war etwas, ein ganz neues Gefühl. Ich dachte, Blitze jagen durch mich hindurch. Was war das?", fragte sie nach einer halben Ewigkeit.

Lucian hob einen langen, schlanken, schwarzen Gegenstand hoch und drehte an der Unterseite des Dings. Es begann zu summen. „Ganz einfach, ein Vibrator. Der hat dich ganz schön in Fahrt gebracht."

Isabella konnte es kaum glauben. Das Ding sah so unscheinbar aus und hatte sie in ungeahnte Höhen katapultiert. Sachte glitt sie mit dem Finger über die samtene Oberfläche. „Wahnsinn", war das Einzige, was sie flüsternd von sich gab.

Lucian drückte sie fest an sich und lachte. „Hat es dir also gefallen?"

Sie legte ihre Hand an seine Wange und sah ihm tief in die Augen. „Ja! Das hat es." Nach einer kurzen Minute des Schweigens fragte sie Lucian: „Wie war das für dich?"

„Was meinst du?"

„Master Simon. Habt ihr schon oft … gemeinsam gespielt?"

Lucian schmunzelte. „Manchmal, aber nicht oft. Ich wusste, dass es dich reizt, mit ihm zu spielen. Die Mischung aus Angst und Verlangen stand dir letzte Woche ins Gesicht geschrieben."

„Und es macht dir nichts aus, dass er mich zum Höhepunkt gebracht hat?"

„Ich will deine Lust. Dafür ist mir jedes Mittel recht." Er presste sie fest an sich. „Ich liebe dich." Dann schloss er sie in die Arme, als wolle er sie nie wieder loslassen. Eng umschlungen saßen sie noch eine ganze Weile zusammen und hingen ihren Gedanken nach.

Irgendwann wurde es Isabella kalt. „Lucian?“

„Hmm…“

„Ich könnte eine Dusche vertragen.“

„Nichts leichter als das, komm mit.“ Die zweite Tür im Zimmer hatte Isabella nicht registriert. Dort befand sich ein kleines Badezimmer mit Dusche, Waschbecken und einer Toilette. „Der Architekt hat an alles gedacht.“

„Wir haben lange geplant, bevor wir uns an den Ausbau der Fabrik gewagt haben. Simon und ich hatten genaue Vorstellungen, wie es mal werden sollte. Nicht alles ließ sich so leicht verwirklichen wie ein Badezimmer.“

„Simon ist Architekt?“ Isabella war erstaunt.

„Was hast du denn geglaubt, womit er seine Brötchen verdient? Seine Kunst hat er nie ausgestellt, und als Dom kann man nur Geld verdienen, wenn man seine Seele verkauft.“

„Um ehrlich zu sein, habe ich mir darüber keine Gedanken gemacht.“ Als Isabella ins Bad ging, schüttelte sie den Kopf. Diese Welt war so verrückt, dass sie vergaß, dass sich in ihr normale Menschen bewegten. Diese Menschen hatten auch noch ein anderes Leben, genau wie sie. Und Simon war halt Architekt, so wie Ann Anwältin war, Lucian Geschäftsmann und sie Galeristin. Dieser Club war eine Welt für sich, und Isabella fühlte sich wohl in ihr.

Sie verbrachten den Rest der Nacht an der Bar. Simon lächelte, als er mit Ann zu ihnen trat. „Nun, nimmst du mich wieder ernst oder muss ich dir eine weitere Lektion erteilen?“

„Nein, nein, bloß nicht. Für einen Augenblick hatte ich wirklich Angst vor dir.“

Simon lächelte zufrieden, bestellte sich ein Bier und für Ann einen Cocktail und setzte sich zu ihnen.

Jesse grinste. „Hab ich doch gewusst, dass du den Unterschied zwischen Simon und Master Simon noch zu spüren bekommst.“

Isabella grinste und trank einen Schluck Wasser. Lucian beugte sich zu ihr und flüsterte: „Hast du was dagegen, wenn ich mal kurz nach Damian schaue?“

„Natürlich kannst du zu deinem Bruder. Ich komm hier schon klar.“ Isabella lächelte in die Runde, und ihr Blick blieb an der blonden, zierlichen Frau neben ihr hängen. Ann!

Lucian grinste wissend. „Bleibt anständig, meine Hübschen.“
Isabella sah ihm nach, lächelnd und erfüllt von Liebe.
„Du bist also die unglaubliche Isabella? Schön, dass wir uns endlich kennenlernen“, hörte Isabella eine wohltönende, angenehme Stimme, drehte sich zu Ann um und grinste. „Unglaubliche Isabella ist übertrieben, aber ja. Freut mich auch, dass wir mal miteinander reden können.“„Aber du bist unglaublich. Du bist die, die Lucian Green gezähmt hat..“
„Wie meinst du das, gezähmt?“ Isabella war neugierig, mehr über Lucian und seine Clubvergangenheit zu erfahren.
„Lucian ist ein sehr unbeständiger Dom. Er spielt nicht oft mit derselben Sub. Bindung, wie oberflächlich sie auch sein mag, war ihm zuwider. Ich hätte nie gedacht, dass er sich eines Tages verlieben würde.“
Isabella grinste breit. Es schmeichelte ihr, dass sie für Lucian wichtig war und dass er vor ihr nie eine feste Gespielin hatte. „Und du spielst nur mit Simon?“
„Mit Simon und John. Manchmal haben wir noch eine zweite Frau dabei“, fügte Ann mit einem aufreizenden Unterton hinzu und berührte dabei Isabellas Knie. „Du bist herzlich eingeladen.“
Isabella durchzuckte es heiß und kalt. „Ohne Lucian könnte ich das nicht. Ich würde mich allein mit Simon nicht wohlfühlen. Er spielt mir zu viel mit der Angst.“
Simon lächelte zu ihr herüber. Er sprach zwar mit Jesse, aber er schien jedes Wort ihrer Unterhaltung mitzuhören. „Ich hatte damit gerechnet, dass du die Session abbrichst“, sagte er.
Alle Augen waren auf sie gerichtet. „Ich vertraue Lucian. Er hätte mich nicht mit dir alleingelassen.“
Simons volles, dröhnendes Lachen erfüllte den Raum. „Nein, das hätte er nie und nimmer. Er platzt ja so schon vor Eifersucht.“
„Aber warum hat er das dann gemacht? Ich habe nicht darum gebeten, mit dir zu spielen“, verteidigte sie sich.
„Weil er wusste, dass es dir gefallen würde. Du bist lüstern, Isabella.“
Sie wollte entrüstet etwas entgegnen, doch die Worte blieben ihr im Hals stecken. Er hatte recht. Sie brachen alle vier in Gelächter aus.
Isabella sah zu einer Frau hinüber, die sich an die Bar setzte. Sie hatte langes blondes Haar und trug einen roten Seidenkimono.
„Das ist Jean. Eine sehr hörige Sklavin. Sie wartet auf ihren Herrn“, flüsterte Ann.
„Ich kenne sie. Sie war auf den Bildern, die Paul gemacht hat.“
„Er hat ihre Verletzlichkeit hervorragend zur Geltung gebracht. Das Käfigfoto fand ich besonders schön.“
„Hmmm. Aber deins war auch gut. Ich konnte mich an den Striemen gar

nicht sattsehen."

„Es waren zwei", sagte Ann.

„Zwei? Welches war noch von dir?"

„Eines der Negativbelichtungen. Das mit den Bondageseilen."

Isabella wusste, welches Ann meinte. Ihr schlanker Körper war alle zehn Zentimeter mit weichen, weißen Seilen umwickelt gewesen. Ihr Kopf hatte nach unten gehangen, die Kehle entblößt und weit überstreckt. Eine verletzliche Pose und unglaublich erotisch. Als Isabella wieder zu Ann sah, trafen sich ihre Blicke. Ann wusste, was in ihr vorging und leckte sich über die Lippen.

Isabella räusperte sich. „Ich ... ähhh... ich hole mir was zu trinken. Will sonst noch jemand was?"

„Ich nehme ein Bier", sagte Simon und zwinkerte ihr zu. An der Bar atmete Isabella erst mal auf. Irgendwie war es ihr viel zu heiß und zu stickig.

„Na, Schönheit, flirtest du wieder?" John hatte wie immer sein liebes und doch leicht boshaftes Lächeln aufgesetzt.

„Mach mir einen Green Passion und ein Bier für Simon", sagte sie überreizt, grinste aber und betrachtete dann die Frau neben ihr. Jean! Sie starrte geradeaus und bewegte sich nicht. Etwas zu trinken hatte sie auch nicht. Isabella war sich ganz sicher, dass sie das nie hinbekommen würde. Diese Frau strahlte eine Ruhe aus, die sie unmöglich empfinden konnte. Nein, zur Sklavin war sie nicht geboren, und das wollte sie auch gar nicht.

John stellte ihr die Drinks auf die Theke. „Bist du bei unserer nächsten Session dabei?"

Isabella sah ihn verwirrt an. „Bitte?"

„Simon, Ann und ich."

„Das hättest du wohl gern? Nein, danke, ich bin vollauf bedient."

John lachte dieses klare, helle Lachen, das sie so mochte. Isabella rutschte vom Barhocker, griff nach dem Cocktail und dem Bier und drehte sich um.

Das Glas und die Flasche entglitten ihr, doch Isabella registrierte das gar nicht. Sie zitterte vor einer schwarzen Wand. Eine Wand aus puren Muskeln, Macht, Autorität und Leder. Sie musste nicht aufschauen, um zu wissen, wer vor ihr stand. Die gleiche Beklemmung, die sie beim Betrachten des Bildes überkommen war, erfüllte jede Zelle ihres Körpers. John sagte etwas hinter ihr, doch das Summen und Rauschen in ihrem Kopf ließ sie die Worte nicht verstehen. Ein Schatten kam auf sie zu, eine gewaltige Hand, die sich um ihren Hals legen wollte. Es war Jesse, der ihr Einhalt gebot. Auch seine Worte konnte Isabella nicht verstehen. Erst

Simons dröhnende Stimme riss sie aus ihrer Starre. „Sie gehört Lucian! Fass sie nicht an!"

*Ja, fass mich nicht an! Wer immer du bist, du hast kein Recht, mich zu berühren.*

Die Wand vor ihr entfernte sich, und Isabella bekam endlich genug Luft, um tief durchzuatmen. Ihre Beine zitterten, und sie suchte fahrig nach dem Barhocker, der irgendwo hinter ihr stehen musste.

Jesse half ihr, sich zu setzen, und John stellte ihr ein Wasser hin. Verwirrt starrte sie die Flasche an. „Ich glaube, ich brauche was Stärkeres." Das war unmöglich ihre eigene Stimme. So dünn, zittrig und kleinlaut hatte sie noch nie geklungen. Sie hatte allerdings auch noch nie eine solch allumfassende Angst verspürt. Ohne weiter darüber nachzudenken kippte sie den doppelten Whisky runter. Ein paar tiefe Atemzüge, und dann brachte sie den Mut auf, ihn anzusehen. Er trug keine Maske, und doch hatte sein Gesicht etwas Maskenhaftes. Die grauen Augen starrten gefühllos auf sie herab. Seine Lippen waren fest aufeinandergepresst, und seine Wangenknochen mahlten. Neben diesem Koloss wirkte Simon schmächtig. Instinktiv wusste Isabella, dass sie nicht nachgeben durfte. Sie konzentrierte sich auf das Brennen des Whiskys in ihrem Magen, dachte an Lucian, der nicht weit weg war, wusste Simon und Jesse und John in ihrer Nähe. All das gab ihr die Kraft, den Blick nicht zu senken und diesen durchdringenden Augen Stand zu halten. Minuten wurden zur Ewigkeit, und das Schweigen legte sich wie eine Glocke um sie.

„Mein Name ist Dante", sagte der Riese mit weicher, brummiger Stimme. „Es ist mir eine Ehre, dich kennenzulernen."

Geräuschvoll sog Isabella Luft in ihre Lungen. Sie hatte nicht bemerkt, dass sie den Atem angehalten hatte, und Jesse neben ihr schien es nicht anders zu gehen. „Ich bin Isabella, aber ich kann nicht behaupten, dass es mir eine Freude ist."

Jesse schnappte nach Luft, Simon knurrte verhalten, einzig John, der hinter seiner schützenden Theke stand, lachte.

Dantes Augen funkelten, doch er zeigte nicht die geringste Regung. Kurz nickte er und ging dann an ihnen vorbei zu den Spielräumen. Jean rutschte geräuschlos von ihrem Barhocker und folgte ihm. Sie hatte sich bis dahin nicht bewegt, und Isabella hatte sie völlig vergessen. „Hast du mal einen Lappen für mich?", fragte sie John, während sie immer noch hinter den beiden her sah.

„Das mach ich weg. Beruhig dich erst mal."

*Lucian! Ich muss zu Lucian.* Auf immer noch zitternden Beinen ging sie aus der Bar und ins Büro.

Lucian und Damian saßen auf einem Ledersofa und unterhielten sich. Überrascht sah Lucian auf, und sein Lächeln wich Besorgnis, als er in ihr blasses Gesicht sah. Augenblicklich war er bei ihr. „Mein Gott, was ist passiert? Du bist weiß wie eine Wand.“

„Dante“, flüsterte sie und räusperte sich. „Dante ist mir passiert.“

Lucian legte einen Finger unter ihr Kinn, hob ihren Kopf und sah sie eindringlich an. „Hat er dir was getan?“

Isabella schüttelte den Kopf und lehnte sich an seine Brust. „Halt mich fest.“ Seine starken Arme gaben ihr Halt. Als sie den Kopf hob, war Damian nicht mehr da. Lautlos hatte er das Büro verlassen. Isabella brachte ein Lächeln zustande. „Komm bloß nie auf die Idee, mit ihm zu spielen. Den Kerl kannst du gleich auf die Tabuliste setzten.“

Lucian lachte erleichtert auf und zog sie fester an sich. Dass sie wieder rumfrotzeln konnte, war ein gutes Zeichen, dass sie den Schreck verkraftet hatte. „Das wäre auch gar nicht möglich. Dante spielt nur mit Jean, seiner Frau.“

Isabella riss den Kopf hoch und starrte Lucian ungläubig an. „Seine Frau?“

„Dante liebt es, Angst und Schrecken zu verbreiten, aber im Grunde ist er ein lieber Kerl. Das soll im Club natürlich keiner wissen, deshalb kommt er nur als Master her. Du wirst es nie erleben, dass Dante an der Bar sitzt oder mit jemandem plaudert. Der Club ist sein Spielplatz, sonst nichts.“

„Ich werde nie verstehen, wie man so völlig unterschiedlich sein kann. Das grenzt an Schizophrenie. Simon ist unheimlich genug, aber Dante ...“ Isabella schüttelte sich, um die Gänsehaut loszuwerden, doch die kam nicht mehr nur von ihrem Erlebnis mit Dante. Überdeutlich spürte sie Lucians Hände auf ihrem Rücken. „Ann hat mich angemacht und John auch“, flüsterte sie an seine Brust gelehnt. „Dieser Ort ist geschwängert von sexueller Energie. Ich war nie so lüstern.“ Sie spürte Lucians Grinsen über sich und nahm seine Wärme wahr. Ihr Körper war derartig aufgeputscht, dass sie seufzte. „Schlaf mit mir, Lucian. Zeig mir, dass ich zu dir gehöre.“

„Deine letzten Höhepunkte sind vielleicht drei Stunden her, und du weißt nicht, dass du zu mir gehörst?“

Isabella hob den Kopf und grinste boshaft. „Ich kann mich so schwer an Dinge erinnern, die mir das Hirn vernebeln. In letzter Zeit habe ich das öfter.“

„So, so. Dann muss ich deinem Kurzzeitgedächtnis auf die Sprünge helfen.“ Lucian hob Isabella hoch und setzte sie auf den Tisch. Mit einer ausladenden Bewegung fegte er alle Unterlagen, die die Tischplatte bedeckten, herunter. „Leg dich hin und spreiz die Beine.“ Isabella tat, was er sagte. Er brauchte keine Fesseln, um sie in seinen Bann zu ziehen. Sie stellte ihre hohen Absätze auf der Tischplatte ab und spreizte die Schenkel. Lucians glühender Blick lag auf ihrem glitzernden Geschlecht. Er leckte sich die Lippen, als er sich zu ihr beugte. „Du wirst mich noch um Gnade anflehen."

Das tat sie, als er lediglich seinen Atem auf ihre Feuchtigkeit hauchte. Seine Finger streichelten, viel zu zart, über die Außenseiten ihres Geschlechts. „Oh Gott, Lucian, bitte."

„Bitte was?"

Isabella drängte sich seinem Mund entgegen, doch er zog sich im selben Maße zurück. „Leck mich, bitte. Ich muss deine Zunge spüren."

Er tat, was sie wollte, ausgiebig und lang. Isabella wand sich unter seinen Liebkosungen. Er saugte hart an ihrer Perle, bis sie explodierte. Während sie den Wellen ihrer Erfüllung nachhing, ließ Lucian seine Hose zu Boden fallen und drang in sie ein. Isabella schnappte nach Luft. Er nahm sie mit derartiger Heftigkeit, dass sie augenblicklich erneut kam. Sie schrie seinen Namen, versuchte von ihm wegzukommen, doch Lucian hielt sie an den Hüften fest und versenkte sich unaufhörlich in ihr. Er verlangsamte sein Tempo, wollte seinen eigenen Höhepunkt verzögern, umfasste Isabellas Knöchel und legte ihre Beine auf seine Schultern. Quälend langsam bohrte er sich in ihre Feuchtigkeit.

Isabella hatte das Gefühl, sich aufzulösen. Sie hatte von multiplen Orgasmen gehört, hatte sie bereits selbst erlebt, und das vor nicht ganz drei Stunden.

Lucian schickte sie erneut auf eine Reise durch den Sternenhimmel. Immer und immer wieder explodierte ihr Innerstes. Isabella keuchte, Schweiß rann ihren Körper herunter. Sie war vollkommen erschöpft, als Lucian Gnade zeigte und sich in sie verströmte.

# 19

Die folgenden Wochen wurden stressig. Isabella und Jesse erarbeiteten die Ausstellung, bestellten Leichtbauwände, um die Galerie aufzuteilen und kleinere Räume zu schaffen. Simon hingegen wurde unkooperativ. Auf ihre Anrufe reagierte er schroff und abweisend, oft ging er gar nicht ans Telefon. Isabella verlor zunehmend die Geduld mit ihm „Er benimmt sich schlimmer als ein kleines Kind. Wie kann man so trotzig sein? Schließlich hat er die Bilder zu mir geschickt. Er hätte damit rechnen müssen, dass sie auf Interesse stoßen."

„Vielleicht war ihm nicht klar, wie gut er ist. Soviel ich weiß, hat Lucian ihn mehr oder weniger überredet."

„Das ist mir völlig egal. Er hat der Ausstellung zugestimmt, und jetzt wird er sich an sein Versprechen halten. Ich brauche die Bilder."

„Lass Lucian mit ihm sprechen."

„Lucian ist beschäftigt. Nach der Neueröffnung letztes Wochenende hat er keine ruhige Minute. Die Pressefuzzis sind wie Schmeißfliegen. Gestern Abend wollten wir schön essen gehen, aber die lassen einen nicht in Ruhe. Hätte nur noch gefehlt, dass sie mein Steinbeißerfilet fotografieren. Ständig lungern sie vor seinem Laden herum. Die Kunden scheint das allerdings nicht zu stören. Der Umsatz ist gestiegen." Isabella schüttelte den Kopf. „Ich werde Menschen nie verstehen, die sich einbilden, sie seien was Besseres, wenn sie mal in der Zeitung standen. Wie kommst du außerdem darauf, dass ich Lucian meine Arbeit erledigen lasse? Das haben wir bis jetzt immer allein hinbekommen."

Isabella stand wütend auf und sank augenblicklich wieder auf den Stuhl zurück. Alles drehte sich um sie herum, und ihr wurde speiübel.

Jesse war sofort bei ihr. „Bell! Ist alles in Ordnung?"

„Schon gut. Mach nicht so ein Geschrei. Ich bin nur zu schnell aufgestanden."

Doch Jesse warf einen Blick auf ihren Schreibtisch. Eine angefangene Flasche Wasser stand neben einem vollen Glas, und von ihrem Butterhörnchen fehlte nur ein Bissen. „Ist das alles, was du heute gegessen und getrunken hast?"

Überrascht sah sie auf. Jesses Stimme klang hart, bestimmend. „Ich hab keinen Hunger", sagte sie trotzig und nippte an ihrem Wasserglas. „Du weißt genau, dass ich nicht viel esse, wenn wir in der Planungsphase sind. Ich bekomme nichts runter, wenn ich aufgeregt bin."

Jesse schüttelte den Kopf. Sie sah blass aus und dünn und erschöpft.

Sollte Simon die Ausstellung absagen, würde Isabella zusammenbrechen. Sie machte den Eindruck, als müsste sie ihre letzten Kraftreserven mobilisieren, um die Vernissage auf die Beine zu stellen. Dabei sollte es ihr besser gehen. Lucian trug sie auf Händen, und Jesse wusste, dass er die Nächte im Penthouse verbrachte, um sich die lange Fahrt in die Harbor Hills zu ersparen. Jesse musste schmunzeln, als er Isabella beim Telefonieren beobachtete. Sie war fünf Wochen mit Lucian zusammen, doch manchmal wirkten sie wie ein altes Ehepaar. Jesse konnte sich nicht mehr vorstellen, wie es vorher war. Isabella war aufgeblüht, ja, fast liebenswert geworden, nicht nur für Menschen, die sie näher kannten. Es hatte ihm die Sprache verschlagen, als er erfahren hatte, dass Isabella eines von den kleineren Bildern an Benni Duttly geschickt hatte. *Ein Geschenk und vielen Dank für die Idee,* hatte auf der beiliegenden Karte gestanden. Die Welt stand Kopf und Jesse mittendrin, und er war froh, dass er das alles miterleben durfte.

„Mr. Kallings, Sie haben mir einen anderen Preis genannt. Immerhin werde ich die Aufbauten fast ein halbes Jahr benötigen. Sie haben also Arbeitsstunden, Lohnkosten und Transport gespart. Ich dachte, Sie wollen auch demnächst noch mit uns zusammenarbeiten?“
„Sie ruinieren mich, Isabella. Nun gut. Ich komme Ihnen mit fünfzehn Prozent entgegen. Können wir uns einigen?“
„Ich überweise die Summe in den nächsten Stunden. Es war mir ein Vergnügen.“
Kallings lachte. „Ich möchte Sie nicht zu meinen Feinden zählen. Meine Männer werden in zwei Tagen bei Ihnen sein.“
„Gut. Ich wünsche Ihnen einen schönen Tag.“ Isabella legte auf und atmete tief aus.
„Dir ist schon klar, dass sein erstes Angebot nicht schlecht war?“
„Jetzt ist es besser. Wir haben nichts zu verschenken. Hast du von Simon gehört?“ Jesse schüttelte den Kopf.
„Verdammt! Wo steckt der Kerl bloß?“
Simon hatte sich seit drei Tagen nicht gemeldet. Der Rummel um ihn war ihm zu viel, doch Isabella ließ nicht locker. Das Geschäft war zu gut, das konnte sie sich nicht durch die Lappen gehen lassen. Gedankenversunken klopfte sie mit ihrem Kugelschreiber gegen ihre Unterlippe, als Jesse sich vor ihr in Pose stellte. Eine Hand setzte er auf seine Hüfte, und den anderen Arm stellte er wie ein ägyptisches Relief neben seinem Kopf auf und spreizte die Hand ab. Dann schob er theatralisch die Hüfte zur Seite. Isabella wusste schon, was jetzt kam. Jesse äffte näselnd Jean-Lucs Stimme nach. „Du sollst deinen Schneider dringend zurückrufen. Er braucht noch

mindestens zwei Anprobe-Termine. Also, hopp, hopp."
„Warum magst du ihn nicht? Das werde ich nie verstehen."
Jesse wurde ernst und stellte sich wieder gerade hin. „Weil er ein arroganter Snob ist." Abrupt drehte er sich um und ging mit schwingenden Hüften zu seinem Schreibtisch. Isabella lachte wieder, packte dabei die Unterlagen für die Überweisung an Kallings in ihre Tasche. „Ich geh zur Bank und dann fahre ich zu Simon. Das kann er mir nicht antun. Das ist unprofessionell." Isabella ging genervt zur Tür. „Ich weiß nicht, wann ich zurück bin. Hau einfach ab, wenn du fertig bist. Wir sehen uns morgen." Und schon war sie verschwunden.

Isabella konnte wirklich miese Laune entwickeln, wenn sie gestresst war. Allerdings war es lange nicht mehr so schlimm wie früher. Und immerhin hatte er sie für ein paar Minuten zum Lachen gebracht. Jesse erledigte den letzten Schreibkram und rief Damian an. Ein freier Nachmittag war doch mal was Schönes.

Als Isabella aus der Bank trat, stieß sie mit einem kleinen Mädchen zusammen. Blitzartig beugte Isabella sich herab und hielt sie fest, damit sie nicht stürzte. Die Kleine hatte strahlend blaue Augen und lange blonde Engelslocken. „Ups! Entschuldigung, Ma'am." Das Mädchen sah an Isabella vorbei und jauchzte. „Daddy!" Sie rannte weiter und landete in den ausgebreiteten Armen ihres Vaters. Der Mann hob sie hoch und drehte sich ausgelassen mit ihr in den Armen. Sein Gesicht strahlte voller Stolz. Er drehte sich noch einmal um, schmunzelte Isabella an, zwinkerte ihr zu und ging dann seiner Wege, mit der zappelnden, kleinen Prinzessin auf dem Arm.

Isabella starrte dem Mann hinterher und konnte es nicht fassen. Das kleine Mädchen sah ihr nach, winkte und lachte.

Isabella schüttelte den Kopf, schloss kurz die Augen und sah wieder hin, doch Dante war nicht verschwunden. Er war keine Erscheinung. Ein Lachen stieg ihr in der Kehle hoch. Diese Welt war verrückt. So widersprüchlich, inspirierend und geheimnisvoll, und Isabella gehörte dazu. *Es ist verrückt, aber ich habe mich noch nie im Leben so wohlgefühlt.*

Fahrig kramte sie nach den Schlüsseln für ihren Mietwagen in der Tasche, doch sie fand sie nicht. „Mist! Hab ich wohl in der Galerie vergessen."

„… dreht durch, wenn sie das erfährt."
„Wer dreht durch?"
Lucian und Jesse standen im Büro und sahen sich ernst an.
„Wer dreht durch?", wiederholte Isabella ihre Frage und hatte schon eine

böse Vorahnung. Lucian kam zu ihr und legte einen Arm um ihre Taille. Sie versteifte sich, da sein Blick seine Zärtlichkeit nicht widerspiegelte. „Du brauchst nicht zu Simon fahren. Er ist nicht da."

„Wie, nicht da?" Isabella befreite sich aus Lucians Umarmung und trat einen Schritt zurück.

„Simon ist in L.A."

„Er ist *wo*?", brach es aus ihr heraus.

Lucian konnte sich nur mühsam das Lachen verkneifen. Zum ersten Mal sah er die knallharte und kalte Geschäftsfrau vor sich, mit maskenhaftem Gesicht und funkelnden Augen. Sie sah unglaublich scharf aus. „Er hat einen Termin, wegen eines Auftrags. Soviel ich weiß kommt er heute Nacht wieder."

„Soviel du weißt? Wenn er mir das antut, bring ich ihn eigenhändig um. Und ich dachte, Paul wäre schwierig, aber Simon übertrifft alle. Ich brauche die Bilder, wenigstens die Zusage, dass ich sie in einer Woche bekomme, und die Maße. Wenn wir nicht in zwei Tagen beginnen, die Stellwände aufzubauen, schaffen wir den Zeitplan nicht. Ich fass es nicht!" Ihre Stimme klang schrill. Seit sie ihrer Leidenschaft freien Lauf gab, fiel es ihr auch schwerer, die negativen Gefühle zu beherrschen, und in Bezug auf Simon fühlte sie immer häufiger Wut. Sollte Lucian auch mal diese Seite von ihr kennenlernen. Das war genauso sie wie das anschmiegsame Häschen, das er kannte. Oh Gott, war sie wütend. Am liebsten hätte sie geschrien und nach was getreten. „Und was machen wir jetzt?", fragte sie Jesse.

„Da wir heute nichts mehr erreichen, schlage ich vor, wir machen uns alle einen schönen Tag und entspannen uns. Meine Chefin hat mir den Nachmittag freigegeben, und das werde ich ausnutzen." Jesse nahm seine Tasche und verließ das Büro. „Viel Spaß noch, ihr zwei."

„Das ist nicht wahr?", fragte Isabella ungläubig und starrte die Bürotür an, durch die Jesse verschwunden war.

Lucian zog sie in seine Arme. „Er hat recht, Schatz. Heute erreichst du nichts mehr. Wie wäre es, wenn wir schön essen gehen und uns einen entspannten Abend machen?"

„Du hast gut reden. Wie soll ich mich bei dem Mist entspannen?"

Seine Lippen glitten über ihren Hals. „Mir würde was einfallen", flüsterte er an ihrer Haut, und jede Lippenbewegung verstärkte ihre Gänsehaut.

Isabella seufzte. „Aber ausnahmsweise möchte ich mein Essen ohne Schmeißfliegen genießen. Lass uns zu dir fahren. Ich würde so gern das Meer sehen."

„Barbecue am Strand und eine schöne Frau an meiner Seite … Wie kann ich da Nein sagen?"

Isabella stand seufzend in der Galerie und sah den leeren Raum an.

„Beruhig dich, Schatz. Ich fahre morgen früh zu Simon. Er lässt dich nicht im Stich, das verspreche ich dir."

„Ich will nicht, dass du meine Arbeit erledigst."

Lucian schmunzelte und ließ die Sache erst mal auf sich beruhen. Er wollte einen schönen Nachmittag mit ihr verbringen und sich nicht streiten.

Gemeinsam gingen sie auf den Markt, kauften ein, und eine halbe Stunde später saßen sie im Wagen und fuhren in die Harbor Hills. „Ich habe vorhin Dante gesehen. Mit seiner Tochter", sagte Isabella und genoss den kalten Fahrtwind.

„Sunny? Die ist süß, was? Ein richtiger Wildfang."

„Du kennst sie?"

„Dante ist neben Simon einer meiner ältesten Freunde. Ich war bei seiner Hochzeit dabei und bei der Taufe seiner Tochter. Er ist kein schlechter Kerl."

„Das konnte ich sehen. Er ist fast geplatzt vor Stolz." Isabella schmunzelte vor sich hin. „Es fällt mir schwer, die beiden Welten voneinander zu trennen. Ich könnte das nicht."

„Aber du tust es doch schon. In der Galerie bist du eine andere, als wenn du dich in Wonne und Gier in meinen Armen windest."

Isabella drehte sich in ihrem Sitz zu Lucian und legte eine Hand auf seinen Schenkel. „Ich winde mich also in deinen Armen … Sie sind ganz schön arrogant, Mr. Green."

Er lachte. „Das ist keine Arroganz, mein Engel. Im Gegensatz zu deinem funktioniert mein Gedächtnis sehr gut, und ich erinnere mich, dass es letzte Nacht so war."

Sie lachten beide, und Isabella merkte, wie sie sich langsam entspannte. Zärtlich strich sie mit der Hand über Lucians Schenkel, ließ ihn ihre Fingernägel durch den Stoff der Hose spüren. Er grollte tief in der Kehle.

„Ich liebe es, wenn du das machst", schnurrte Isabella und beugte sich weiter zu ihm, leckte über die nackte Haut an seinem Hals und presste ihre Hand in seinen Schritt.

„Wärst du so freundlich und wartest, bis wir zu Hause sind", knurrte Lucian und fing den Wagen gerade noch ab, als Isabellas Finger sich fester um seinen harten Schwanz schlossen.

Sie ließ sich in den Sitz zurückfallen und grinste ihn boshaft an. „Wer windet sich jetzt, mein Schatz?"

Ihr Lachen wurde allerdings durch Isabellas knurrenden Magen übertönt.„Vielleicht sollten wir erst essen, sonst brichst du zusammen."

Sie verbrachten einen ausgelassenen und entspannten Nachmittag, und als die Sonne im Meer versank, saßen sie zusammen am Strand, in eine Decke gekuschelt, und starrten auf das Schauspiel.

„Lucian?“

„Hmmm?“

„Ich liebe dich. Noch nie habe ich mich so ausgeglichen gefühlt wie in den letzten Wochen.“

Er zog sie fest an sich und küsste ihr Haar. „Mir geht es genauso. Ich kann mir ein Leben ohne dich nicht mehr vorstellen.“ Sie sahen einander an, zärtlich, innig und ohne jeglichen Hunger. Isabella streichelte seine Wange, kuschelte sich an ihn und sah zufrieden seufzend aufs Meer hinaus.

„Was ist los mit dir?“, fragte Lucian zärtlich und strich eine Haarsträhne aus ihrem Gesicht. Er schwebte über ihr, sein Glied in ihr und erfüllt von Verlangen und Gier, doch Isabella konnte sich nicht fallenlassen.

„Ich kann nicht abschalten. Immerzu muss ich an Simon denken.“ Sie wollte Lucian näher zu sich ziehen, ihr Gesicht an seinem Hals vergraben und seinen Duft einatmen, doch Lucian sprang auf, griff nach ihrem Handgelenk und zerrte sie aus dem Bett. Er zog sie hinter sich her, aus dem Schlafzimmer, die Treppe hinunter und durch die Eingangslobby. „Lucian, was hast du …“

„Schweig!“

Dieses eine Wort traf sie wie ein Schlag. Er war wütend. Ängstlich sah sie, wie er die Tür zum Keller aufstieß und sie die Treppe nach unten drängte.

„Lucian, bitte, es tut mir leid.“

„Du sollst den Mund halten.“

Zitternd kam sie im Keller an, in dem Raum, wo sie zum ersten Mal mit ihm gespielt hatte. Diesmal gab er ihr keine Zeit, sich an den Gedanken zu gewöhnen. Lucian schaltete das Licht an, zog sie in die Mitte des Raumes und stand drohend vor ihr.

„Auf die Knie.“

Isabella tat, was er verlangte, aber eher aus der Notwendigkeit heraus. Ihre Beine zitterten so sehr, dass sie sich kaum auf ihnen halten konnte.

„Senk demütig den Kopf, und ich will keinen Laut mehr hören.“

Tränen brannten in ihren Augen. Isabella hörte, dass Lucian hinter ihr war, doch sie traute sich nicht, nachzusehen, was er dort tat. Sie hörte eine Kette rasseln, und irgendetwas klapperte leise. Dann spürte sie seine Wärme hinter sich und wie er ihr etwas um die Fuß- und Handgelenke schnallte. Es roch nach Leder, und die Manschetten waren breit und dick gepolstert. Als Lucian vor sie trat, konnte sie ihre Arme nicht mehr bewegen. Er hatte sie auf ihrem Rücken gefesselt. Diese Haltung hob ihren, unter ihrem heftigen Atem wogenden, Busen an. In der Kühle des Kellers waren ihre Nippel steif aufgerichtet, und Isabella spürte, dass ihre Schamlippen geschwollen waren und heftig pulsierten. Lucians aufgerichteter Schwanz ragte direkt vor ihrem Gesicht auf, und sie wusste, was jetzt kam, öffnete gierig den Mund und beugte sich zu ihm. Fest griff er in ihr Haar und riss ihren Kopf hoch, sodass sie ihn ansehen musste. „Ich werde jetzt deinen Mund ficken, dass dir Hören und Sehen vergeht. Wie kannst du es wagen, in meinem Bett, in meinen Armen, an jemand anderen zu denken?“

Isabella stockte der Atem, doch in dem Moment presste er seinen Schwanz zwischen ihre Lippen. Sie würgte, stemmte sich gegen ihn, doch sein Griff war unbarmherzig. Tief drang er in ihre Kehle, und ihr blieb nichts anderes übrig, als es zu erdulden und sich auf ihre Atmung zu konzentrieren. Isabella war nicht in der Lage, auch nur einen klaren Gedanken zu finden. Erst sein Stöhnen ließ sie die Situation begreifen. Sie kniete vor ihm, Lucians Schaft tief in ihrem Mund, und doch fühlte sie seinen Daumen, der liebevoll ihre Wange streichelte, während er sich immer näher an den Abgrund brachte. Er war nicht wütend auf sie. Vielmehr hatte Lucian einfach ihren ruhelosen Geist mit einer Session ausgeschaltet. Sie hörte seinen Aufschrei über sich, schluckte seinen Samen und leckte über seinen Schaft, beseitigte die Spuren seiner Lust, wie es ihr zukam. Ergeben hockte sie sich auf ihre Schenkel, als Lucian sich aus ihrem Mund zurückzog, und senkte den Kopf. Sie gehörte ihm, und eine tiefe, zufriedene Ruhe erfasste sie. Fast hätte sie gelächelt, aber so verwegen war sie nicht. Wer weiß, was er alles mit ihr anstellte, wenn er sah, dass sie es genoss.

Doch Lucian sah es an ihrer Körperhaltung, die entspannt war, und an ihrem gleichmäßigen ruhigen Atem. Grob zog er sie auf die Beine, brachte sie an den Ringen in Position und verband die Manschetten mit den vier Ketten. Dann zog er die Ketten über einen Hebel straff. Sie sah wundervoll aus, gespreizt, willig und ergeben.

Eine Woge der Liebe, die er für sie empfand, füllte ihm das Herz. Doch Lucians Miene war gefühllos, als er vor sie trat. „Denkst du immer noch an Simon?“

Isabella schüttelte den Kopf, doch in dem Moment schoss die Wut auf ihn wieder durch ihren Geist. Lucians Blick verriet ihr, dass er es wusste. *Mistkerl!*

„Mir scheint, du hast eine Bestrafung verdient.“

„Nei…“

„Schweig, habe ich gesagt. Ich will keinen Laut hören, außer deinen

Schreien.“ Seine Stimme war ganz leise, doch deshalb nicht weniger bedrohlich. Furcht ließ ihr Herz flattern und ihre Schamlippen erneut anschwellen. Er hielt ihr zwei Peitschen vor die Nase. Die eine sah weich aus, hatte aber viele Schnüre und würde einen großflächigen Schmerz bringen. Die andere war eine kurze, dicke, Peitsche. Isabella schluckte schwer, sagte aber nicht ein Wort.

Lucian ließ die Schnüre der weichen Peitsche über ihre nackten Brüste gleiten. „Zuerst werde ich deinen Körper aufwärmen, deine Haut röten und vorbereiten. Du wirst die Schläge mitzählen. Bist du bei siebzehn angekommen, wirst du mich um deine Bestrafung bitten. Hast du mich verstanden?“ Sein Blick war eisig, doch Isabella sah das lüsterne Funkeln im tiefen Grün seiner Augen. Sie nickte.

Lucian trat hinter sie, streichelte ihre nackte Haut und küsste ihre Schulter. Der erste Schlag kam so überraschend, dass sie vergaß zu zählen. „Ich beginne von vorn“, hauchte er an ihrem Hals.

Das Leder heizte ihren Körper auf. Jedem Schlag folgte eine Zahl, und ihr Atem wurde hechelnder. Bald konnte sie sich kaum noch auf das Zählen konzentrieren. Die Hitze strömte durch ihre Venen, jagte in ihr Innerstes und brachte sie zum Keuchen.

„Fünfzehn“, presste sie mit einem Stöhnen hervor. Die kleine Perle zwischen ihren geschwollenen Schamlippen pulsierte in wilder Gier.

„Sechzehn, ahhh!“ Lucian ließ die Schnüre auf ihren Venushügel sausen. Zuckend und glitschig wand sich ihre Scham.

„Siebzehn.“ Isabella sog gierig Luft in ihre Lungen. Noch ein Schlag auf ihr Geschlecht und sie würde explodieren. „Bitte, bitte …“, hauchte sie.

„Bitte was?“, dröhnte Lucian hinter ihr. Isabella nahm nicht wahr, dass Lucian die Peitsche wechselte. Nur seine Stimme erinnerte sie daran, dass sie um eine Bestrafung bitten sollte. „Bitte bestrafe mich“, flüsterte sie und machte sich auf einen weiteren erfüllenden Schlag auf ihr Geschlecht bereit.

Doch der Schlag kam nicht auf ihr vor Verlangen tropfendes Geschlecht. Ein beißender Schmerz ringelte sich um ihren Leib, trieb ihr die Luft aus den Lungen und ließ sie aufschreien.

„Achtzehn“, sagte Lucian. „Du wirst nie wieder in meinen Armen an einen anderen denken.“

Ein spitzer Schrei hallte durch den Raum.

„Neunzehn. Ich werde morgen früh zu Simon fahren und das für dich regeln. Du wirst das akzeptieren.“

„Ahhhhhhh!“ Ihr Schrei mischte sich mit Lucians Worten. „Zwanzig. In einer Beziehung hilft man sich gegenseitig, und auch du wirst das begreifen müssen.“

Lucian warf die Peitsche zu Boden und trat vor sie. Isabellas Kopf hing erschöpft nach vorn. Er legte seine Hand unter ihr Kinn und hob es an. Ihre Augen waren glasig, ihre Atmung ging schnell, aber regelmäßig. Überrascht sah er, dass sie kurz vor einer Trance war. Hart kniff er sie in die aufgestellten Nippel. Isabella schrie auf, ließ den Kopf in den Nacken sinken und stöhnte. Alles in ihr pulsierte, schrie nach Berührung und Erfüllung. Als Lucian mit drei Fingern in sie eindrang, schossen Blitze durch ihren Unterleib, doch es war ihr nicht genug. Ihre Unterwerfung wurde zu Begehren, ihre Hingabe zu wilder Gier. Ganz langsam hob sie den Kopf, sah Lucian durch einen Schleier der Lust und stöhnte leise. Worte konnte sie nicht mehr finden, nur noch flehen.

Ihr Körper schwebte im Rausch der Leidenschaft. Um ihren Brustkorb und ihre Hüften hatte Lucian breite Lederriemen befestigt, die sie mitten im Raum schwingen ließen. Ihre Beine hielt Lucian um seine Hüften geschlungen, während er mit tiefen, festen Stößen in sie eindrang. Ihr schwanden die Sinne. Sie war ein einziges Zucken und Schreien und sich Winden. Unaufhaltsam, unbarmherzig trieb Lucian sie von einem Gipfel zum nächsten, bis ihre Stimme brach. Ein animalisches Brüllen mischte sich mit ihren erschöpften Seufzern, als er seinen Samen in sie spritzte und sich der eigenen Erfüllung hingab. Keuchend, schweißgebadet und über alle Maßen befriedigt, hing Isabella in den Fesseln und war unsagbar glücklich und erfüllt.

## 20

„Ich nehme den nächsten Flug, Patrice. Es tut mir so leid.“

Noch etwas verschlafen starrte Isabella zur offenen Schlafzimmertür und sah Lucian im Flur stehen. Er wirkte schockiert und erschöpft.

„Was ist denn passiert?“, fragte sie leise und ging zu ihm.

„Claremont hatte einen Schlaganfall. Ich muss nach Frankreich, so schnell wie möglich.“

Isabella sah deutlich, dass die Nachricht Lucian mitnahm. Dieser Claremont musste ihm sehr wichtig sein. Wortlos nahm sie ihn in den Arm, doch Lucian versteifte sich. Als sie zu ihm aufsah, war sein Gesicht eine Maske, undurchdringlich. Diesen Lucian hatte sie noch nie gesehen. Er hatte nichts mit ihrem sanften, gefühlvollen Lucian zu tun und auch nichts mit dem Master, der ihr mit funkelnden Augen seinen Willen aufzwang. Dieser Lucian war verschlossen, reglos, gefühlskalt. Er sperrte sie aus, ließ sie nicht an seinem Schmerz teilhaben.

„Ich mach uns einen Kaffee“, sagte sie verzagt und verschwand im Bad, um sich anzuziehen. Ihre Nacktheit erschien ihr völlig unpassend.

In der Küche begannen ihre Hände zu zittern. Es tat ihr weh, dass er sie nicht an sich heranließ, wenn er traurig war. Hatte er nicht vergangene Nacht gesagt, in einer Beziehung half man sich? Und jetzt sperrte er sie aus.

Lucian stand in Jeans und offenem Hemd im Wohnzimmer und starrte auf den Atlantik, als sie mit einer Kaffeetasse in der Hand zu ihm trat. Seine Augen wirkten leer, als er mit einem Nicken die Tasse nahm. Isabella lehnte sich an seinen Rücken, ließ ihn ihre Wärme spüren und dass sie da war.

„Ich habe Claremont vor fast fünfzehn Jahren in Paris kennengelernt. Er brachte mich auf die Idee, mit Weinen und Delikatessen zu handeln. Aber er war mehr für mich. Claremont war ein väterlicher Freund, ein Mentor und Lehrer. Durch ihn habe ich meine Neigungen erkannt, und er half mir dabei, ein Master zu werde.“ Dann schwieg Lucian wieder, doch er nahm ihre Berührung an, seufzte und ließ sich von ihr in den Arm nehmen.

„Wann fliegst du?“

„Ich habe für den späten Nachmittag einen Flug bekommen, aber ich weiß nicht, wann ich zurückkomme.“

„Nimm dir die Zeit, die du brauchst, Schatz.“ *Ich wünschte, ich könnte dich begleiten.*

Er drehte sich um und küsste ihr Haar, fühlte sich aber meilenweit weg an.

Lucian brachte sie in die Galerie und fuhr dann zu Simon. Ihren

Einwand, sie könne das selbst, ließ er nicht gelten. Erst nach einer Stunde kam ihr der Gedanke, dass Simon Claremont vielleicht auch kannte. Wenn er nun auch mit nach Frankreich fliegen würde? Nein, das konnte er nicht tun. Isabella versuchte sich zu beruhigen, indem sie Mappen durchsah, die in den letzten Wochen eingetroffen waren. Wenn Simon sie im Stich ließ, musste sie kurzfristig umdisponieren, doch es war kein tauglicher Ersatz dabei. Sie rief Jesse an, dass er heute nicht in die Galerie kommen brauchte, und Jean-Luc, um einen Termin für die letzte Anprobe ihres neuen Kleides zu vereinbaren. Die Zeit schien überhaupt nicht zu vergehen, und dass sie zum Nichtstun verurteilt war, verbesserte Isabellas Laune nicht. So war sie gereizt, als Lucian kurz nach Mittag auftauchte.

„Was hat er gesagt? Wann bekomme ich die Bilder?"

Lucian sah ernst aus, als er sich einen Stuhl an ihren Schreibtisch zog und seufzend Platz nahm. Er reichte ihr einen Zettel. „Das sind die Maße der Bilder. Du bekommst alle, die du ausgesucht hast. Er bringt sie am Donnertag vorbei."

„Aber?" Isabella wusste genau, dass es ein Aber gab, denn Lucian vermied es, ihr in die Augen zu sehen.

„Aber er wird an der Vernissage nicht teilnehmen."

Im ersten Moment fehlten ihr die Worte, dann riss ihr endgültig der Geduldsfaden. „Der ist wohl verrückt geworden? Wie soll ich eine Ausstellung ohne Künstler machen? Ich bin ihm nicht hinterhergelaufen. Er ist zu mir gekommen! Ich werde verrückt mit diesem Kerl." Isabella sprang auf und kramte in der Schublade nach den Autoschlüsseln des Mietwagens. „Das macht er nicht mit mir. Ich fahre zu ihm und werde ihm meine Meinung sagen. Master! Pah! Dass ich nicht lache. Er sollte sich ein bisschen von der Disziplin, die er im Club hat, mit ins normale Leben nehmen."

„Beruhige dich, Schatz. Das bringt gar nichts."

„Beruhigen? Du bist gut. Wie soll ich mich beruhigen? In zwei Wochen soll die Vernissage sein und ich habe keinen Künstler zu den Bildern. Wie stellt er sich das denn vor?"

„Bitte, Isabella. Wenn ich ihm das nicht zugestanden hätte, hätte Simon die Ausstellung platzen lassen. So hast du wenigstens die Bilder."

„Du hast was? Du hast es ihm zugestanden? Na, das ist ja toll. Dann mach doch gleich die ganze Vernissage selbst. Ich weiß nämlich nicht, wie ich eine Ausstellung präsentieren soll, wenn sich der Künstler weigert, anwesend zu sein." Sie hatte nicht schreien wollen. Sie hatte auch nicht ihre Wut an ihm auslassen wollen, doch es war passiert. Fassungslos starrte sie sein unbewegtes Gesicht an. Es war nicht zu deuten, ob er wütend oder enttäuscht oder verletzt war. Er hatte sich alle Mühe gegeben, die Ausstellung zu retten, und sie schrie ihn an.

Als Lucian wortlos aufstand, wurde ihr das ganze Ausmaß ihres Wutausbruchs bewusst. „Lucian, bitte, es tut mir leid."

So verschlossen wie am Morgen, sah er auf seine Uhr. „Ich muss los. Mein Flieger geht in zweieinhalb Stunden. Simon kommt Donnerstagnachmittag in die Galerie."

Er verließ die Galerie. Sie brauchte ein paar Sekunden, um sich aus ihrer Erstarrung zu lösen. So konnte sie ihn unmöglich nach Paris fliegen lassen. „Lucian! Lucian!"

Am Eingang zur Galerie prallten sie aufeinander. Lucian wollte gerade zurückkommen und Isabella riss die Tür auf. Für ein paar Sekunden standen sie sich befangen gegenüber, doch dann warf sie sich in seine Arme. „Es tut mir so leid. Bitte verzeih mir."

„Ich wusste nicht, dass du so eine Furie sein kannst. Mann, mit dir zu streiten ist echt hart."

„Ich will mich gar nicht streiten. Ich bin einfach so wütend auf ihn."

Lucian nahm sie fest in den Arm. „Als wir die Bilder für die Mappe ausgesucht haben, hatten wir genug Scotch intus, dass Simon nicht auf die Idee kam, dass er auch Chancen hatte, genommen zu werden. Er kann diesen ganzen Rummel nicht leiden. Als er vor drei Jahren einen Architekturpreis gewonnen hat, ist er auch nicht zur Feier gegangen. Sie haben ihm den Preis zuschicken müssen."

„Wenn ich das vorher gewusst hätte, hätte ich die Ausstellung gar nicht in Erwägung gezogen."

„Doch, hättest du. Simons Bilder sind zu gut, als dass du sie dir hättest durch die Lappen gehen lassen."

Isabella musste schmunzeln. Er kannte sie viel zu gut. „Komm, ich bring dich zum Flughafen."

„Abschiede liegen mir nicht", sagte Lucian.

„Mir auch nicht, aber nach eben will ich jede Minute mit dir verbringen, bis du fliegst. Ich vermisse dich jetzt schon."

Isabella ließ den Jaguar am Flughafen stehen und nahm ein Taxi. Da Lucian nicht wusste, für wann er einen Rückflug bekam, wusste sie auch nicht, ob sie ihn würde abholen können.

Bei ihrem Lieblingsitaliener nahm sie sich Pasta und Tiramisu mit und machte sich auf den Weg in ihre einsame Wohnung. Bloß gut, dass morgen die Stellwände aufgebaut wurden, sonst würde ihr die Decke auf den Kopf fallen. Andererseits hätte sie Lucian begleiten können, wenn die Ausstellung nicht wäre.

Die Tür wurde ihr von Clarence geöffnet. „Hallo, Ms. Isabella."
„Clarence? Ihre Schicht beginnt doch erst in zwei Stunden."
Er zuckte die Schultern und sah plötzlich sehr erschöpft aus. „Ich wollte nicht allein in meiner kleinen Wohnung sitzen. Hier fühle ich mich am wohlsten."
Isabella hob ihre Tüten an. „Würden Sie mit mir zu Abend essen? Ich möchte auch nicht allein sein." Clarence strahlte von einem Ohr zum anderen und geleitete sie zum Aufzug.
In ihrer Küche angekommen, verteilte Isabella das Essen auf zwei Teller, öffnete eine Flasche Wein und entzündete die Kerzen auf dem Tisch. Clarence stand im Wohnzimmer und sah sich um. Wie viele Stunden hatte er in dieser Wohnung verbracht? Wie viele glückliche Stunden? Die schönsten Jahre seines Lebens. Wieder spürte er diese Schwäche in sich. Clarence seufzte leise. Er spürte, wie das Leben unaufhörlich aus seinem Körper wich. *Daphne, mein Engel, ich komme bald zu dir.* Ein seliges, zufriedenes Lächeln spielte um seine Mundwinkel. Es war gut so. Er hatte sein Leben gelebt, und die letzten Jahre ohne Daphne waren schwer für ihn gewesen. Jetzt, da er wusste, dass es Isabella gut ging, dass sie glücklich war und die Liebe gefunden hatte, würde ihm der Abschied nicht schwerfallen.
„Setzen Sie sich doch bitte, Clarence", riss Isabellas Stimme ihn aus seinen Gedanken. Sie wirkte traurig und ebenfalls erschöpft.
„Ich habe eine Bitte, Ms. Isabella", sagte Clarence, während er sich setzte.
Sie zog eine Augenbraue nach oben und musterte ihn. „Ja?"
„Bitte sag Du zu mir. Wir kennen uns so lange." Er lächelte. „Ich kenne dich dein ganzes Leben lang, Isabella, und es würde mich freuen, wenn du Cle zu mir sagen würdest."
Gerührt legte Isabella ihre Hand auf die seine. „Das mache ich gern, Cle." Überrascht stellte Isabella fest, dass seine Hand eiskalt war. Sie wirkte kraftlos in ihren warmen Händen.
„Kommt Mr. Green heute nicht?", fragte Clarence und trank einen Schluck Wein.
Isabella schüttelte den Kopf. „Er musste nach Frankreich. Ein Freund von ihm hatte einen Schlaganfall."
„Ein Freund? In so jungen Jahren einen Schlaganfall?"
„Claremont ist schon älter. Lucian sagte, er wäre ein väterlicher Freund. Er hängt sehr an ihm. Ich habe Lucian nie so erlebt wie heute Morgen, als er den Anruf erhielt. Er hat sich von einer Sekunde zur anderen völlig verschlossen. Es war unheimlich. Plötzlich gehörte ich nicht mehr zu ihm. Er war so unendlich weit weg." Noch immer bekam sie eine Gänsehaut, als

sie daran dachte.

„Jeder Mensch geht mit einer solchen Nachricht anders um, Isabella. Sicher musste Mr. Green die Nachricht erst verkraften. Er wollte dich ganz sicher nicht verletzen."

Isabella lächelte ihn dankbar an. „Das weiß ich, Cle. Es hat mich nur erschreckt. Da glaubt man, jemanden zu kennen, und dann sieht man eine andere Seite von ihm. Aber was rede ich? Ich kenne Lucian seit sechs Wochen. Bestimmt hat er viele Seiten, die ich nicht kenne."

„Du wirkst trotzdem sehr niedergeschlagen."

„Wir haben uns gestritten, kurz bevor er geflogen ist."

„Aber ihr habt euch versöhnt?", fragte Clarence bestimmend.

Isabella musste schmunzeln. „Natürlich haben wir uns versöhnt. Glaubst du, ich habe gar nichts von meiner Großmutter gelernt?"

Wie aus einem Mund sagten sie beide: „Geht niemals im Streit auseinander. Man weiß nie, ob man sich wiedersieht." Sie lachten beide.

„Warum habt ihr euch gestritten?"

„Das war eine blöde Geschichte. Ich plane die neue Ausstellung, und der Künstler ist Lucians Freund. Er macht mich wahnsinnig. Erst schickt er mir die Mappe, stimmt der Ausstellung zu, und dann ist er nicht mehr erreichbar. Er lässt mich hängen. Ihm ist der Trubel um seine Person zu viel. Dass ich nicht lache." Isabella wurde wütend und aufbrausend. Clarence lehnte sich in seinem Stuhl zurück und lächelte milde. Er kannte dieses Temperament. Daphne hatte das gleiche besessen.

„Jedenfalls war Lucian heute Vormittag bei ihm, da er meine Anrufe ignoriert hat, und Simon hat ihm zugesichert, dass ich die Bilder am Donnerstag bekomme. Im Gegenzug hat Lucian ihm zugestanden, dass er an der Vernissage nicht teilnehmen muss. Jetzt habe ich zwar die Bilder, aber keinen Künstler. Wie soll ich eine Ausstellung ohne Künstler machen?"

„Mr. Green ist kein Mann, der leichtfertig Zugeständnisse macht. Er wird seine Gründe gehabt haben."

„Ja, hatte er", sagte Isabella ruppig. „Er sagte, dass Simon die Ausstellung abgeblasen hätte, wenn ich darauf bestehen würde, dass er anwesend ist."

„So hat er wenigstens die Ausstellung gerettet." Clarence schien plötzlich mit seinen Gedanken sehr weit weg zu sein, als er weitersprach. „Ich war mit Daphne in den Neunzigern in der Ausstellung eines unbekannten Künstlers. Seine Bilder erzielten Rekordsummen, und es ist nie herausgekommen, wer er war. Vielleicht ist es besser, keinen Künstler zu haben, als einen, der mit schlechter Laune das Publikum vergrault."

Isabella musste schmunzeln. Sie wollte nicht mehr an Simon denken, und erst recht nicht an den Streit mit Lucian. Es hatte sie fast zerrissen, als sie sich voneinander verabschiedet hatten.

„Erzähl mir von meiner Großmutter. Wie habt ihr euch kennengelernt?“, fragte sie, um das Thema zu wechseln.

Clarence schmunzelte in sich hinein. „Wir haben uns in diesem Haus kennengelernt. Ich war damals Leiter der Security, und da bin ich Daphne zum ersten Mal begegnet. Sie war wie ein Engel, unglaublich schön und unerreichbar für mich. Dachte ich jedenfalls, als ich sie zum ersten Mal sah.“

„Aber das war sie nicht.“ Isabella sah ihre Großmutter vor sich, in einem schlichten, aber eleganten Abendkleid und verschmitzt lächelnd.

„Nein, sie war nicht unerreichbar. Daphne war eine Frau, die sich nahm, was sie wollte. Und in diesem Fall wollte sie mich. Fast ein Jahr lang beobachtete ich sie, wann immer sie durch die Lobby kam. Sie beherrschte all mein Denken, meine Träume. Sie hatte eine derartige Ausstrahlung, dass sie nur schweigend in einem Raum zu stehen brauchte und alle drehten sich nach ihr um. Jeder war fasziniert von ihr, ein wirklicher Star.“

„Wie seid ihr zusammengekommen?“„Daphne kam von einer Gala. Sie sah elfengleich aus, in einem cremefarbenen Seidenkleid schwebte sie auf mich zu. Ich konnte kaum atmen, so schön war sie. Dann nahm sie meine Hand und zog mich mit sich. Sie sagte kein Wort, aber wir wussten beide, was geschehen würde. Es war die Nacht meines Lebens, und wir haben uns von diesem Tag an nie wieder getrennt, bis sie mich verlassen hat.“ Die Traurigkeit in Clarences Stimme schnürte Isabella die Kehle zu.

„Es tut mir so leid, Cle.“

„So ist das Leben, mein Kind. Ich bin glücklich, dass ich sie lieben durfte. Wenn dir der eine Mensch begegnet, der dir das Herz öffnet, der dich zum Lachen bringt und dir in schweren Zeiten zur Seite steht, wenn man das Glück hat, diesem Menschen zu begegnen, war das Leben nicht umsonst.“ Clarence ergriff Isabellas Hand, und seine war immer trocken und rissig. „Es freut mich, zu sehen, dass du diesem Menschen begegnet bist, Isabella. Es freut mich, dich glücklich zu sehen.“

Röte stieg ihr in die Wangen. „Ja, ich bin glücklich, Cle. Ich wünschte, Großmutter hätte mich so sehen können. Sie hat sich immer zu viele Sorgen um mich gemacht.“

„Es hat sie geschmerzt zu sehen, wie du dich vor der Welt und deinen Gefühlen versteckt hast. Sie wäre sehr stolz auf dich.“

Ein leises Lachen entfuhr ihr. „Das hast du vor sechs Wochen schon einmal zu mir gesagt. Damals stimmte es nicht. Ich war so unglücklich und einsam, dass Großmutter mir den Hintern versohlt hätte. Allein Lucian habe ich es zu verdanken, dass es mir gut geht, und das macht mir Angst.

Es kann doch nicht gut sein, wenn man so abhängig ist?“

„Es ist nicht Mr. Green, der dich glücklich macht. Du hast den Mut gefunden, deinen Gefühlen zu folgen. Mr. Green hätte nicht die geringste Chance gehabt, wenn du das nicht zugelassen hättest.“

Isabella lachte befreit. „Du bist genauso weise wie Granny.“

„Nein, nur genauso alt.“ Clarence schmunzelte und sah sehr müde aus.

# 21

„Ich werde noch verrückt."
„Hast du ihn nicht erreicht?" Damian sah sie mitleidig an. Er konnte ihre Wut nachvollziehen. Langsam wurde es eng. Selbst Jesse, den sonst nichts aus der Ruhe brachte, stand unter Strom.
„Nein. Er geht schon den ganzen Tag nicht ans Telefon, und morgen wollte er die Bilder vorbeibringen. Ich hatte noch nie einen so unberechenbaren Künstler."
Jesse kam um die Ecke und zog seine Jacke an. „Jetzt brauchst du es auch nicht mehr versuchen. Heute ist Mittwoch, er ist im Club."
Damian warf Jesse einen bösen Blick zu.
„Wieso im Club? Ich dachte, der ist die Woche über geschlossen", fragte Isabella irritiert.
„Mittwochs treffen sich immer Simon, Ann und John", grinste Jesse.
„Du solltest wirklich deinen Mund halten, und jetzt lass uns gehen, ich habe einen wahnsinnigen Kohldampf." Damian amüsierte sich noch über Isabellas verwirrtes Gesicht und verließ die Galerie.
„Tschüss dann, bis Morgen", sagte Jesse grinsend.
Isabella stürzte hinter ihm her. „Halt mal, warte! Ann und John?"
Jesse zwinkerte ihr zu und ließ klimpernd seinen Autoschlüssel vor ihren Augen baumeln. „Wusste ich doch, dass dich das interessiert."
Wie in Trance öffnete Isabella ihre Hand, und Jesse ließ den Schlüssel fallen. „Aber ich kann … Ich kann doch nicht … ohne Lucian …"
„Ruf ihn an." Jesse grinste noch breiter, als die Tür hinter ihm zufiel.
Ungläubig sah Isabella auf den Schlüssel in ihrer Hand. Das konnte sie nicht tun, oder doch? „Ich fahre nur dahin, um mit Simon zu reden", beruhigte sie sich.
Auf der Fahrt zum Club versuchte sie, ihre Aufregung in den Griff zu bekommen. „Mach dich nicht lächerlich, Isabella. Du redest mit Simon, und dann fährst du wieder. Du bist wütend auf ihn. Da kannst du nicht an Sex denken, und schon gar nicht ohne Lucian." Doch irgendwie traute sie ihren eigenen Worten nicht. Sie dachte an Ann, an die Bilder mit ihr und an John, an sein verschmitztes Lächeln, dass immer eine Spur verrucht aussah. Auf dem Parkplatz angekommen, strich sie ihren Blazer und den Rock glatt. Im Gehen wählte sie Lucians Nummer, aber es war besetzt. Mit klopfendem Herzen, betrat sie den Club. Aus den hinteren Räumen ertönte lustvolles Stöhnen. Auf wackeligen Beinen ging Isabella an der Bar vorbei. Nur in einer der Nischen flackerte schwaches Kerzenlicht.

Das Bild, was sich ihr bot, jagte Hitze in ihren überreizten Körper. Ann lag gefesselt auf einer Bank. John stand zwischen ihren Beinen und versenkte seinen Schwanz in ihr. Sein Oberkörper war mit geröteten Striemen übersät. Er lächelte, als er Isabella sah, während Anns Stöhnen ungehaltener wurde. Von Simon war nichts zu sehen. Isabella schluckte trocken und konnte ihren Blick nicht von der Szene vor ihr abwenden. Ann folgte Johns Blick und lächelte ebenfalls. „Komm zu mir. Ich brauche noch jemanden, der meine Brüste bearbeitet." Ihre Stimme kam gepresst und im Rhythmus von Johns Stößen. Isabella war nicht in der Lage, sich zu bewegen.

„Oh, wir haben Besuch bekommen. Deine Frau ist eingetroffen."

Isabella wirbelte herum und stand direkt vor Master Simon. Er telefonierte. „Ja, das werde ich. Du weißt, dass du dich auf mich verlassen kannst."

Isabella streckte die Hand aus. „Kann ich kurz …?"

Master Simons Augen funkelten undurchdringlich, als er das Handy vom Ohr nahm und das Telefonat beendete. „Du bist hoffentlich zum Spielen hier?", fragte er kalt.

Isabella stockte der Atem, und sie starrte gebannt auf das Handy. Sie fühlte sich verraten und verkauft. Was hatte Lucian gesagt? Was dachte er? Dass sie hier einfach auftauchte, ohne ihn? Sie straffte ihre Schultern und holte zitternd Luft. „Da du dich weigerst, mit mir zu telefonieren …"

Simon hob beschwörend die Hand. „Kein Wort mehr, sonst muss ich dir einen Knebel verpassen."

Isabella klappte den Mund zu. Ihre Angst vor Master Simon hielt nur ein paar Sekunden, dann gewann ihre Wut wieder die Oberhand. „Ich bin nicht zum Spielen hier", herrschte sie in an und legte ihre ganze Wut in ihre Stimme. „Du bist der unprofessionellste Künstler, mit dem ich je arbeiten musste. Wenn du nur einen Hauch der Disziplin von Master Simon in die Realität mitnehmen würdest …"

Weiter kam sie nicht. Master Simon ergriff sie, wirbelte sie herum und legte von hinten eine Hand auf ihren Mund. Seine Stimme an ihrem Ohr war leise und drohend. „Ich habe dich gewarnt. Im Club bin ich privat, das solltest du inzwischen wissen." In Windeseile hatte er einen Knebel gefunden und presste ihn zwischen Isabellas Zähne. Sie schrie auf, wehrte sich, hatte aber Simons Stärke nichts entgegenzusetzen. Als er den Knebel verschlossen hatte, drehte er sie zu sich herum und hielt sie an den Schultern fest.

Hinter ihr erklangen lustvolle Schreie. Isabella hörte John aufstöhnen, als er sich in Ann entlud, und diese schrie ihre Lust in die Nacht. Das lenkte Isabella von ihrer eigenen Situation ab, doch Master Simon legte seine

Hände an ihr Gesicht und zwang sie, ihn anzusehen. „Du hättest mit Ann und John spielen können. Jetzt werde ich dir eine Lektion in Gehorsam erteilen.“

Isabella schüttelte angsterfüllt den Kopf und versuchte, einen Schritt nach hinten zu machen. Simons Hände waren wie Schraubstöcke, und sein Blick brannte sich in den ihren. Tränen liefen ihr über die Wangen. Isabella konnte nicht unterscheiden, ob das für Simon Ernst war oder ein Spiel. Durch den Knebel bekam sie nur mühsam Luft. Ihr ganzer Leib zitterte und bebte vor Angst. Ihre Nasenschleimhäute schwollen durch die Tränen an, und sie hatte das Gefühl zu ersticken. Panik jagte durch ihre Venen.

Da wurde sie sanft an den Armen gestreichelt. Es war John, der hinter sie getreten war, und versuchte, Isabella zu beruhigen. „Atme gleichmäßig.“ John warf Simon einen missbilligenden Blick zu, aber das konnte Isabella nicht sehen. „Er tut nichts, was du nicht willst, Isabella.“ Seine Stimme drang nur langsam in ihr Bewusstsein. Sie war wie gebannt durch Master Simons herrischen Blick, und sie war sich bewusst, dass sie ihn wirklich wütend gemacht hatte.

Der normale Simon lächelte sie kurz an. „Alles okay bei dir?“

Isabella nickte zaghaft, doch sie wollte den Knebel loswerden. Sie schielte auf den Gummiball und sah dann Master Simon flehend an.

„Wirst du still sein?“, fragte er drohend.

Isabella nickte hastig.

„Du wirst nicht von den Bildern reden, die ich dir morgen früh bringe?“

Erleichtert seufzend, nickte sie erneut.

Master Simon gab John ein Zeichen, und der löste den Verschluss an ihrem Hinterkopf. Isabella rang keuchend nach Atem. Der Master stand dicht vor ihr, und in ihrem Rücken spürte sie Johns Wärme. Sie holte drei, vier Mal tief Luft und versuchte, ihren Herzschlag zu beruhigen. Sie spürte Johns Hände, die unter ihren Blazer fuhren und die nackte Haut an ihrem Rücken berührten. Master Simon öffnete die Knöpfe der Jacke, streifte sie über Isabellas Schultern und ließ sie zu Boden gleiten. Der hauchzarte, schwarze Spitzen BH verdeckte nur unzureichend ihre aufgerichteten Nippel. Johns schlanke Finger öffneten den BH, und im nächsten Augenblick stand sie mit freiem Oberkörper zwischen den Männern. Isabella schwirrte der Kopf. Es war kein Lucian da, der sie auffangen würde. Sie musste den Männern vertrauen oder das Codewort sagen und darauf vertrauen, dass sie es akzeptieren würden. Ihr Herz raste in einer Mischung aus Angst und Verlangen und Zweifeln. Was würde Lucian von ihr denken, wenn er das wüsste? Würde er sie für ihre Lust verachten?

„Was hat Lucian am Telefon gesagt?“, fragte sie.

Simon grinste und trat einen Schritt zurück. Kleine, kühle Hände berührten zart ihre Brüste. Anns Lippen schlossen sich genüsslich um eine ihrer Brustwarzen und saugten sanft daran. Isabella seufzte auf, und ihre Gedanken wurden träge. Ann drückte Isabella mit einer Hand nach hinten. Widerstand machte sich in ihr breit, dann fühlte sie Johns starke Brust in ihrem Rücken. Er hielt sie, sie konnte nicht fallen. Seine Lippen waren dicht an ihrem Ohr. „Schließ die Augen. Vertrau uns. Wir werden dir nichts als Wonne bereiten." Johns Stimme war so weich, so sanft und eindringlich, dass Isabella sich von ihm einlullen ließ. Sie schloss die Augen und gab jeden Widerstand auf.

Isabella spürte, wie sie hochgehoben und von sechs Händen und Armen getragen wurde. Sie öffnete die Augen nicht, auch nicht, als sie die Kühle des Eingangs spürte und wie sie über die Treppe nach oben getragen wurde. Die sechs Arme legten sie behutsam auf ein Bett und zogen ihre Rock und Slip aus. Nun lag sie nur noch in halterlosen Strümpfen und Pumps auf einem großen Himmelbett. Langsam öffnete sie die Augen und sah die drei Personen um das Bett herum stehen und sie betrachten.

„Wen von uns willst du?" Es war Ann, die diese Frage stellte. Isabella wurde plötzlich bewusst, dass alle drei eine dominante Ausstrahlung hatten und dass alle drei begehrlich auf sie herabschauten. Gier und Verlangen loderten in ihrem Inneren, und die heißen Blicke auf ihrer Haut brannten wie zartes Streicheln.

John beugte sich zu ihr und leckte mit der Zunge über ihre Brust. Isabella bäumte sich ihm entgegen. „Wen willst du?", hauchte er dieselbe Frage auf ihre Haut. Noch bevor Isabella antworten konnte, beugte sich Ann über ihre andere Brust und Simon leckte über ihren nackten Venushügel. Isabella stöhnte. „Oh Gott, steh mir bei, ich will euch alle."

Die beiden Männer knurrten tief in ihren Kehlen und zauberten dadurch ein Vibrieren auf Isabellas Haut. Ann lächelte sie an, als ihre Lippen Isabellas Mund näherkamen. „Das hatten wir gehofft", hauchte sie, und dann trafen sich ihre Münder zu einem gierigen Kuss.

Anns Kuss war anders, zarter, weicher, und doch nicht weniger gierig als der Kuss eines Mannes. Während Isabella Anns Lippen schmeckte, liebkoste John ihre Brüste, leckte an ihren Brustwarzen und saugte kraftvoll an ihren Nippeln. Isabella stöhnte in Anns Mund und presste ihren Busen an Johns Lippen. Eine langsame Berührung an ihrer feuchten Spalte, ließ sie nach Luft schnappen. Sanft streichelnd, glitt Simons Zeigefinger in ihre heiße Grotte. Als er einen zweiten Finger in sie presste, fühlte es sich fast wie ein Schwanz an. Simons große Finger bewegten sich gekonnt in ihr, fanden schnell den G-Punkt und massierten ihn kreisend. Isabella schrie auf, als eine Welle ihren Körper zum Erzittern brachte.

Simon zog sich aus ihr zurück und streichelte die Innenseiten ihrer Schenkel. So viel sinnliche Zärtlichkeit hatte sie nicht von ihm erwartet, und es reichte ihr auch nicht. Sie wollte es nicht sanft, nicht zärtlich. Vorwurfsvoll öffnete sie die Augen und suchte seinen Blick.

Er lächelte spöttisch. „Du bist viel zu gierig. Jetzt bist du in unseren Händen, und wir bestimmen, wann du kommst." Resigniert ließ Isabella den Kopf auf die Matratze fallen. Sie spürte, wie Simon ihre Beine anhob, ihr die Pumps auszog und dabei zart über die Seide ihrer Strümpfe streichelte. Anns sanfter Mund zog eine feuchte Spur über ihren Bauch, hinab zu ihrem Geschlecht. Isabella spreizte ihre Beine weiter, um Ann besseren Zugang zu gewähren. Mit sanften, kreisenden Bewegungen umspielte Anns Zunge Isabellas Perle. Oh Gott, das war so wundervoll. Sie spürte, wie sich die kleinen Zähne um ihre Perle schlossen. Im selben Augenblick senkten sich die Münder der beiden Männer auf ihre Brüste und bissen in ihre Nippel. Isabella schrie auf, doch dann war der Reiz unvermittelt weg. Sanfte Hände strichen über ihren Bauch, über ihre Schenkel und ihren Hals. Isabella wollte schreien, um sich schlagen, flehen, doch das Einzige, was sie tun konnte, war keuchend Luft in ihre Lungen saugen.

Vor ihrem Gesicht tauchte ein prall aufgerichteter Schwanz auf. Isabella sah direkt in Johns Augen, als sie ihn in ihrem Mund aufnahm. Er stöhnte genüsslich, versenkte eine Hand in ihrem Haar und hob ihren Kopf an, um tiefer in ihren Mund eindringen zu können. Isabella keuchte, als er in ihre Kehle stieß. John zog sich zurück und drang erneut vor, diesmal nicht so tief. Gleichzeitig kniete sich Simon zwischen ihre gespreizten Beine, glitt mit den Händen unter ihren Po und hob sie an. Anns Zunge spielte unaufhörlich mit ihrer Perle. Ein Drängen an ihrer Pforte ließ Isabella um Luft ringen, als Simon in sie eindrang. Sie war mehr als bereit für ihn, triefte vor Feuchtigkeit, und doch war die Größe seines Schwanzes enorm. John zog sich aus ihrem Mund zurück, damit sie Luft bekam. Isabella hob den Kopf, sah Ann, die immer noch an ihr leckte, und Simon, der seinen Schwanz an der Wurzel umfasste.

Ganz langsam arbeitete er sich vor, ließ ihr Zeit, sich an ihn zu gewöhnen. Isabella wusste nicht, ob er bereits ganz in ihr war, als er aufhörte, in sie zu drängen. Sie keuchte und ließ sich wieder auf die Matratze gleiten. John war vor ihren Lippen, und Isabella umspielte seine Eichel mit der Zunge. Gierig saugte sie an seiner Krone, als Anns Zunge erneut leichte Zuckungen in ihrem Inneren zum Leben erweckte. Ein tiefer Stoß von Simon raubte ihr den Atem. Augenblicklich zog er sich zurück, nur um erneut in sie einzudringen. Ann massierte mit den Fingern ihre Klitoris, küsste dabei Simon, der gierig Isabellas Feuchtigkeit von Anns Lippen leckte. Dieser Anblick raubte ihr die Sinne. Sie krallte die Finger in das Laken unter ihr, presste ihr Becken gegen Simons Stöße und explodierte. Ihr Schrei erfüllte den Raum. Anns Finger jagten Blitze durch ihren Körper, während Simon unaufhaltsam in sie pumpte.

Um Atem ringend und keuchend, wand sie sich unter seinen Stößen, als die letzten Wellen des Orgasmus ihren Körper zum Erzittern brachten. Simon zog zurück, und sein Schwanz war groß und prall, als er aus ihr glitt. Er hatte sich nicht in sie ergossen, und trotz aller Lust und Gier, die über Isabella hinwegschwappten, empfand sie das als beruhigend.

Simon ergriff ihre Hand und zog sie in die Arme. Es fühlte sich falsch an. Das Ficken war anders, aber die das Streicheln nach einer Session war fehl am Platz. Isabella versteifte sich in seinen Armen, doch Master Simon wollte keine Intimität. Er wollte lediglich John die Möglichkeit geben, sich unter Isabella zu legen. Dann drehte Simon sie um und ließ sie auf Johns Brust sinken. Er empfing sie mit offenen Armen und einem aufgerichteten Schwanz, der von Ann massiert wurde. Isabella spreizte die Beine, setzte sich über ihn und nahm ihn in sich auf.

*Mein Gott, was tust du? Lucian ist tausende Meilen weit weg und du fickst dich hier um den Verstand.* Doch Isabellas Gewissen verschwand in dem Maße, wie John in sie eindrang. Mit langsamen, kreisenden Bewegungen begann sie, sich auf ihm zu bewegen. Hinter ihrem Rücken presste sich Simon an sie, und Ann küsste ihn. Johns Hände griffen nach ihren Brüsten, und Isabella beugte sich nach vorn, damit er ihre Nippel in den Mund saugte. Dann entzog sie sich ihm und leckte über die roten Striemen auf seiner Brust. Ein leicht metallischer Geschmack prickelte auf ihrer Zunge, und John sog zischend Luft ein. Gier schnürte ihr die Kehle zu, und sie saugte an den wulstigen Peitschenmalen, beugte sich noch tiefer zu seiner Brust. In diesem Moment wurde ihr klar, dass die Bewegung ein Fehler war. Als Isabella ihren Hintern anhob, um sich John entgegenzurecken, verspürte sie einen leichten Druck an ihrem Rektum. Ruckartig richtete sie sich auf.

Mit einem lauten Krachen flog die Zimmertür gegen die Wand, und aus dem Mund des Mannes, der den Raum betrat, und aus Isabellas Mund erklang zur gleichen Zeit das Wort: „Stopp!“

Isabella brach in Panik aus. Ihr schlechtes Gewissen brach über sie herein. Sie wollte sich befreien, wollte weg von John, der unaufhaltsam in sie pumpte, weg von Master Simon, der sich an ihren Rücken presste, doch sie alle hielten sie fest.

Drohend kam Lucian auf sie zu, stellte sich breitbeinig und mit vor der Brust verschränkten Armen neben das Bett. Er starrte die drei eisig an, und dann erfasste er Isabellas Blick. Mit den Händen stützte sie sich auf Johns Brust ab. Er steckte immer noch in ihr. Die ganze Szene musste wie eingefroren wirken. Isabella konnte Lucians Blick nicht standhalten und senkte die Lider. Seine Stimme dröhnte in ihrem Kopf und erfüllte den ganzen Raum.

„Runter von ihm!“

In unendlicher Ruhe stand Simon hinter ihr auf und stellte sich neben das Bett. Isabella war nicht in der Lage, sich zu bewegen, noch konnte sie Lucian in die Augen sehen. Deshalb bemerkte sie auch nicht, wie er sich seiner Kleider entledigte und Simon ein wissendes Lächeln sandte.

Alle, außer Isabella, wussten, dass es ein Spiel war. Lucian hatte am Telefon sein Einverständnis gegeben. Nur Simon hatte gewusst, dass er bereits in New York gelandet war und sich sofort auf den Weg gemacht hatte. Lucian hatte gehofft, Isabella in einer kompromittierenden Lage vorzufinden und in eine Session einsteigen zu können.

Isabella glitt zitternd von John herab und war entsetzt, als sein immer noch aufgerichteter Schwanz aus ihr herausschnipste. Wie konnte er, in Anbetracht der Situation, immer noch erregt sein? Sie stieg auf der anderen Seite, weit weg von Lucian, aus dem Bett und suchte ihre Sachen.

„Wo willst du hin?“, dröhnte seine Stimme erneut.

Tränen brannten in ihren Augen, die Worte kamen ihr nur schwer über die Lippen. „Ich … sollte besser … gehen.“

Lucian lag splitterfasernackt auf dem Bett und umfasste seinen steifen Schwanz. „Du willst mir die Lust versagen, die du dir selbst genommen hast?“

„Ich bin nicht hierher …“ Isabella brauchte eine Weile, bis die Worte ihren Verstand erreichten. Sie bückte sich nach ihrem Rock, als sie innehielt. Irritiert sah sie auf das Bett und starrte in das lächelnde Gesicht von Lucian.

„Wie lange willst du mich noch warten lassen?“, sagte er sanft und lüstern.

Isabella richtete sich auf, sah von einem grinsenden Gesicht zum anderen und verstand nur langsam, dass sie mitten in einer Session war. „Macht, dass ihr rauskommt.“

„Das ist nicht fair“, brummte John. Simon lachte, und Ann sagte gespielt aufgebracht: „Ist ja toll. Wir durften sie anheizen, und er erntet die Früchte.“ Schallendes Gelächter erklang, als die Tür hinter ihnen ins Schloss fiel.

Isabella ließ den Rock fallen, zog ihren Slip wieder aus, und setzte sich auf Lucians Becken. „Du bist ein Schuft. Kannst du dir vorstellen, was ich für Angst hatte, als du aufgetaucht bist?“

„Hattest du ein schlechtes Gewissen?“ Sein boshaftes Grinsen ließ ihr Herz höherschlagen.

„Natürlich hatte ich ein schlechtes Gewissen, und ich wollte nicht spielen, als ich hergekommen bin, aber der Club macht mich verrückt. Sobald ich diese Räume betrete, kann ich an nichts anderes denken.“

Lucian öffnete einladend seine Arme. Isabella schmiegte sich wohlig schnurrend an seine Brust. „Meine Lust ist leider etwas abgeflaut. Um es mit Anns Worten zu sagen, du musst mich aufheizen.“

„Haben die drei ihre Sachen nicht gut gemacht? Ich dachte, sie verkürzen dir die Wartezeit ein wenig.“

„Aber ich dachte, du kommst erst morgen.“

Lucian küsste Isabellas Hals, als er flüsterte: „Ich hoffe, ich komme heute und morgen, mein Schatz.“ Isabella lachte und begann genüsslich, ihre Feuchtigkeit auf seinem Schwanz zu verteilen. „Mal sehen, was wir da machen können.“

Lucian schlang sie fest in seine Arme und rollte sich mit ihr herum, sodass sie unter ihm lag. Seine Lippen brannten heiß auf ihrer Haut. Er glitt zwischen ihre Beine und brachte sie in wenigen Augenblicken mit seiner Zunge zum Schreien. Dann bedeckte er ihren Bauch mit Küssen. Gierig versenkte er seinen Schaft mit einem tiefen Stoß bis zur Wurzel. Isabella keuchte genüsslich. Lucian zog sie zu sich herauf, umfing ihre Hüften und presste sich in sie. Ihre Nägel krallten sich in seinen Schultern fest. Sie verschlang seinen Mund mit ihrem und überließ sich seinen Stößen. Kniend presste er sich in sie, stieß immer heftiger und wilder zu. „Oh Gott, Lucian, ja, ja.“ Sie ritten gemeinsam auf der Welle ihrer Ekstase. Ineinander verschlungen, sank Isabella auf den Rücken, während Lucian in sie stieß. Er pumpte seinen Samen und seine Geilheit in ihren Körper und in ihre Seele. Sie waren eins.

Stunden später, als sie völlig ermattet, in Schweiß gebadet, in den feuchten Laken zur Ruhe kamen, flüsterte Lucian an ihrem Ohr: „Welches Tabu wollte Simon brechen, als ich zur Tür reinkam?“

„Simon wollte anal in mich eindringen.“

„Und das wolltest du nicht?“

Isabella sah Lucian entrüstet an. „Erstens möchte ich neue Erfahrungen lieber mit dir teilen. Ich hatte ein schlechtes Gewissen, dass das alles ohne dich passiert ist. Ich wollte lediglich mit Simon reden. Der Mistkerl hatte sich nicht gemeldet, und morgen sollen doch die …“

Lucian verschloss ihr den Mund mit einem Kuss. „Nichts als Arbeit im Kopf, die Frau. Und was war der zweite Grund?“

„Hast du schon mal Simons Schwanz gesehen? Der ist riesig. Ich lass mir doch nicht freiwillig von ihm wehtun.“

Lucian lachte und Isabella boxte ihm erbost auf die Brust. „Das wirst du bereuen.“ Isabella wollte sich auf ihn setzen, doch Lucian war schneller. Er hielt ihre Hände über ihrem Kopf gefangen und presste sie mit seinem Becken nach unten in die Matratze.

„Ich sollte mir eine angemessene Strafe für dich ausdenken. Dass du nicht vier Tage ohne Sex auskommst, das ist für eine Sub absolut unwürdig.“ Lucian hob etwas den Oberkörper und rief: „Simon! Simon, hier ist eine ungehörige Sub, die mit deinem Schwanz bestraft werden muss.“ Isabella quietschte unter ihm. „Oh nein, Lucian, bitte. Ich tu alles, was du willst, aber das nicht, bitte.“

„Alles, was ich will?“ Sein Lächeln war raubtierhaft und selbst für Isabella Angst einflößend. Lucian spreizte ihre Schenkel, rieb seinen steifen Schwanz an ihren Venushügel. Überrascht sah Isabella zwischen sie. Das konnte nicht sein. In den letzten Stunden war Lucian drei Mal gekommen. Isabellas ganzer Körper schmerzte, und doch begann ein angenehmes und vertrautes Pulsieren in ihrer Spalte von Neuem zu erwachen.

## 22

Als sie ihr Liebesnest im ersten Stock des Clubs verließen, war bereits alles dunkel.

„Kommst du heute Nacht mit zu mir? Ich muss früh in die Galerie, und da du erst morgen kommen wolltest, wartet sicher niemand auf dich.“ Lucian legte einen Arm um ihre Taille. „Du musst mich nicht überzeugen. Ich hatte nicht vor, nach Hause zu fahren.“

Isabella küsste ihn und sah im verträumt in die Augen. „Ich liebe dich, Lucian Green.“ „Ich dich auch, du kleiner Nimmersatt.“

„Wie geht es Claremont?“

„Besser als erwartet. Er kommt auf die Beine. Wir sind für den Sommer eingeladen. Er will dich kennenlernen.“

„Paris! Kunstgalerien, Rotwein, heiße Männer und Pralinen.“

Sie stiegen in die Wagen ein.

Isabella lächelte selig, als sie Jesses Auto vor der Galerie parkte. Lucian stieg aus und breitete die Arme aus. Isabella flog ihm entgegen, und fest umschlungen betraten sie die Lobby.

Augenblicklich begann Isabellas Herz, wild zu schlagen, als Steve aus dem Büro trat und sie aus traurigen Augen ansah. Nein! Nein, das durfte nicht sein. Steve hatte um diese Uhrzeit hier nichts zu suchen. Das war Clarences Schicht. Isabella zitterte in Lucians Armen. Dicke Tränen rollten über ihre Wangen. „Wo ist er?“

„Im St. Francis Hospital. Er hatte einen Herzinfarkt. Es sieht nicht gut aus, Ms. Steen.“

Isabella gaben die Beine nach, und es war nur Lucian zu verdanken, dass sie nicht zu Boden sank.

„Komm, Schatz, ich fahr dich.“ Isabella konnte nur nicken.

Wie durch Nebelschwaden nahm sie die Fahrt ins Krankenhaus wahr. Sie merkte nicht, wie Lucian ihr aus dem Wagen half und sie das Krankenhaus betraten. Der unangenehme Geruch war das Einzige, was sie wahrnahm. Eine Krankenschwester kam auf sie zu. Isabella wich zurück.

„Was ist mit ihr? Ist sie verletzt?“, fragte die Krankenschwester besorgt.

„Wir wollen zu Clarence … Verdammt, ich kenne seinen Nachnamen nicht.“

Durch Tränenschleier hindurch sah Isabella Lucian an. „Cleary. Er heißt Clarence Cleary.“ Mit einem flehenden Blick wandte sich Isabella an die Krankenschwester. „Kann ich zu ihm?“

„Setzen Sie sich erst einmal ….“

„Ich will mich nicht setzen. Ich will zu Clarence." Isabella wusste nicht, wie lange sie sich auf den Beinen halten konnte. Das war alles zu viel, die Ausstellung, Simons unkooperatives Verhalten und jetzt auch noch Clarence. Ihr wurde schwindlig. *Wann habe ich das letzte Mal gegessen? Ich muss mehr essen. Ich achte nicht gut auf mich. Das würde Granny nicht gefallen. Sie wird wütend sein.*

Isabella sank erschöpft auf einen Stuhl. Die Krankenschwester tippte eine Nummer in einen Pager, holte ein Glas Wasser und reichte es Lucian. Er hielt Isabella das Glas an die Lippen, und sie trank in kleinen Schlucken. Währenddessen sprach die Krankenschwester leise zu ihm. „Der Arzt kommt gleich. Ich glaube, Ihre Frau steht unter Schock." Und ganz leise, sodass Isabella es nicht mitbekam, setzte sie noch hinzu: „Mr. Cleary ist vor einer Stunde verstorben."

Lucian kannte den liebenswerten alten Mann erst seit ein paar Wochen, aber er hatte ihn ins Herz geschlossen. Für Isabella würde eine Welt zusammenbrechen. Sie sah blass aus, fühlte sich kühl und zittrig an. Lucian wünschte inständig, der Arzt möge endlich da sein. Fest presste er Isabella an sich. Sie sah zu ihm auf, bittend, flehend.

Die Träne, die über Lucians Wange rollte, sagte ihr alles. Wie gebannt starrte Isabella dem kleinen Tropfen hinterher. Er glitt die Falte an Lucians Mund herab, blieb am Kinn für einen Augenblick hängen, tropfte auf sein Schlüsselbein und bahnte sich seinen Weg in Lucians Hemd. Isabella verlor ihn aus den Augen und konnte sich nicht mehr erinnern, weshalb sie hier saß. Sie starrte in die traurigen Augen und wunderte sich über ihren trockenen Hals und die Tatsache, dass sie kaum Luft bekam.

Feste Hände griffen nach ihr, und Lucian stand mit ihr zusammen auf. Durch dumpfes Rauschen in ihrem Kopf hörte sie Stimmen, aber sie verstand die Worte nicht. Sie wurde durch einen Gang geführt, in ein ihr unbekanntes Zimmer. Man setzte sie auf einen Stuhl. Nein, kein Stuhl, es war eine Liege. Man legte sie auf den Rücken, und über allem schwebte Lucians Gesicht. *Er ist bei mir. Mir wird nichts geschehen.*

Isabella spürte ein kurzes Stechen im Arm, und dann war es ihr nicht mehr möglich, die Augen offenzuhalten. Sie blinzelte, wollte Lucian nicht aus den Augen verlieren, doch die Müdigkeit wurde zu groß, und Isabella sank in vergessende Schwärze.

Als sie erwachte, konnte sie ihren Arm nicht fühlen. Ihre Lider waren so schwer, dass sie all ihre Kraft aufbringen musste, um sie zu öffnen. Isabella kannte den Raum nicht, in dem sie lag, und auch das Bett war ihr fremd. Sie versuchte, den Kopf zu heben, doch sie sah nur schwarzes langes Haar.

Lucians Kopf lag auf ihrem Arm, eine Hand in seinem Schoß, und die andere hielt die ihre. Als sie ihren Kopf ins Kissen sinken ließ, wachte er auf. Seine Augen waren voller Traurigkeit.

„Wie geht es dir, mein Schatz?"

Ihre Stimme war ein Flüstern, sie erkannte sich selbst nicht darin. „Ich fühle mich schwach. Was ist passiert?"

„Du hattest einen Kreislaufzusammenbruch."

Isabella erkannte den Raum als das, was er war, ein Krankenhauszimmer. Sie wollte sich aufrichten, ihr wurde schwindlig. Lucian legte ein Kissen in ihren Rücken, sodass sie sitzen konnte. In ihrer Hand steckte eine Infusionsnadel. Isabella folgte dem Schlauch und entdeckte einen kleinen Beutel mit durchsichtiger Flüssigkeit an einem Ständer. Minutenlang sah sie den kleinen Tropfen zu, wie sie aus dem Beutel in einen Dosierer tropften und dann ihren Weg durch den Schlauch in ihren Arm fanden. „Hat mich voll erwischt, was?" Der Spruch kam nicht einmal bei ihr an. Sie empfand so wenig Fröhlichkeit, wie Lucians Augen sie widerspiegelten.

Und dann kam die Erinnerung. Sie sah Simon vor sich, der ihr einen Knebel in den Mund steckte und sie mit wütend lodernden Augen ansah. Sie spürte, wie sich ihr Herz zusammenkrampfte, als sie den Verlust erneut spürte. Die Angst in ihr, Lucian verloren zu haben, und die Gewissheit, dass sie Clarence tatsächlich verloren hatte. Die letzte Verbindung zu ihrer Großmutter war zerrissen. Lucian beugte sich über sie, küsste ihre Tränen fort. „Nicht weinen, mein Schatz. Er ist friedlich eingeschlafen. Er hatte keine Schmerzen."

„Er war allein. Während ich mir die Seele aus dem Leib gevögelt habe, war er allein."

Lucian schlang sie in seine Arme, hielt sie fest und ertrug ihr Schluchzen und Beben. Etwas anderes konnte er nicht für sie tun.

Isabella brauchte eine halbe Stunde, bevor ihre Tränen versiegten. Sie schmiegte sich an Lucians Brust und war unendlich dankbar, dass er bei ihr war.

„Wie spät ist es?"

Die Frage machte Lucian wütend. Er wusste, dass sie in Gedanken in der Galerie war. Er packte sie an den Schultern. „Hör mir gut zu, mein Mädchen. Wenn du nicht anfängst, dich um dich selbst zu kümmern, werden wir beide richtig Ärger miteinander bekommen. Der Arzt hat mir diese Nacht gesagt, dass du fast dehydriert warst, und außerdem hast du zu wenig Gewicht. Du isst zu wenig und du trinkst nicht genug, und der Stress, den du dir in den letzten Wochen mit der Ausstellung gemacht hast, ist zu viel."

So hatte seit langem niemand mit Isabella gesprochen. Seit dem Tod ihrer

Großmutter nicht. Um Isabellas Mundwinkel zuckte es. Es gelang ihr nur wenige Sekunden, sich zu beherrschen, dann brach es aus ihr heraus. Sie lachte, lachte so laut und so lange, dass ihr die Tränen kamen. „Mein Mädchen. Du nennst mich wahrhaftig mein Mädchen."

„Isabella, ich meine es ernst. Du musst dich schonen. Wann hast du das letzte Mal gegessen?"

Isabella hielt Lucian den Infusionsschlauch vor die Nase. „Na jetzt gerade."

Lucian starrte sie mit offenem Mund an. Diese Frau raubte ihm noch den letzten Rest Selbstbeherrschung. „Wenn du nicht augenblicklich aufhörst zu lachen, lege ich dich übers Knie."

Isabella prustete wieder los. „Ich weiß nicht, ob ich schon wieder bereit bin …"

Lucian stand so heftig auf, dass sein Stuhl nach hinten kippte. „Ich hole den Arzt, vielleicht bringt der dich zur Vernunft."

Mit festem Schritt verließ er das Zimmer und knallte hinter sich die Tür zu. Auf dem Flur lehnte er sich gegen die Wand und holte tief Luft. Als er aufblickte, stand ein groß gewachsener Mann in weißem Kittel vor ihm. „Alles in Ordnung bei Ihnen?"

„Bei mir schon." Lucian sah auf das Schild am Kittel des Mannes. Thomas Barkley, MD. Er deutete mit dem Kopf zu Isabellas Zimmer. „Diese Frau da drinnen bringt mich um den Verstand. Gestern hatte sie einen Zusammenbruch und jetzt will sie unbedingt in diese verfluchte Galerie. Und dann lacht sie mich auch noch aus. Können Sie ihr nicht ein Schlafmittel geben, damit sie sich ausruht?"

„Das liegt an der Infusion. Stimmungsschwankungen sind nicht selten. Sie hatte einen Nervenzusammenbruch, und ihre körperliche Verfassung ist auch nicht die beste. Vor Morgen werden wir sie nicht entlassen."

Trotz der schlechten Nachricht über Isabellas Zustand, grinste Lucian sadistisch. „Da möchte ich dabei sein, wenn Sie ihr das sagen." Lucian öffnete dem Arzt die Tür und machte eine einladende Handbewegung. „Nach Ihnen, Doc."

Isabella saß strahlend in ihrem Bett und lachte die beiden Männer an.

„Guten Morgen, Ms. Steen. Mein Name ist Thomas Barkley, ich bin Ihr behandelnder Arzt. Wie geht es Ihnen?"

„Mir geht es fantastisch. Ich wäre Ihnen verbunden, wenn Sie das dem Herrn an ihrer Seite begreiflich machen. Und dann entfernen Sie bitte diese blöde Nadel aus meinem Arm. Ich muss in meine Galerie. In zehn Tagen habe ich eine Vernissage, und der Freund dieses Herrn hat mich hängenlassen. Deshalb bin ich unter Zeitdruck."

Isabella hob dem Arzt ihre Hand entgegen. Der drehte an dem kleinen Rädchen an der Infusion. „Ich glaube nicht, dass Sie uns heute verlassen werden. Ihre Blutwerte sehen nicht gut aus. Sie haben Eisen- und Vitaminmangel. Ihr Blutdruck ist zu niedrig, und Ihre Zuckerwerte sind im Keller. Den Nervenzusammenbruch brauche ich nicht erwähnen. Ihnen muss klar sein, dass Sie kürzertreten müssen. Nein, Ms. Steen, Sie gehen heute nirgendwo hin."

Hilflos sah Isabella zu Lucian. Der grinste sie triumphierend an. Der Arzt blieb ruhig und wartete auf eine Reaktion.

Die kam prompt. Isabella riss sich die Nadel aus dem Handrücken, schlug die Decke zur Seite und wollte aufstehen. Ihre Beine hielten ihr Gewicht nicht, sie sackte zusammen und hielt sich gerade noch am Bett fest. Entsetzt sah sie zu dem Arzt, der unbewegt auf der anderen Seite des Bettes stand. Lucian stürzte schockiert zu ihr und half ihr wieder ins Bett.

„Haben wir uns jetzt beruhigt, Ms. Steen?", fragte der Arzt seelenruhig.

Wütend funkelte sie ihn an. Ihre Hand suchte fahrig nach Lucian und schloss sich zitternd um seinen Unterarm. „Bringst du mir ein Telefon?", fragte Isabella mit flehendem Blick.

„Glaubst du wirklich, ich hätte nicht alles schon geregelt? Jesse weiß Bescheid. Er nimmt die Bilder in Empfang und kommt dann her. Ich habe ihm gesagt, dass du in zwei Tagen wieder da bist, und er sieht keine Probleme. Die Installation macht sowieso Jesse. Du würdest ihm nur im Weg sein." Lucian setzte sich auf die Bettkante und küsste ihre Hand. „Wenn du dich ausruhst, darfst du in zwei Tagen wieder in deine geliebte Galerie."

Isabella schluckte trocken, hatte aber ein Einsehen. Was sollte sie auch anderes tun? Ihr Körper hatte ihr deutlich ihre Grenzen aufgezeigt.

„Wenn Sie sich geeinigt haben, würde ich gern die Nadel neu setzen."

Schuldbewusst sah sie den Arzt an. „Gestern Abend ist ein Mann hier im Krankenhaus verstorben, Clarence Cleary."

„Sie geben wohl niemals Ruhe?"

Isabella sog tief die Luft ein, als er die Nadel in ihren Unterarm bohrte. „Dieser Mann war mir sehr wichtig. Und ich möchte mich um eine angemessene Beerdigung kümmern."

Eine Woche später wurde Clarence Cleary neben ihrer Großmutter beerdigt. Dicke Regenwolken hingen am Himmel New Yorks und gaben Isabellas Stimmung wieder. Er war die letzte Verbindung zu ihrer Familie gewesen. Lautlose Tränen rollten ihr über die Wangen, als sie sich an Lucian festhielt und in das erdige Loch sah, in dem Cle seine letzte Ruhe fand.

Isabella hatte einen neuen Stein in Auftrag gegeben.

*Daphne Steen        Clarence Cleary*
*In Liebe verbunden*
*über den Tod hinaus.*

Sie war überrascht, wie viele Menschen zur Beerdigung erschienen. Die Verbindung zwischen Clarence und ihrer Großmutter war nicht so geheim, wie die beiden gedacht hatten. Viele Freunde ihrer Großmutter freuten sich über Isabellas Geste, die Liebenden nach ihrem Tod wieder zu vereinen.

Lucian stand an ihrer Seite und gab ihr die Kraft, diesen letzten Abschied zu überstehen.

Isabella hatte sich körperlich erholt, achtete auf ihre Ernährung und Jesse war ständig mit einer Wasserflasche hinter ihr her. Was ihr schwerfiel, war das abendliche Betreten ihres Hauses. Die Lobby war ohne Clarence nicht dieselbe. Manchmal stand sie minutenlang in der Eingangshalle und wartete darauf, dass er sie in Empfang nahm, ihr ein Lächeln schenkte und sie willkommen hieß. Isabella vermisste Clarence schmerzlich.

## 23

„Verdammt, Isabella! Was ist mit dir los?“ Jesse funkelte sie wütend an.

Isabella hatte den Telefonhörer auf den Apparat geworfen und fluchte vor sich hin. „Na, ist doch wahr. Seit zwei Wochen soll der Kerl die Aufbauten abholen. Ich bezahle ja den Ausfall, aber ich will das Zeug endlich loshaben.“

„Kallings kann nichts dafür, dass Simon keine zweite Ausstellung machen will. Du vergraulst unsere Geschäftspartner mit deiner miesen Laune.“

Alleine Simons Namen zu erwähnen, war im Moment kein guter Schachzug. „Ich könnte ihn in der Luft zerreißen. Alles ist super gelaufen. Wir haben das beste Weihnachtsgeschäft seit Bestehen der Galerie gehabt und dieser Spießer will nicht weitermachen.“

So wütend Isabella auch war, Jesse konnte ein Grinsen nicht unterdrücken.

„Was?“, fauchte sie. „Was gibt es da zu grinsen?“

„Simon als Spießer zu bezeichnen ist schon komisch, das musst du zugeben.“

Gegen ihren Willen musste nun auch Isabella schmunzeln, auch wenn ihr nicht nach Lachen zumute war. Nach dem grandiosen Erfolg der Vernissage vor zwei Wochen, hatte sich Simon vollkommen zurückgezogen. Er war nicht bereit, mit Isabella über eine weitere Ausstellung zu sprechen. Es hatte ihm auch nichts genützt, dass er sich geweigert hatte, an der Vernissage teilzunehmen. Die Journalisten hatten genau 24 Stunden gebraucht, um den geheimnisvollen Künstler ausfindig zu machen. Als einer der Schreiberlinge, natürlich Benni Duttly, die Dreistigkeit aufbrachte und über Simons schmiedeeisernes Tor kletterte, um exklusive Fotos vom Haus zu machen, war das Maß voll. Benni und Simon lieferten sich eine erstklassige Prügelei, und nur die Tatsache, dass es auf Simons Grundstück passierte und Benni damit Hausfriedensbruch begangen hatte, verhinderte eine Anzeige wegen Körperverletzung. Benni hatte zwei gebrochene Rippen, eine gebrochene Nase und brauchte eine neue Fotoausrüstung.

Nun war Simon nicht mehr dazu zu bewegen, auch nur ein einziges seiner Bilder herauszurücken. Isabella ging ein großartiges Geschäft durch die Lappen. Das allein war allerdings nicht die Ursache für ihre schlechte Laune. Master Simon hatte sich seit ihrem Streit nicht mehr im Club blicken lassen. Da alle wussten, dass das Isabellas Schuld war, hatte sie keine Freunde gewonnen. Ann war wortkarg und ging ihr aus dem Weg, und John hatte nicht einmal mehr ein Lächeln für sie.

Isabella vermisste Clarence mit jedem Tag, den sie das Haus ohne sein Willkommen betrat, mehr. Häufig übernachtete sie bei Lucian, obwohl sie das Autofahren hasste. Ihr Blick fiel auf den Weihnachtskranz auf Jesses Schreibtisch.

Es gab noch etwas, das schwerer wog, als der Ärger der vergangenen Wochen: Lucian. Lucian und Weihnachten. In einer Woche würde die ganze Welt auf Familie machen, und Isabella hatte keine Ahnung, wie Lucian dazu stand. Sie war nicht in Stimmung für Weihnachten. Nach allem, was in den letzten Wochen geschehen war, konnte sie nicht auf heile Welt machen. Allerdings traute sie sich nicht, mit Lucian darüber zu sprechen.

Jesse und Damian hatten vor einer Woche einen Baum gekauft. Damian war verrückt nach Weihnachten und hatte nicht einmal vor der Galerie Halt gemacht. Pünktlich zum 1. Advent brachte er einen Kranz und zündete eine Kerze an. Dabei hatte er die Frechheit besessen, Isabella zu erzählen, wie Lucian Weihnachten immer zu etwas Besonderem gemacht hatte. Am liebsten hätte sie ihm den dämlichen Kranz um die Ohren gehauen.

Es wäre besser, sie würde sich die nächsten zwei Wochen einschließen, bis der Quatsch vorbei war. „Ist ja schon gut. Ich rufe Kallings an und mache einen neuen Termin mit ihm aus."

„Vergiss nicht, dich zu entschuldigen."

Isabella machte eine säuerliche Miene und streckte Jesse die Zunge raus. Derartige Gespräche lagen ihr nicht, hieß das doch, dass sie einen Fehler zugeben musste.

„Die geplatzten Ausstellungen mit Simon sind nicht die Ursache für deine Laune? Habe ich recht?", fragte Jesse. Isabella spielte verlegen mit ihren Fingern. Ein untrügliches Zeichen, dass sie unsicher war.

„Weißt du, worauf ich Lust hätte? Ich würde am liebsten ins Reisebüro gehen und für Lucian und mich einen Flug in die Sonne buchen."

Isabella glaubte, einen Schatten über Jesses Gesicht gleiten zu sehen. „Vielleicht solltest du das erst mit ihm besprechen. Lucian liebt Weihnachten, und er will bestimmt mit dir in die Kirche und einen Gänsebraten essen und Weihnachtslieder hö…"

Isabella wurde grau im Gesicht. „Um Gottes willen. Ist das dein Ernst?"

„Rede einfach mit ihm. Ich mach mich dann mal auf den Weg. Bis Morgen."

Sie hatte das Gefühl, Jesse floh aus der Galerie. Das musste ein Witz gewesen sein. Lucian war doch kein Familienmensch? Er konnte unmöglich diesen Quatsch mitmachen.

Isabella war ganz schlecht.

Sie erledigte den Anruf bei Kallings. Ihre Kehle war wie zugeschnürt, als sie ihm kleinlaut Honig ums Maul schmierte, aber sie hatte sich wirklich unmöglich aufgeführt. Als sie auflegte, betrat Lucian die Galerie und war bester Laune. „Hallo, mein Schatz."

„Hallo." Isabella war immer noch flau im Magen.

Lucian kam zu ihr und nahm sie in den Arm. „Was ist los? Stress gehabt?"

„Ich habe mich mit Kallings gestritten und mich bei ihm entschuldigen müssen. Außerdem geht mir der Weihnachtsmist auf die Nerven." So, jetzt war es raus und Lucian war am Zug.

Er griff in seinen Mantel. „Na, wenn es weiter nichts ist." Er zog einen Briefumschlag aus der Manteltasche und reichte ihn ihr. „Dagegen habe ich schon was unternommen."

Mit zittrigen Händen öffnete sie den Umschlag. Zwei Flugtickets fielen ihr entgegen. „Die Seychellen? Du willst mit mir auf die Seychellen?" Isabella kreischte vor Glück.

„Nach dem Stress in den letzten Wochen dachte ich, du brauchst ein wenig Abwechslung. Und Jesse hat mir erzählt, dass du Weihnachten hasst. Mit ihm ist alles abgesprochen. Du hast keine Ausrede, von wegen, du kannst die Galerie nicht alleine lassen oder so."

Er hatte an alles gedacht. Grinsend hielt sie die Tickets in der Hand, doch dann blieb ihr der Mund offen stehen. „Das ist ja Morgen." Plötzlich wurde sie hektisch, wuselte über ihren Schreibtisch, sortierte Papiere und schrieb Notizen für Jesse. „So. Ich muss jetzt packen. Kommst du mit?" Sie fiel Lucian um den Hals. „Jesse, dieser Mistkerl. Er hat behauptet, du würdest mit mir in die Kirche wollen. Ich bin so erleichtert, das kannst du dir nicht vorstellen."

„Du solltest mich inzwischen besser kennen." Lucian war eher amüsiert als gekränkt.

„Ich war mir ja sicher, bis Damian mit diesem bescheuerten Kranz angekommen ist und von euren vergangenen Weihnachtsfesten erzählt hat. Und schließlich seid ihr Brüder, und ich wollte dir das Weihnachtsfest nicht verderben …"

Als sie den Fahrstuhl zu Isabellas Penthouse betraten, verschloss Lucian ihre Lippen mit einem Kuss. „Ich liebe dich, mein Engel."

„Ich liebe dich auch und zwar jeden Tag mehr."

Die kleine Insel im Indischen Ozean war wundervoll. Als Isabella und Lucian auf dem Pointe La Rue Flughafen gelandet waren, mussten sie ein kleines Wasserflugzeug besteigen, das sie auf die kleine Privatinsel brachte. Sie flogen dicht über der Wasseroberfläche, und der Ozean schimmerte in unzähligen Blau- und Grüntönen. Isabella sah gespannt aus dem Fenster, ignorierte das flaue Gefühl im Magen, das sie seit Besteigen des kleinen Flugzeuges hatte, und jauchzte glücklich auf, als sie die Insel sah, auf der sie die nächsten zwei Wochen verbringen würde.

Auf der Insel befand sich ein 200 qm großer Bungalow, etwa einhundert Meter vom Strand entfernt, umringt von Palmen und fantastisch blühenden Orchideen. Die Farben des Meeres waren so intensiv, dass es fast unnatürlich wirkte.

Lucian hatte es hinbekommen, dass das Personal jeden Abend die Insel verließ, sodass sie ganz alleine waren. Sie gingen stundenlang am Strand spazieren, schwammen im Meer, tauchten in die Riffs hinab, entspannten sich bei Ölmassagen oder lagen faul in der Sonne. Isabella genoss jede Minute mit Lucian und erholte sich schnell von den Strapazen der letzten Wochen.

Noch zwei Tage und sie mussten dieses Paradies schon wieder verlassen.

Jetzt lagen sie am Strand und sahen zu, wie eine glutrote Sonne im Meer versank. Die Welt wurde in ein Kaleidoskop von Farben getaucht. Es war atemberaubend schön.

Lucian beugte sich über sie, und sein Kuss war drängend und hart. Er hatte irgendetwas vor, das spürte Isabella, als sie zum Haus zurückgingen. Seit sie im Krankenhaus gewesen war, hatten sie nicht miteinander gespielt. Sicher, sie schliefen miteinander und es war schön und erfüllend, aber seine Härte und Dominanz fehlten ihr. Sie wollte wieder diesen Rausch, der die Welt vollkommen ausblendete, der sie eins werden ließ, mit sich selbst und mit ihm.

Der Weg zu ihrem Bungalow war von Fackeln erhellt und schlängelte sich zwischen den Palmen hindurch. Unvermittelt blieb Lucian stehen und hatte plötzlich ein Seil in der Hand. Isabella schlug sofort das Herz bis zum Hals. Er band das Seil um ihre Handgelenke und befestigte die Enden zwischen zwei Palmen, zerriss den dünnen Stoff ihres Kleides und verließ sie dann. Sie fühlte sich verwegen und verrucht. Auf dieser einsamen Insel, mitten im Nirgendwo, stand sie zwischen zwei Bäume gebunden und erwartete ihren Peiniger. Die Spannung und Erwartung pulsierte durch ihren ganzen Körper, sie war so aufgeregt, als wäre es ihr erstes Mal.

Isabella hörte das Rauschen der Wellen des Ozeans, und die Fackeln warfen ein diffuses Licht in die Nacht, ein lauer Wind umschmeichelte ihre Haut und ließ sie kribbeln. Plötzlich vernahm sie hinter sich ein Knacken. Erwartungsvoll drehte sie sich nach Lucian um, aber sie sah ihn nicht. Sie lauschte in die Nacht, hörte nur die Brandung. Da war es wieder, ein Rascheln im Gestrüpp zu ihrer Linken.

Isabella riss den Kopf herum und spähte in die Nacht. „Lucian? Lucian, das ist nicht lustig.“ Sie lauschte in die Dunkelheit, aber bis auf ein leises Rascheln hörte sie nichts. Wenn das ein Tier war? Sie hatten in den letzten zwei Wochen keine Tiere gesehen, aber das bedeutete nicht, dass keine da waren. In Isabella machte sich Angst breit. Da war wieder dieses Knacken. Panisch zerrte sie an den Fesseln, doch sie zogen sich nur stärker um ihre Handgelenke. Suchend warf sie den Kopf hin und her, doch sie konnte im Schein der Fackeln nichts erkennen.

Da trat Lucian zwischen den Palmen hervor. Vor Erleichterung keuchte Isabella. Das hatte dieser Schuft mit Absicht gemacht, und es hatte seine Wirkung nicht verfehlt. Adrenalin und Angst rasten durch ihre Adern. Lucian hatte eine Peitsche in der Hand und ließ die Schnüre durch seine Finger gleiten. Seine Augen sprühten Funken, und sein harter Blick erinnerte sie an Master Simon. Sie würde eine gute Sub sein, sich nicht widersetzen und alles ertragen. Lucian würde sie zu ungeahnten Wonnen treiben, und sie vertraute ihm, sie liebte ihn.

Ohne Vorwarnung holte er aus und schlug zu.

Isabella wappnete sich für einen beißenden Schmerz, aber das Leder der Peitsche war weich und so schmiegten sich die Riemen sanft um ihren Leib. Lucian bei dieser Züchtigung zu beobachten, war noch aufregender, als die Hitze in sich fahren zu spüren. Er musste kräftig ausholen, und bald bildete sich ein Schweißfilm auf seiner nackten Brust.

Isabellas Haut begann zu prickeln, ihr Atem beschleunigte sich, und dann kam der Schmerz. Er schonte sie nicht. Jeder Schlag wurde härter und trieb die Lust in ihren Körper. Isabella fiel in einen Rausch und versank in ihren Empfindungen. Sie hörte ihr eigenes Schreien und Lucians Keuchen und wollte mehr. Mehr von der Hitze auf ihrer Haut, mehr Schmerz, mehr Gefühl, mehr Lust, mehr von allem. Ihr liefen Tränen über die Wangen, und das Atmen fiel ihr schwer, und doch, sie bekam nicht genug. „Kennzeichne mich“, keuchte sie. „Ich will ein Mal von dir. Mach mich zu der Deinen.“ Sein nächster Schlag kam mit ganzer Härte. Das Leder legte sich um ihren Bauch und biss sich an ihr fest. Ihr Schrei ließ die Nacht erbeben.

Kraftlos, keuchend und schweißgebadet, hing sie in den Seilen, als Lucian erschöpft vor ihr auf die Knie sank. Er küsste die Striemen, die er auf ihrer Haut hinterlassen hatte, und leckte mit der Zunge kleine Bluttropfen weg. Das hatte er noch nie getan. Er hatte nie Male auf einer Frau hinterlassen, auch wenn sie es gewollt hatte. Tränen rannen ihm übers Gesicht. Er hatte sich im Rausch verloren. Schon wieder hatte er die

Kontrolle über sich verloren.

Isabella hätte Lucian gern in die Arme geschlossen, hätte ihm gezeigt, dass alles in Ordnung war. „Lucian, Liebling. Sieh mich an."

Er reagierte nicht. Er presste sein Gesicht an ihren Leib und sagte kein Wort.

„Lucian, bitte. Es ist alles in Ordnung. Bitte sieh mich an."

Als er den Kopf hob und in ihre Augen sah, stockte Isabella der Atem. Nichts als Hingabe war in seinem Blick. Er stand auf, nahm ihr Gesicht in die Hände und küsste sie, wild und hungrig. Es war nicht zu Ende.

„Du bist schon lange die Meine", sagte er außer Atem. Dann löste er ihre Fesseln, hob sie hoch und trug sie zum Bungalow.

Seine Hände glitten über ihre Haut, entfachten das Feuer aufs Neue. Er leckte, saugte und küsste jeden Zentimeter ihres Körpers, und ihr Verlangen wuchs mit jeder Berührung. Mit einem kräftigen Ruck drehte er sie um und zog ihre Hüften zu sich. Lucian beugte sich über sie und nahm etwas vom Nachttisch. Dann drang sein Schwanz in sie ein. Mit langsamen Bewegungen begann Lucian, sie zu quälen.

Isabella fühlte etwas Kühles zwischen ihren Hinterbacken und verkrampfte sich. Lucians Finger massierten ihren Anus. „Vertraust du mir?", Lucians Stimme war sanft und weich. Er würde sie zu nichts zwingen, das wusste sie. „Wenn du mir vertraust, versuch dich zu entspannen."

Sie spürte einen leichten Druck an ihrem Rektum, und dann glitt einer seiner Finger in sie hinein. Gleichzeitig bewegte er seinen Schwanz in ihr. Der Druck in ihrem Inneren war unglaublich. Aufs Neue entfachte Lucian Empfindungen in ihr, von denen Isabella nie zu träumen gewagt hätte. Ganz allmählich gewöhnte sie sich an das Gefühl, des totalen Ausgefülltseins und reckte ihm ihren Po entgegen.

Lucian verstand und beschleunigte seinen Rhythmus. Der Druck in ihrem Anus wurde weniger, nahm dann wieder zu. Sie spürte, wie Lucian etwas in sie einführte, schnappte nach Luft und versuchte, den doppelten Druck zu ertragen. Mit langsamen Stößen seines Schwanzes brachte er sie näher zum Gipfel, und Isabella war es nicht mehr möglich zu unterscheiden, wo die Reize auf ihre Libido herkamen. Es war, als würde sie einen doppelten Orgasmus bekommen.

Lucian stieß in ihr Geschlecht und in ihren Anus, und bei jedem Stoß schrie Isabella auf. Ihr Körper wurde von wilden Zuckungen erfasst, als Lucian ihre Hüften umklammerte, hart in sie stieß und dabei den Dildo in ihrem Anus mit seinem Bauch tiefer trieb. Sie erreichten gemeinsam den Höhepunkt. Isabella fiel und fiel und fiel, während Lucian ihren Körper umschlang und sich tief in sie presste.

Erst nach Minuten spürte sie die Wärme von Lucians Körper auf ihrem Rücken. Sie keuchte immer noch. Ihr Herzschlag wollte sich nicht beruhigen.

Lucian sank erschöpft neben sie und lächelte befriedigt. „Das war der Wahnsinn. Ich bin im ganzen Leben noch nie so heftig gekommen."

Isabella kuschelte sich an ihn, war noch nicht in der Lage, etwas zu sagen. Ihre Kehle war trocken und rau. Doch dann begann sie zu lachen.

Lucian sah sie verwundert an. „Ich hätte nicht gedacht, dass du das zum Lachen findest."

Isabella musste erst husten, bevor sie antworten konnte. „Ich könnte ein Wasser gebrauchen. Ich habe mir die Seele aus dem Leib geschrien."

Grinsend beugte er sich zur Seite und zauberte eine Flasche San Pellegrino hinter dem Bett hervor. „Das hatte ich erwartet." Sie lachten beide, lagen eng umschlungen in den feuchten Laken, spürten die Wärme des anderen und genossen die tiefe Zufriedenheit.

Lucian strich zart über die geschwollenen Striemen auf Isabellas Bauch. „Wieso wolltest du das?" Seine Stimme war abwesend.

„Ich war so im Rausch, wollte immer mehr. Es war nicht genug." Isabella strich über die rote Linie und presste Lucians Hand auf ihren Bauch. „Jetzt kann jeder sehen, dass ich zu dir gehöre."

„Schmerzen sind spürbar, wenn die Lust bereits vergangen und vergessen ist. Das habe ich mal in einem Lied gehört. Ist das so?"

„Es tut nicht weh."

Lucian beugte sich über ihren Bauch und küsste das Mal. „Es wird keine Narbe bleiben. In ein paar Tagen ist alles verheilt. Ich weiß nicht, ob ich das wieder tun kann. Ich will dich nicht verletzen."

Isabella schlang die Arme um ihn. „Du hast mich nicht verletzt. Mein Gott, ich hätte bei diesem Schlag fast einen Orgasmus bekommen." Sie suchte seinen Mund und küsste ihn innig.

„Ich liebe dich, Isabella." Ja, das tat er. So sehr, dass es wehtat.

# 24

Die Zeit an Lucians Seite verging wie im Flug.

Mittlerweile war Frühling. Isabella konnte sich ein Leben ohne ihn nicht mehr vorstellen. Sie waren seit einem halben Jahr ein Paar, und ihr kam es so vor, als hätte sie ihr Weg immer zu ihm führen sollen.

Im Februar waren sie gemeinsam nach Aspen geflogen. Isabella hatte das letzte Mal als Kind auf Ski gestanden, und die ersten Tage mehr Schnee auf ihrer Kleidung gehabt, als auf der Piste lag, behauptete jedenfalls Lucian. Sie hatte nie in ihrem Leben so viel gelacht wie in den letzten fünf Monaten, auch wenn der Verlust von Clarence manchmal noch an ihr nagte. Jeden Morgen, wenn Isabella erwachte, konnte sie ihr Glück kaum fassen. Sie genoss die Unbeschwertheit mit Lucian und die tiefen Gefühle für einander.

Es war Samstagabend und in einer Stunde würde sie sich mit Lucian im Club treffen.

Jesse beobachtete Isabella, die noch einmal die Umbauarbeiten des heutigen Tages inspizierte. Vor einer Woche hatten sie begonnen, die Galerie neu zu gestalten. Sie hatten den Boden durch dunkles Parkett ersetzt und ein paar feste Wände mauern lassen. Isabella träumte vor sich hin, wie so oft in den vergangenen Wochen. „Sehen wir uns heute Abend noch?" Jesse freute sich diebisch, als Isabella erschrocken zusammenzuckte.

„Blödmann." Sogar ihre Augen leuchteten, als sie ihn anlachte. „Aber sicher doch. Ich gönne mir ein heißes Bad und in einer Stunde kommt mein Taxi."

„Wir holen dich ab, wenn du willst."

„Das wäre toll. Die Blicke der Taxifahrer, wenn ich ihnen die Adresse sage, sind mir unangenehm."

„Du bist halt spießig. Daran wird sich nichts ändern." Jesse lachte und winkte ihr, als er in sein Auto stieg.

Nach einem ausgiebigen Bad, zog Isabella ein kurzes, schwarzes Latexkleid an. Sie hatte eine Schwäche für dieses Material entwickelt und mittlerweile eine beträchtliche Auswahl an erotischer Kleidung in ihrem Schrank. Es schmiegte sich eng und weich an ihren Körper, betonte ihre Rundungen und ließ sie sexy aussehen. Selbstverliebt sah sie in den Spiegel und fühlte sich schön und begehrenswert. Ihre Zweifel und die Einsamkeit waren verschwunden. Ihre Augen strahlten sie an. Sie freute sich auf Lucian. Zwei Tage hatten sie sich nicht gesehen, und ihr kam es wie eine Ewigkeit vor, aber das machte ihr keine Angst mehr. Sie genoss die Zeit mit Lucian und hinterfragte die Gründe nicht. Nie zuvor hatte sie eine derartige Geborgenheit und Nähe zu einem anderen Menschen empfunden. Die Liebe, die sie für Lucian empfand, war so überwältigend, dass alles andere in den Hintergrund geriet.

Als es klingelte, fuhr Isabella voller Vorfreude mit dem Fahrstuhl nach unten. In der Lobby hielt sie kurz inne. Manchmal erwartete sie immer noch, dass Clarence ihr die Tür aufhielt und ihr einen schönen Abend wünschte. „Ich wünsche euch beiden auch einen schönen Abend“, flüsterte Isabella.

Die Autotür war noch nicht geschlossen, als es aus Jesse heraussprudelte.

„Du glaubst nicht, wer mich angerufen hat und nächste Woche unserer heiligen Stadt einen Besuch abstattet.“

Isabella sah Jesse fragend an, und es entging ihr nicht, dass Damian total genervt war.

„Wer denn? Muss ja spannend sein, so wie du aus dem Häuschen bist.“

„Cassy“, sagte Jesse mit einem breiten Grinsen im Gesicht.

„Das ist nicht dein Ernst?“, Isabella hatte seit Jahren nichts von Cassy gehört.

„Doch, ist sein Ernst.“ Damian raste wie ein Irrer durch New Yorks Straßen.

Cassandra Addyngton war die verrückteste Person, der Isabella jemals begegnet war. Jesse und sie hatten Cassy vor zehn Jahren in London kennengelernt. Als sie ihr einjähriges Kunstsemester am Courtauld Institute of Art absolvierten, studierte Cassy gerade Jura. Jesse hatte sie auf einer Party getroffen, und sie wurden sofort dicke Freunde.

„Was will sie in New York?“, fragte Isabella und konnte ihren Unmut so wenig verbergen wie Damian. Ihre Blicke trafen sich im Rückspiegel, und es war das erste Mal, dass sie einer Meinung waren.

„Cassy hat sich bei einer Kanzlei beworben. Sie kommt am Donnerstag an und hat am Montag das Vorstellungsgespräch. Mein Gott, stell dir vor, wenn das klappt, zieht Cassy nach New York um.“

„Nun beruhige dich mal wieder. Cassy ist auch nicht mehr zwanzig. Immerhin ist sie jetzt Anwältin. Vielleicht ist sogar sie ruhiger geworden.“

„Das glaubst du selber nicht. Am Telefon war sie wie immer. Du freust dich nicht?“

Nein, das tat Isabella wirklich nicht. Cassy war laut, brachte alles durcheinander und war nur auf sich selbst fixiert. Cassy war ihr immer wie ein kleiner, bösartiger Kobold vorgekommen. *Was würde sie sagen, wenn sie wüsste, wo ich gerade hin fahre?*

„Was denkst du?“, fragte Jesse lauernd und hatte schon eine Ahnung.

„Wie wird sie reagieren, wenn sie das alles erfährt?“

„Ich kenne keinen Menschen, der aufgeschlossener ist als Cassy. Du musst es ihr ja nicht gleich auf die Nase binden.“

„Wirst du jemals zu dir selbst stehen?“, fragte Damian genervt.

Isabella trat gegen Damians Rückenlehne. „Ha! Das sagt ja der Richtige. Wie lange hast du denn gebraucht, bis du deine devote Seite akzeptiert hast, he? Ich musste meinem Freund nicht erst einen bl…“

Jesse unterbrach Isabella mit einem bösen Blick. „Wenn du das sagst, wirst du die restliche Strecke laufen müssen.“

Isabella verschränkte die Arme vor der Brust, presste sich in den Autositz und starrte zum Fenster hinaus. Ihre gute Laune war dahin, stattdessen baute sich Wut in ihr auf. *Dieser blöde Arsch. Und Cassy hat mir gerade noch gefehlt. Das kann Jesse alleine regeln. Ich will nichts mit ihr zu tun haben. Pah! Von wegen, ich stehe nicht zu mir.* Damians Hinterkopf hätte bei ihrem Blick eigentlich anfangen müssen zu bluten. *Wie können zwei Brüder so unterschiedlich sein und so verschiedene Empfindungen hervorrufen?*

Beim Club angekommen, stieg Isabella ohne ein Wort aus und ging an die Bar. „Hey John, ich brauch einen Whisky.“

John hob eine Augenbraue, sagte aber nichts.

Isabella hatte in ihrer Wut nicht darauf geachtet, ob Lucians Wagen vor der Tür stand. „Ist Lucian schon da?“

„Nein. Ich wünsche dir auch einen schönen guten Abend.“ Isabella sah in verwundert an. Es dauerte eine Weile, bis sie begriff, was John meinte. „Es tut mir leid. Ich bin mit Jesse und Damian her gekommen. Dieser Kerl macht mich rasend.“

„Du solltest akzeptieren, dass die beiden gut miteinander klarkommen. Wenn Jesse ihm verziehen hat, solltest du dich raushalten.“

„Du hast ja recht. Aber ich habe immer das Gefühl, der Kerl provoziert mich mit jedem Wort. Ich …“ Isabella brach ab. Ein lustvoller Schmerzensschrei drang an ihr Ohr. Sie blickte in die Richtung, aus der das Stöhnen kam.

„Master Simon spielt mit Ann.“

Isabella glitt vom Barhocker und grinste John süffisant an. John wusste, an welchen Abend sich Isabella erinnerte. „Schrei meinen Namen, wenn du kommst.“

„Ich habe nicht vor, mich noch einmal auf ein solches Spiel einzulassen. Es wird Ann sein, die kommt. Soll ich ihr deine Worte ausrichten?“

„Waren wir so schlecht?“

Isabella antwortete nicht, drehte sich keck um und stolzierte mit wackelndem Po nach hinten. Johns Lachen begleitete sie.

Ann war an ein Andreaskreuz gefesselt, und Master Simon bearbeitete sie mit einer Peitsche. Isabella wusste, dass Ann die Male ihres Masters mit Stolz trug, und seit ihrem Erlebnis mit Lucian auf den Seychellen, wusste Isabella auch, warum. Ann und Simon waren zwar kein Paar, aber sie spielten seit Jahren miteinander und waren auf eine subtile Art verbunden.

Man sah deutlich die roten Striemen auf Anns Bauch. Mit jedem Schlag entrang sich ihr ein schmerzvolles, lüsternes Stöhnen. An ihren Brustwarzen waren Nippelklemmen befestigt, die mit einer dünnen, silbernen Kette verbunden waren. Bei jedem Schlag schwang die Kette hin und her und zog so an Anns Nippeln.

Isabella beobachtete fasziniert, wie sich Ann in den Schmerz fallen ließ. Sie genoss es, und Master Simon genoss seine Überlegenheit. Isabellas Blick für die Dinge hatte sich verändert. Jetzt nahm sie die Lust war und nicht die Härte, die Master Simon zur Schau stellte. Als er sich zu ihr umwandte, hatte Isabella nicht mehr Angst wie bei ihrer ersten Begegnung.

Die Spannungen zwischen ihnen waren deutlich zu spüren. Sie hatte Simon angeschrien, als er sich geweigert hatte, eine zweite Ausstellung zu machen. Wie hätte sie ahnen können, dass dieser große, dominante Mann das öffentliche Interesse an seiner Person verabscheut?

Jetzt sah er sie lange an und machte dann eine einladende Handbewegung. Ohne Zögern kam sie zu ihm und blieb einen halben Meter vor Ann stehen.

„Willst du mit ihr spielen?" Master Simons Stimme war leise und verführerisch.

Ja, das wollte sie. Aus diesem Grund war sie nach hinten gekommen. Ann hatte sie in jener Nacht, die so verheerend geendet hatte, so köstlich verwöhnt, dass sich Isabella revanchieren wollte. Ihre Hände hoben sich wie von selbst, und Isabella berührte mit ihren Fingerspitzen sanft die geschwollenen Striemen auf Anns Haut.

Ann war eine kleine, zierliche, aber extrem durchtrainierte Frau. Ihre Brüste waren klein und fest, und ihre Nippel waren geschwollen zwischen den Klemmen. Vorsichtig legte Isabella ihre Finger um die Klemmen und entfernte sie gleichzeitig mit einer schnellen Bewegung. Ann schrie auf, als das Blut wieder in die Warzen schoss. Ihr Atem war hechelnd und ihr Blick gierig.

Isabellas Lippen schlossen sich um Anns Brustwarzen und saugten an ihnen. Die Haut war unendlich zart und weich, ganz anders als die Haut eines Mannes. Isabella leckte mit der Zunge über das erhitzte Fleisch, doch erst als sie zaghaft hineinbiss, entrang Anns Kehle ein Laut des

Entzückens. *Verdammt, die mag es wirklich nur hart.*

Isabellas Hände wanderten über die geschundene Haut, hinab zu Anns Schenkeln, an ihren Lenden hinauf, zurück zu ihren Brüsten. Sie zwirbelte die Brustwarzen, bis Ann genussvoll aufstöhnte. Dann sank Isabella auf die Knie und spreizte das empfindliche Fleisch ihres Geschlechtes. Sachte blies sie kühle Luft auf Anns Klitoris und nahm ihre Gänsehaut mit Genugtuung zur Kenntnis.

Ein neues Gefühl machte sich in Isabella breit. Anns Lust lag in ihren Händen. Sie allein bestimmte über ihre Erfüllung. Das war es also, was ein Dom empfand. Macht! Grenzenlose Macht! Und diese Macht rauschte durch ihre Venen, stimulierte sie, als ob sie selbst am Kreuz hinge. Ihre eigenen Schamlippen schwollen an, und es kostete Isabella viel Willenskraft, sich nicht auf sich selbst zu konzentrieren.

Mit einem langen Zungenstreich nahm sie Anns Spalte in Besitz, drang mit ihrer Zunge in die feuchte Hitze. Sie leckte in wildem Rhythmus über die entblößte Perle, und Anns Keuchen wurde lauter. Isabella achtete auf jede Reaktion, beschleunigte oder intensivierte ihre Berührungen, je nach Anns Stöhnen. Es dauerte nicht lange und Ann war kurz vor einem Höhepunkt. Noch einmal saugte sie kräftig an der kleinen Liebesperle und biss dann zu.

Ann explodierte zuckend unter Isabellas Lippen.

Noch während Ann sich wand, wurde Isabella im Nacken gepackt.

Sie hatte nicht bemerkt, dass Lucian die Szene beobachtet hatte. „Du kannst nicht die Finger von ihr lassen.“

Isabella war so überrascht, dass sie nicht antwortete. Sie sah das Feuer in seinen Augen und nahm seine Erregung wahr. Ihr eigenes Spiel hatte begonnen. Er würde sie bestrafen, und er würde sie befriedigen, sie lieben und dabei die gleiche Macht spüren wie Isabella über Ann.

Lucian streifte Isabellas Kleid ab und befestigte ihre Handgelenke an einem Ring in der Decke. Master Simon reichte ihm die Peitsche, die zuvor an Ann benutzt wurde. „Ich hatte mich auf dich gefreut und muss feststellen, dass du deine Lust schon wieder an Ann gestillt hast. Du bist zu gierig, das kann ich nicht dulden.“ Lucians Augen funkelten, als der erste Hieb Isabellas Haut traf.

Zischend sog sie die Luft ein, konnte den Schrei in ihrer Kehle aber zurückhalten. Der nächste Schlag war härter, und Isabella entschlüpfte ein schmerzhaftes Keuchen. „Deine Lust gehört allein mir. Wie oft soll ich dir das noch sagen?“

Jeder Schlag entfachte die Hitze in Isabellas Körper mehr. Sie hatte gelernt, ihre Gedanken auszuschalten und sich jeder Empfindung ganz hinzugeben. Ihre Lust wurde durch die Peitsche geschürt, und nach der Erfahrung mit Ann, wusste Isabella genau, wie sehr Lucian die Macht über sie genoss. Ihr Körper war gerötet und mit glühendem Feuer geflutet, als Lucian die Peitsche beiseitelegte und seine Hände über ihre sensibilisierte Haut gleiten ließ. Dass Master Simon und Ann die ganze Session beobachteten, machte Isabella nur noch geiler.

Lucian zog einen Hocker heran, öffnete seine Hose, um seine Erektion zu befreien, und setzte sich. Dann hob er Isabella auf seinen Schoß und spießte sie langsam auf seinem Pfahl auf. Er drang tief in sie ein. Seine Hoden pressten sich an ihr Gesäß, und seine Arme umschlangen ihren Körper.

Isabella hörte sein Keuchen, als er sich tief in sie bohrte. Er presste sie so fest an sich, dass sie fast keine Luft mehr bekam.

Lucian umfasste ihre Hüften und begann, sie in einem langsamen Rhythmus zu reiten. Sein praller Schwanz reizte ihren G-Punkt, und Isabella schwanden die Sinne. Ihre Hände waren über ihrem Kopf gebunden, und ihr Körper wurde von Lucian gehalten. Er hatte die Kontrolle, und sie konnte sich fallen lassen. Das wohlbekannte Kribbeln lief ihre Wirbelsäule hinauf und setzte sich in ihrem Nacken fest, dann kam die erste Explosion in ihrem Unterleib, und sie schrie ihre Lust hinaus. Lucian erhöhte die Geschwindigkeit seiner Stöße und trieb Isabella von einem Orgasmus zum nächsten.

Sie schwamm auf dieser Welle, bis sie die Kraft verließ und darüber hinaus. Als Lucian seinen Samen in sie spritzte, war Isabella vollkommen erledigt.

Master Simon löste ihre Fesseln, verließ dann mit Ann den Raum, und Isabella sank ermattet in Lucians Arme. Er hielt sie umschlungen, und beide fühlten sie dem Vibrieren in ihrem Inneren nach.

„Ich weiß jetzt, was du empfindest, wenn du mich dominierst.“ Isabella war ganz bei ihrem Erlebnis mit Ann. „Diese Macht, die einen dabei durchflutet, ist berauschend.“

„Das weiß ich, mein Engel. Doch es ist deine Hingabe und dein Vertrauen zu mir, die es einzigartig machen.“

„Würdest du dich mir auch so hingeben? Würdest du mich dich dominieren lassen?“

Lucians Körper versteifte sich. Überrascht spürte sie sein Unbehagen bei diesem Gedanken. Hatte Lucian nicht das gleiche Vertrauen zu ihr wie sie zu ihm? Ihre Stimme war unsicher, als sie ihn fragte: „Du würdest dich nicht von mir fesseln lassen? Du vertraust mir nicht?“

„Doch, ich vertraue dir. Ich würde mich von dir fesseln und züchtigen lassen. Ich bezweifle nur, dass es mich so erregen würde wie dich. Ich bin dominant. Das kann ich nicht abschalten."

Das leuchtete Isabella ein, doch irgendwann würde sie es versuchen, wenn die Situation sich ergab.

Als sie sich genüsslich an Lucian kuschelte, bemerkte sie, dass sein Schwanz, der immer noch in ihr steckte, bereits wieder steif wurde. Isabella rutschte von seinem Schoß, kniete sich vor Lucian und nahm seine ganze Länge in ihrem Mund auf, bis er zu groß wurde und sie das Würgen in ihrer Kehle nicht mehr unterdrücken konnte. Sein Keuchen zeigte ihr, welche Macht sie über ihn hatte. Dieser Mann gehörte ihr. Er war ihre Liebe, ihr Begehren und ihre Leidenschaft, und genau das war sie auch für ihn.

## 25

Sie saßen gemeinsam an der Bar und ließen die Nacht bei einem Cocktail ausklingen. Jesse hatte sich zu ihnen gesetzt und erzählte von Partys und Streichen und Ausschweifungen, die er mit Cassy in London erlebt hatte. „Diese Frau ist unglaublich. Ich habe mich immer gefragt, ob sie Drogen genommen hat. Sie war einfach nicht totzukriegen." Jesse mochte sie, das war aus seinen Schwärmereien zu hören. Damian, der vorbeikam, zog ein Gesicht. „Vielleicht solltet ihr gemeinsam eine Wohnung nehmen, wenn sie hier ist. Dann könnt ihr ja wieder um die Häuser ziehen." Damian blieb nicht stehen, sondern ging weiter. Jesse lachte leise. „Er ist schon den ganzen Abend genervt. Ich glaube, er ist eifersüchtig."

„Aber er hat recht. Wo wird Cassy wohnen? Hat sie ein Hotel oder ein Appartement?" Isabella glaubte nicht, dass Damian es hinnehmen würde, dass Cassy bei ihnen wohnte.

„Sie wird sich ja wohl ein Hotelzimmer buchen?" Jesse wurde unruhig. Er kannte Cassy gut genug, um zu wissen, dass sie sich darum nicht kümmern würde. Sein Blick in Isabellas Richtung war flehend.

„Oh nein, das kommt nicht in Frage. Sie wird nicht bei mir wohnen. Du weißt, wie das enden würde. Nach zwei Wochen, ach Quatsch, nach zwei Tagen, schmeiße ich sie entweder raus oder ich bringe sie um."

Jesse wand sich. Cassy konnte unmöglich bei ihm schlafen. Damian würde durchdrehen. „Kannst du sie wenigstens vom Flughafen abholen? Ich habe am Donnerstag 18:00 Uhr den Termin mit den Elektrikern, wegen der neuen Leitungen für die Lichtinstallation."

Isabella war jetzt schon genervt und Cassy war noch nicht einmal da. Resigniert seufzte sie: „Aber schlafen wird sie in einem Hotel!"

Lucian beugte sich zu Isabella. „Warum ziehst du nicht zu mir? Dann hat sie das Penthouse für sich." Seine Stimme klang nicht so fest wie sonst. Hoffnungsvoll sah er in Isabellas Augen.

„Du möchtest, dass ich zu dir ziehe?" Der Gedanke, jede Nacht in Lucians Armen einzuschlafen, gefiel ihr.„Naja, für die Zeit, bis sie eine …" Er räusperte sich. „Quatsch! Ich will, dass du bei mir einziehst", sagte er dann mit fester Stimme.

Ungestüm schlang sie ihm die Arme um den Hals und küsste ihn. „Stell dir das bloß nicht so einfach vor. Ich brauche jeden Morgen meinen Milchkaffee, sonst bin ich unausstehlich, und ich brauche Platz in deinem Kleiderschrank und ich brauche einen Platz, wo ich malen kann, und …"

Lucian unterbrach sie lachend: „Stopp, stopp. Ich überlege es mir noch mal." Doch er strich ihr zärtlich über die Wange. Mein Gott, wie sehr er diese Frau liebte. Isabella erwiderte seinen Blick, und es kam ihr vor, als könnte sie seine Gedanken lesen. „Ich dich auch", sagte sie leise. Lucian lächelte und wollte sie küssen, doch Isabellas Blick war ernst.

„Wenn ich jeden Tag bis nach Harbor fahren soll, brauche ich ein Auto."

„Du kannst den Jaguar nehmen. Ich nehme solange den Firmenwagen."

„Du würdest mir deinen Jaguar geben?"

„Mein Schatz, ich würde dir alles geben, damit ich jede Nacht mit dir verbringen kann." Sie lachten und umarmten sich erneut.

Jesse hatte dem Schauspiel mit halb offenem Mund beigewohnt. Es war erstaunlich, wie sehr sich Bell und Lucian im letzten halben Jahr verändert hatten. An die Eisprinzessin, die Isabella einst war, konnte sich Jesse fast nicht mehr erinnern. Und die Beklemmung, die er in Lucians Nähe empfunden hatte, war verschwunden. Das konnte allerdings auch mit seinem eigenen Wandel zusammenhängen. Ja, die vergangenen Monate waren aufregend gewesen. Und jetzt würde Cassy kommen und eins stand fest: Die nächste Zeit würde sehr turbulent.

Cassy hatte sich äußerlich sehr verändert. Sie war immer noch klein und drahtig, doch in dem blauen Hosenanzug sah sie elegant aus. Ihr rotes Haar war kinnlang und zu einer richtigen Frisur geschnitten. Den kleinen, bösartigen Kobold konnte man nur noch in ihren Augen sehen. Cassy war erwachsen geworden, wie sie alle. Die Zeit in London schien Jahrzehnte zurückzuliegen.

Als Cassy Isabella erblickte, kam sie mit wildem Gekreisch auf Isabella zugerannt und riss sie in ihre Arme. „Isabella, was für eine Überraschung. Wo ist Jesse? Konnte er nicht kommen? Naja, war auch etwas kurzfristig." Cassy hakte sich bei Isabella unter und dirigierte sie zum Ausgang. „Du siehst toll aus, Bell. Der Flug war eine Katastrophe, bis auf den süßen Steward in der Toilette. Ich bin todmüde. Wo ist das Taxi? Ich muss ein paar Stunden schlafen. Heute Abend machen wir doch einen drauf? Ich freue mich so sehr auf Jesse. Wie läuft es in der Galerie? Ich bin so gespannt auf seinen Freund. Bist du immer noch solo? Das werden wir heute Abend ändern."

Seufzend registrierte Isabella, dass Cassy immer noch so unmöglich war wie vor zehn Jahren. Dass sie als renommierte Anwältin auf einem Flug nach New York einen Steward in der Toilette vernaschte, kam ihr nicht im Geringsten verwerflich vor. Isabella blieb stehen.

„Was machst du denn? Ich bin wirklich erledigt", maulte Cassy. „Wo ist dein Gepäck?", fragte Isabella spitz. Sie hatten kaum ein paar

Minuten zusammen verbracht und schon hatte Isabella schlechte Laune. Es gab offensichtlich Dinge, die sich nie änderten.

Cassy sah sie an, als wüsste sie nicht, wovon Isabella sprach. Dann ging sie genervt zu ihren Koffern und zerrte sie hinter sich her. Isabella erbarmte sich und nahm ihr einen ab. Als sie die Halle verließen, ging Cassy zu einem Taxi und bemerkte wieder nicht, dass Isabella in die andere Richtung wollte. „He, wo willst du denn hin?“ „Bleib einfach da stehen. Ich hole den Wagen. Lauf bloß nicht weg. Ich finde dich sonst nicht wieder.“ *Das wäre nicht die schlechteste Lösung,* rauschte es boshaft durch Isabellas Kopf. Wenig später kam sie mit dem Jaguar wieder.

„Seit wann hast du denn ein Auto? Und auch noch so stilvoll. Das ist man ja gar nicht von dir gewöhnt. Dabei hast du immer behauptet, Autofahren in New York ist eine Katastrophe. Solltest du das Fahren jetzt doch gelernt haben?“ Dass sie Isabella permanent beleidigte, entging Cassy völlig.

Isabella stieg wortlos ins Auto, nachdem die Koffer auf dem Rücksitz verstaut waren, und fuhr los. Genau das war es, was Cassy so anstrengend machte. Ob sie schon mitbekommen hatte, dass Isabella kaum was gesagt hatte? Eher nicht. Mit Cassy konnte man Spaß haben, das behauptete zumindest Jesse, aber eine Freundin war sie nicht. Für Cassy war die Welt ein Spielplatz, alles drehte sich um sie, und den Rest vergaß sie einfach. *Das schaffst du schon. In einer Stunde bist du sie wieder los.*

„Du sagst ja gar nichts. Geht es dir nicht gut? Du hast wieder Stress, stimmt's? Ich werde dich schon aus deinem Mauseloch rausholen, du wirst schon sehen. Jetzt ist Cassy da und es wird rundgehen.“

„Das befürchte ich auch“, seufzte Isabella leise und fuhr zur Galerie.

Auf der Fahrt hing Isabella ihren Gedanken nach. Cassy schwatzte ununterbrochen vor sich hin und stellte tausend Fragen, wobei sie nie eine Antwort abwartete, und so verlor Isabella irgendwann den Faden. *Wenn ich ihr jetzt sagen würde: Du, Cassy, ich habe einen Freund, und er ist mein Dom, und wir lieben uns, und gestern bin ich zu ihm gezogen. Ich glaube, sie würde es nicht einmal mitbekommen.*

„Hörst du mir zu?“, Cassy klang gereizt.

„Äh … was hast du gesagt?“

„Seit wann du diesen tollen Wagen hast?“

Und Cassy erwartete wirklich eine Antwort. Sie sah Isabella aufmerksam an und schwieg.

„Der gehört meinem Freund. Bis mein eigener Wagen da ist, kann ich den Jaguar fahren.“

Cassy blieb ruhig. Irgendetwas passte noch nicht ganz zusammen. „Und du brauchst neuerdings in New York ein Auto? Gibt es keine Taxis mehr? Du warst es doch, die immer gesagt hat, dass man in New York mit einem Taxi schneller vorankommt."

„Lucian wohnt in den Harbor Hills. Er hat mich letztes Wochenende gebeten, zu ihm zu ziehen. Du kannst das Penthouse haben. Wenn du die Stelle bekommst, kannst du dir dann in aller Ruhe was Eigenes suchen."

„Sooo! Er heißt also Lucian, und ihr seid lange genug zusammen, dass du zu ihm ziehst. Und wann wolltest du mir das alles erzählen?" Die Tatsache, dass Isabella ihr das Penthouse zur Verfügung stellte, ignorierte Cassy. *Wahrscheinlich hält sie das für selbstverständlich.*

„Sobald du mich zu Wort kommen lässt."

Cassy sah Isabella erbost an. Ihre Augen allerdings konnten den Schalk nicht verbergen, und dann prustete Cassy los. Isabella war nicht so sehr nach Lachen zumute, aber sie begann zu schmunzeln.

„Und Jesse, wie geht es ihm?"

„Jesse geht es gut. Ich weiß ja nicht, was er dir alles erzählt hat."

„Nur dass ihr jetzt Partner seid und dass er seit einem Jahr einen Freund hat." Isabellas finsterer Blick entging Cassy nicht. „Und es gefällt dir nicht, dass Jesse einen festen Freund hat?"

„Ich muss ja nicht mit Damian leben. In letzter Zeit gelingt mir das nicht so gut, aber ich versuche, mich da rauszuhalten."

„Du magst diesen Damian nicht?"

„Es ist kompliziert. Aber er ist auch Lucians Bruder, und Jesse ist mein bester Freund. Wenn er glücklich ist, muss ich das akzeptieren."

„Das wird ja interessant. Wo ist Jesse überhaupt?"

„Jesse ist in der Galerie. Wie ich ihn kenne, läuft er schon Amok, weil wir noch nicht da sind."

„Nun erzähl mal von deinem Lucian. Wie ist er so?"

„Er ist toll. Ich bin nie zuvor einem Mann wie ihm begegnet. Er sieht toll aus, ist Geschäftsmann hier in New York, hat Humor, kann fantastisch kochen und ..." Isabella brach mit hochroten Wangen ab.

„Und ist ein fantastischer Liebhaber", beendete Cassy mit einem verschmitzten Grinsen den Satz.

„Ja, das ist er", sagte Isabella verträumt, ließ aber keinen Zweifel daran, dass sie das Thema nicht vertiefen würde.

„Du bist immer noch die gleiche Spießerin wie vor zehn Jahren."

Nein, das war Isabella nicht mehr, aber das würde sie Cassy nicht erzählen. Zum Glück bogen sie auf die Central Park West ein, und Cassy verlor den Faden, als sie Jesse vor der Galerie stehen sah.

Isabella konnte gerade noch bremsen, als Cassy die Tür aufriss und sich in Jesses ausgebreitete Arme schmiss. Er hob sie hoch und wirbelte sie herum, als hätten sie keinerlei Publikum, aber in diesem Punkt waren sich die beiden schon immer einig gewesen: „Was kümmern uns die anderen, wenn wir unseren Spaß haben."

Isabella war abgemeldet. Steve, der Portier, half ihr, die Koffer nach oben zu bringen, und Wut und Resignation stritten in ihrer Brust miteinander. Cassy vereinnahmte alles und jeden, aber dass sie dachte, Isabella sei ihre Kofferträgerin war zu viel. Als sie wieder in die Galerie kam, fand sie ihren besten Freund und seine beste Freundin auf dem Boden sitzend und Champagner schlürfend, in einem angeregten Gespräch. Von Cassys Müdigkeit war nichts zu spüren. „Isabella, da bist du ja. Stell dir vor, wir gehen heute Abend alle zusammen essen. Jesse hat einen Tisch bei irgendeinem Franzosen bestellt."

„Im Marquise." Isabella funkelte Jesse böse an. Das hatte sie ganz vergessen. Damian und Jesse hatten irgendwas vor. Schon vor Wochen hatten sie einen Tisch in Lucians Restaurant reserviert. *Jetzt muss ich diese Person den ganzen Abend ertragen.*

Jesse erhob sich, stellte sein leeres Glas ab und sah zu Isabella. „So, ich muss los. Denkt dran, der Tisch ist für neun bestellt. Seit pünktlich und zieht euch was Hübsches an."

„Willst du uns nicht endlich sagen, was der Anlass ist?" Isabella beschlich seit Tagen ein komisches Gefühl, wenn sie an den Abend dachte.

Jesse grinste selbstgefällig. „Nein, will ich nicht. Bis dann, ihr zwei."

Isabella brachte Cassy ins Penthouse und erklärte ihr alles. Als Lucian kam, war sie nur noch ein Nervenbündel, schmiegte sich erleichtert an seine Brust und genoss die Stille in seiner Nähe.

„Alles in Ordnung bei dir?", fragte er besorgt.

Isabella verdrehte die Augen. „Ich muss hier weg, sonst bringe ich sie um."

Lucian musste lachen, brauchte allerdings nur ein paar Minuten, um Isabella zu verstehen. Cassy fiel ihm sofort um den Hals und begann, mit ihm zu flirten. Isabella hätte sie am liebsten in der Luft zerrissen. Lucian versuchte, sie auf Distanz zu halten, was sich als schwierig erwies.

Jetzt war Cassy im Badezimmer, und man hörte ihr freudiges Pfeifen bis ins Wohnzimmer. Lucian nahm Isabella in seine Arme und seufzte ergeben: „Ich kann dich verstehen, mein Schatz. Keine Stunde würde ich es mit der aushalten. Mir ist ein Rätsel, dass Jesse sie so gernhat."

Isabella sah auf die Uhr. „Verdammt, wir kommen zu spät. Cassy, bist du bald soweit? Es ist zehn vor neun."

Als die Badezimmertür aufging, stand die alte Cassy vor ihnen. Sie trug eine hautenge Hose, die keine Geheimnisse offenließ. Der Ausschnitt gab fast ihren Bauchnabel frei. Billig und verhurt sah sie aus und grinste mit einem knallroten Mund. Isabella schüttelte nur den Kopf und wandte sich zum Fahrstuhl.

„Nun sei nicht so verklemmt. Wer weiß, wie lange ich mir das noch leisten kann“, maulte Cassy und zog einen langen Blazer über, der das ganze Outfit bemerkenswert entschärfte. Als sie in den Jaguar stiegen, sagte Cassy schockiert: „Du hat mich ja angelogen. Es ist erst viertel vor neun.“ Lucian und Isabella lachten, und sie kamen pünktlich im Restaurant an.

Jesse und Damian erwarteten sie, doch Lucian wurde gleich abgefangen. Irgendeine Bestellung war nicht geliefert worden. Als er nach einer Viertelstunde zurückkam, wirkte er gereizt. „Was ist los?“, fragte Isabella, als er sich neben sie setzte. „Ich weiß nicht, wozu ich Angestellte habe, wenn ich doch alles alleine machen muss. Die Trottel im Laden haben die Lieferungen vertauscht. Jetzt haben wir beim Spanier französischen Wein und hier spanischen. Ich habe Charles losgeschickt, um zu tauschen.“

Es wurde Champagner gebracht und in Isabella machte sich ein Verdacht breit. Sie beobachtete Jesse und Damian, die sich anstrahlten als hätten sie das Glück für sich gepachtet. *Das würde Jesse doch nicht tun, oder doch?* Ihre Besorgnis wurde im nächsten Moment allerdings bestätigt.

Jesse und Damian standen auf und erhoben ihre Gläser. Jesse begann zu sprechen. „Meine lieben Freunde. Wir haben euch heute eingeladen, um euch etwas mitzuteilen.“ Isabella schnappte nach Luft, und Lucian zwickte sie in den Oberschenkel, damit sie kein Wort sagte. Auch Jesses Blick war flehend. „Ich weiß, dass nicht alle mit unserer Wahl einverstanden sind. Doch wir beide …“, er blickte Damian liebevoll an, „… wir beide lieben uns und haben beschlossen, unser Leben miteinander zu verbringen.“ Entweder dauerte das Damian zu lange oder es war so einstudiert, jedenfalls ergriff er das Wort und sprach es tatsächlich aus: „Was Jesse euch sagen will, ist, dass wir am 1. Juni heiraten werden.“

Cassy kreischte verzückt auf, Lucian reichte Jesse gratulierend die Hand und umarmte seinen Bruder, nur Isabella hoffte, sich verhört zu haben. Sie sah Jesse vor ihrem inneren Auge, blutend und gedemütigt. Wie konnte er das vergessen? Tief Luft holend, stand sie auf und ging zu Jesse. Er ergriff ihre Hände. „Ich tue das Richtige, Bell. Vertrau mir. Es hat sich alles verändert in den letzten Monaten. Gib mir deinen Segen.“

Isabella nahm Jesse in die Arme. „Du wirst immer mein Freund bleiben, und wenn du glücklich bist, dann bin ich es auch. Ich wünsche euch alles Gute.“

Sie drückte Jesse an sich und konnte eine Träne nicht zurückhalten. Und dann gab sie sich einen Ruck und nahm auch Damian in den Arm. „Wehe, du machst ihn nicht glücklich.“

Damian lächelte erleichtert. Ihm war bewusst, wie wichtig ihre Zustimmung für Jesse war. „Das werde ich, ich verspreche es dir. Danke!“

Die Stimmung war gelöst und fröhlich. Cassy und Jesse gaben abwechselnd Anekdoten zum Besten, in denen Isabella nicht gut wegkam. Sie lachten viel an diesem Abend, und Isabella konnte sich damit arrangieren, dass Jesse und Damian heiraten würden. In Gedanken versunken, beobachtete sie die anderen Gäste im Restaurant, als sie Simon erblickte. Er ging gerade zum Ausgang, als er Isabella erkannte. Simon verabschiedete sich von dem Mann, in dessen Begleitung er offensichtlich hier war, und kam zu ihnen herüber. Er begrüßte sie, gratulierte Jesse und Damian, als er von der Nachricht der bevorstehenden Hochzeit erfuhr, doch sein Blick war die ganze Zeit auf Cassy gerichtet. Isabella kannte den Wechsel zwischen Master Simon und Simon inzwischen, dennoch faszinierte es sie immer wieder aufs Neue. Sie hörte Cassys Stimme nicht, und das lenkte sie von Master Simon ab. Cassy schlug die Augen nieder, senkte demütig ihren Kopf und sagte kein Wort. Isabella blieb der Mund offen stehen. Cassy war eine Sub und zwar eine extrem unterwürfige, und sie hatte den Master in Simon erkannt. Die beiden schienen sich ohne Worte zu verständigen.

Der normale Simon zwinkerte Isabella zu und wandte sich zum Gehen. Offensichtlich hatte er erwartet, dass Cassy ihm folgen würde, denn als er sich nach ihr umdrehte, sprühten Master Simons Augen Funken.

Cassy sprang so schnell auf die Füße, dass ihr Stuhl nach hinten kippte. Es interessierte sie nicht. Sie schnappte ihre Tasche und war verschwunden, bevor Isabella überhaupt verstand, was da ablief.

Keiner am Tisch sagte etwas, alle starrten zur Tür, durch die die beiden verschwunden waren.

„Hast du das gewusst?“, fragte Isabella Jesse.

Es war Damian, der antwortete. „Ich hatte das Gefühl, sie wäre auf allen vieren hinter ihm hergekrochen, wenn er es verlangt hätte.“

Diesmal widersprach Isabella nicht, auch wenn ihr die Vorstellung einer solchen Unterwerfung zuwider war.

# 26

Isabella lebte seit drei Monaten mit Lucian zusammen. Sie hatte sich nie in ihrem Leben wohler gefühlt.

Nachdem Cassy die Stelle in der Kanzlei bekommen hatte, mietete sie das Penthouse von Isabella und richtete sich häuslich ein. Die Entscheidung war Isabella nicht schwergefallen. Nach Clarences Tod war das Haus nicht mehr ihr Zuhause gewesen. Cassy hatte sich über Isabellas Angebot gefreut, und zu ihrer Überraschung hatte Cassy nicht viel verändert. Sie arbeitete wie eine Besessene auf eine Partnerschaft hin. Sehr zu Jesses Enttäuschung sahen sie Cassy fast nie. Eigentlich sahen sie sich nur im Club, da Cassy eine feste Spielbeziehung mit Simon eingegangen war. Als Isabella ihr das erste Mal im Club begegnete, standen sich die beiden ungleichen Frauen schweigend gegenüber. Irgendwann grinste Cassy sie an. „Ich wusste doch, dass mehr in dir steckt." Dann hatte sie Lucian angegrinst. „Du hast eine gute Wahl getroffen. Ich gratuliere dir." Überschwänglich hatte Cassy sie in den Arm genommen, und Isabella hatte zum ersten Mal das Gefühl gehabt, dass sie es ehrlich meinte. Sie würden nie Freundinnen, aber die Spannung zwischen ihnen war sehr viel kleiner geworden.

Und dann war Simon zu ihnen getreten und hatte Isabella und Lucian begrüßt. Cassy ignorierte er völlig. Er hatte ein paar Worte mit Lucian gewechselt und dann die Wandlung zu Master Simon vollzogen. „Folge mir!", hatte er gesagt, und Cassy ging einen halben Meter hinter ihm, mit gesenktem Kopf. Isabella hatte fasziniert hinter den beiden hergesehen. Lucian hatte einen Arm um ihre Taille gelegt und ihr ins Ohr geflüstert: „Möchtest du zusehen?"

Tatsächlich hatte Isabella einen Augenblick überlegt, doch dann hatte sie sich an Ann und Simon erinnert und daran, wie er Ann gewürgt hatte. Wollte sie Cassy so sehen? Isabella hatte den Kopf geschüttelt. „Nein, das möchte ich nicht. Ich frage mich allerdings, ob das Zimmer frei ist, in dem dieser wundervolle Tisch steht, mit den Pfosten und den Ringen …"

Lucian hatte gelächelt, ihr sachte in den Hals gebissen und sie an der Hand nach oben geführt.

Es war Donnerstagabend, Lucian und Isabella standen gemeinsam in der Küche. Das war zu einem Ritual geworden. Sie plauderten über den Tag, kochten etwas Schönes und ließen den Abend in aller Ruhe ausklingen.

„Du wirst es nicht glauben, aber als Jesse auch noch mit weißen Schwänen ankam, hat Damian nur noch den Kopf geschüttelt."

Lucian lachte schallend. „Er muss aber auch jedes Klischee bedienen. Wenn das so weitergeht, glaube ich nicht, dass diese Hochzeit überhaupt zustande kommt."

„Das habe ich auch schon gedacht, aber dann sehen die beiden sich an und ihre Augen funkeln." Isabella ließ das Messer sinken. „Ich hätte nie gedacht, dass die beiden glücklich werden."

Lucian lächelte Isabella an und war für einen Moment abgelenkt. Er war dabei, eine Dorade zu filetieren, als er sich mit dem Messer in den Daumen schnitt.

Die Zeit schien stillzustehen. Isabella konnte nur noch auf das Blut starren. Es quoll aus seinem Daumen, lief über die Haut und ergoss sich über das Schneidebrett.

Sie konnte nicht atmen, und ihr Körper fühlte sich taub an. Ihre Welt reduzierte sich auf diesen einen Punkt. Isabella schluckte krampfhaft den Kloß in ihrer Kehle hinunter.

Lucian fluchte leise, sah überrascht in Isabellas weit aufgerissene Augen. Ihr Körper war verspannt, einzig auf sein Blut fixiert. Mit langsamen Schritten ging er um den Arbeitstisch auf sie zu. Ihre Lippen waren leicht geöffnet, als er mit dem Daumen darüber strich. Wie in Zeitlupe leckte Isabella sein Blut von ihren Lippen. Sie war wie in Trance. Ihre Zunge glitt sacht über den Schnitt, dann nahm sie seinen Daumen in den Mund und saugte an ihm.

Überwältigt schloss sie die Augen, im Genuss versunken. Der volle, metallische Geschmack auf ihrer Zunge war reinstes Ambrosia. Als Lucian sanft über ihre Wange strich, wurden ihre Augen wieder klar.

Entsetzt schlug sie eine Hand vor den Mund und starrte Lucian aus vor Schreck geweiteten Augen an.

Seine Stimme war unendlich zärtlich, als er fragte: „Warum hast du mir das nie gesagt?"

„Was meinst du?"

„Dass du auf Blut stehst."

„Das tu ich nicht." Panisch wollte sie den Kopf schütteln, als ihr Blick wieder auf seinen Daumen fiel. Der Schnitt war nicht tief, und durch ihr festes Saugen hatte es aufgehört zu bluten. „Mein Gott! Ich bin ein Freak!" Sie hatte Angst vor ihrem eigenen Verlangen.

Lucian nahm sie zärtlich in den Arm und strich ihr über den Rücken. „Nichts, was deine Lust steigert, kann schlecht sein. Du hättest mir das früher sagen können."

Isabella vergrub ihr Gesicht an seinem Hals. „So etwas ist mir noch nie passiert." In diesem Moment erinnerte sie sich daran, dass sie schon einmal diese Gier in sich gespürt hatte. Es war nur der Bruchteil einer

Sekunde gewesen, damals, als sie über die Striemen auf Johns Brust geleckt hatte, doch dann hatte Simon ihre Tabus verletzt und Lucian hatte plötzlich im Raum gestanden. Der Reiz war so schnell verflogen, wie er gekommen war, und Isabella hatte es in den Wirren, die danach kamen, einfach vergessen.

Lucian ergriff ihre Hand und zog sie langsam hinter sich her. „Komm!"

„Was hast du vor?" Leichte Panik lag in ihrer Stimme.

„Ich werde dir geben, was du brauchst."

Isabella ließ sich widerstandslos von ihm ins Schlafzimmer führen. Ihr Herz hämmerte in ihrer Brust, ihr Verstand war leer. Sie sah fassungslos zu, wie Lucian aus einer Kommode einen kleinen Dolch nahm und ihn auf den Nachttisch legte. Dann kam er auf sie zu, öffnete sein Hemd und ließ es zu Boden fallen. Seine Hände waren unendlich sanft, als er sie auszog und mit einer Spur Küsse ihre Haut bedeckte. Sie war überempfindlich und seufzte bei jeder Berührung. Lucian zog seine Hose aus und gab den Blick auf seine Erektion frei. Wie in Trance brachte er sie zum Bett, zog sie in seine Arme und bedeckte ihren Körper mit seinen Lippen. Seine Hände strichen wie ein Hauch über ihre Haut. Dann legte er sich auf den Rücken, zog sie über sich und drang langsam in sie ein. Isabella fühlte sich willenlos, wie in Watte gepackt. Mit langsamen, gleichmäßigen Stößen reizte Lucian ihr Verlangen.

Sie geriet in einen Sog der Begierde. Lucians Augen leuchteten in dunkelgrünem Feuer. Nur verschwommen nahm Isabella wahr, dass seine Hand den kleinen Dolch umfasste. Oberhalb seiner Brust, direkt über dem Herzen, setzte er die Klinge an und schnitt sich in die Haut.

Isabella versank in einem Strudel der Gier. Sie beugte sich herab und nahm mit der Zunge sein Blut auf. Sie ließ den Blickkontakt zu Lucian nicht abreißen, und so sah sie, wie er den Kopf in den Nacken warf, als ihre Zunge über den Schnitt leckte. Tief presste er sich in sie, hielt ihre Hüften umklammert und drang unaufhörlich in sie ein.

Raum und Zeit verschoben sich. Isabella senkte ihren Mund auf Lucians Haut und gab sich dem Geschmack seines Blutes hin. Sie hatte das Gefühl, sich in einer gigantischen Explosion aufzulösen.

Das Nächste, was sie bewusst erlebte, war die feste Umarmung durch Lucians Arme. Isabellas Augen schwammen in Tränen. Als sie die Lider fest zusammenkniff, liefen sie über ihre Wangen.

„Schhhht… Nicht weinen. Es ist alles in Ordnung."

Isabella schmiegte sich fest an seine Brust. Sie weinte nicht aus Verzweiflung oder Scham. Sie weinte vor Glück. Dieser unglaubliche Mann erfüllte alle ihre Träume, all ihre Wünsche, noch bevor sie sie kannte.

## Epilog

Der Hochzeitsstrauß prallte an Isabella ab und fiel zu Boden. Lucian sah sie schmunzelnd an. „Willst …“

Isabella presste ihre Fingerspitzen auf seine Lippen. „Ich liebe mein Leben, wie es ist.“

Lucian küsste Isabellas Fingerspitzen. „Ich liebe dich, mein Engel. Lass uns nach Hause fahren.“

Sie verabschiedeten sich von Damian und Jesse. „Ihr wollt schon gehen?“ Als Damian das Funkeln in Isabellas Augen sah, beugte er sich zu Jesse hinüber und flüsterte an seinem Hals. „Die beiden haben den Vorteil, dass sie gehen können, wenn sie die Lust überkommt. Ich muss bleiben und die verdammten Gäste bespaßen, obwohl ich viel lieber unter dir liegen würde.“ Isabella lachte, als Jesse rot anlief. Sie umarmte ihn. „Wir sehen uns in zwei Wochen.“ Dann umarmte sie auch Damian. „Ich wünsche euch viel Spaß auf den Seychellen.“

Als Isabella und Lucian zu Hause ankamen, war es nach drei Uhr. In der Eingangshalle hielt sie Lucian an seiner Krawatte fest und zog ihn zu sich. Sie sprachen kein Wort, sahen sich nur tief in die Augen, und eine unglaubliche Spannung baute sich zwischen ihnen auf.

Isabella drängte Lucian mit sanfter Gewalt die Treppe zum Keller hinunter und öffnete den Raum mit den delikaten Spielzeugen. Sie zündete einige Kerzen an und ging zu Lucian, der sich nicht vom Fleck rührte. Sie spürte, dass er ihr keinen Widerstand entgegenbrachte.

Langsam zog sie ihn aus, strich über seine warme, weiche Haut und drückte ihn sanft in die Richtung, wo sie ihn haben wollte. Als Isabella seine Hand- und Fußgelenke an das Andreaskreuz band, bemerkte sie, wie sich sein Atem beschleunigte.

Lucian übermannte die Angst. Er wollte sich Isabella hingeben, wollte ihr dieses Erlebnis nicht verwehren. Aber was würde geschehen, wenn er versagte, wenn er es nicht ertrug, wenn es ihn nicht erregte? Lucian holte tief Luft und versuchte, sich zu entspannen.

Isabella küsste beruhigend seine Brust und gab ihm so den Halt, den er brauchte. Sie hatte gut von ihm gelernt.

Als Lucians Atmung wieder gleichmäßig war, ging Isabella zur Wand und suchte sich ein Spielzeug aus. Sie entschied sich für ein kleines Paddel, das sie gut handhaben konnte.

Sie trat an Lucians Seite, ließ das Leder über seine Brust und die Haut auf seinem Bauch gleiten. Ihr erster Schlag war nicht fest. Es ging um Lucians

Hingabe und Unterwerfung, nicht um den Schmerz.

Lucian hielt sich an ihren Augen fest. Ihr Blick erdete ihn. Es war Isabella, seine Frau, der er sich auslieferte. Nur das allein ließ ihn die Situation ertragen.

In einem hatte er sich allerdings geirrt. Als Isabella mit dem Paddel die Innenseiten seiner Schenkel entlangfuhr, stellte sich sein Schwanz kerzengerade auf.

Isabellas Hände glitten über seine Brust, seinen Bauch, an den Lenden vorbei und zu seinem aufgerichteten Penis. Sie umfasste ihn und drückte kräftig zu. Lucian stöhnte auf, und es war Lust und Schmerz zugleich.

„Wenn du mir jemals das Herz brichst, dann wirst du mich kennenlernen."

Lucian lachte gequält auf. „Ich kann nicht glauben, dass er dir das erzählt hat."

„Doch, das hat er."

Als Isabella mit festem Griff begann, Lucians Geschlecht zu massieren, ging sein Lachen in ein Stöhnen über.

**ENDE**

**Kat Marcuse** wurde 1970 in Leipzig geboren, lebt heute gemeinsam mit ihrem Mann in einem 1000-Seelen-Dorf bei Königslutter und arbeitet als technische Zeichnerin. Ganz ungewöhnlich für diese Gegend hat sie weder Kinder, Hunde noch Pferde und ist dennoch glücklich. Sie liebt ihren Garten, Erde unter den Fingernägeln, in der Sonne sitzen und lesen, Reisen nach Schweden und hat einen Tick für Stiefel.